二十一世纪出版社集团
21st Century Publishing Group
全国百佳出版社

图书在版编目（CIP）数据

灭秦：全 10 册 / 龙人著 . -- 南昌：二十一世纪出版社集团，2017.10

ISBN 978-7-5568-3105-0

Ⅰ . ①灭… Ⅱ . ①龙… Ⅲ . ①长篇历史小说－中国－当代 Ⅳ . ① I247.5

中国版本图书馆 CIP 数据核字 (2017) 第 243764 号

灭秦	龙　人著
责任编辑	敖登格日乐
出版发行	二十一世纪出版社集团 （江西省南昌市子安路75号　330025） www.21cccc.com　cc21@163.net
出 版 人	张秋林
经　　销	新华书店
印　　刷	北京龙跃印务有限公司
版　　次	2018年1月第1版　2018年1月第1次印刷
开　　本	710mm × 1000mm　1/16
印　　张	150
字　　数	1572千
书　　号	ISBN 978-7-5568-3105-0
定　　价	498.00元（全10册）

赣版权登字—04—2017—747

如发现印装质量问题，请寄本社图书发行公司调换 0791-86524997

目　录

第七十九章　乱世之主

刘邦死了！

这绝不是纪空手想要的结果。刘邦在这个时候以这种方式死，也宣告了纪空手精心布置的计划就此失败。

他只能怪自己，千算万算，还是算漏了一点，就是没有想到堂堂西楚霸王竟会乔装成一个村妇，以至于让项羽偷袭得手，导致了自己这数月以来的心血付诸东流。

刘邦肯定也没有想到这一点，所以才会在毫无反应的情况下遭到这致命的一击。他甚至比纪空手还冤，这只因为他和纪空手都犯了一个相同的错误，那就是低估了项羽！

纪空手看着棍圣等人一个个地死在自己的面前，心里并没有一丝亢奋，仿佛失了魂一般，只是静静地盯着刘邦那躺在地上的头颅。

他的四周早已乱成了一片，卫三少爷和龙赓也快步赶来。突然，纪空手听到耳边有一个熟悉的声音响起："别回头，就当我死了！"

纪空手只觉自己的脑袋"嗡"的一声，不知道这是真实的，还是自己的幻觉。

"其实，这一切都在我的预料之中。"说这句话的人，双手背负，背对着灯影而立。而在他的身后，除了纪空手与龙赓之外，还有张良与卫三少爷。

这里已是花园重地，整个汉王府，都被一种悲哀的气息所笼罩，只有这里例外。

“我之所以这样做，是因为我知道项羽此人的可怕。很多人对他都有这样的误解，认为他神勇有余，心智不足，但我却并不这么认为。一个自出道江湖以来就未逢败迹的人，他的智慧又怎会低于任何人？如果他真的如传闻中所说的那样有勇无谋，只怕早已死于非命，又怎能登上今日霸王的宝座？”说话者缓缓回过头来，在泛红的灯光下，一张刚毅而不失狡诈的脸现了出来，竟然是刚才还是头身异处的刘邦。

死去的人当然不能复活，那么，刚才坐在王者车驾上的人难道不是刘邦？这究竟又是怎么一回事？

没有人说话，每一个人都将目光盯在刘邦的身上。

“所以，我并不认为我们所布下的杀局就可以置项羽于死地。为了保险起见，我就安排了一个替身化装成我的模样，在河神大祭之后，替我上了车驾。同时为了能够瞒过项羽，这件事我没有告诉任何人，只是想得到逼真的效果，让项羽误认为他所杀的人正是本王！”刘邦显然为自己的计划感到满意，不由得意地一笑。

“我敢肯定，项羽必定中计，因为在那个时候，连我也被汉王瞒过了。”纪空手拍掌笑了起来，他笑得很是开心，因为他的确不想刘邦此刻死去。

刘邦拍了拍他的肩头：“你对本王的忠心，本王已经见识了。在那一刻，本王已经感受到了你对我的至诚之心。”

纪空手微微一笑，道：“我当然不愿意汉王就此而死，毕竟，你我之间还有那么一桩交易。”

“痛快！这才是你的心里话。”刘邦哈哈笑了起来，半晌方停，“其实，本王如此安排，还有一层用意，不知你们看出来没有？”

张良微微一笑，并不言语。

“子房莫非有了答案？”刘邦眼中露出一丝惊诧。

“答案是有，却未必正确。”张良道，“如果我所料不差，应该与东征有关。”

“不错！”刘邦点头道，“知我者子房也，这句话可半点不假。”

刘邦的眼芒从在场每一个人的脸上一一扫过，这才脸现得色，道：

“本王之所以如此安排，是因为只有让项羽确信本王已死，他才会将注意力转移到齐国战场，从而忽视我们汉军。这样一来，一旦我们东进，就可事半功倍，收到意想不到的奇效。”

纪空手心中一动，道：“但是以现在打造兵器的速度，要想在一年之内出兵，似乎很难，而有这一年的时间，只怕项羽早已平定了齐国战事。到那时，良机已失，再谈东进，恐怕晚了。”

刘邦哈哈笑将起来，很是自信地道：“谁说在一年之内出兵？元宵一过，本王便要亲率大军东进，与项羽一争高下！”

他言语敢如此肯定，必定是有所依凭，纪空手心知肚明，却佯装糊涂：“这我就不懂了，且不说这兵器不够，就是栈道的修复也要时间，岂能在这短短的数十天里完成东进的准备？”

“修复栈道不过是本王所用的障眼法而已，与这购买铜铁打造兵器有异曲同工之妙，其目的就是要让驻守关中的三秦守军误认为我军东进的日期尚早，从而放松警戒。其实本王手中不仅握有百万兵器，更有一笔天下最大的财富，一旦得之，便是项羽辖九郡之财力，也不能与本王相比。”刘邦毫无顾忌地道。

他竟然当着纪、龙二人说出如此机密之事，显然已不将二人当外人看待，这使得纪空手又朝成功的方向大大地迈进了一步。

然而纪空手深知，要想取得成功，就要不断努力，更要谨慎小心。世上功亏一篑的事例实在不少，这足以让他引以为戒，丝毫不敢掉以轻心。

“那我可要恭喜汉王了。”纪空手拱手道。

“且慢恭喜！”刘邦的脸上变得十分凝重，“这一笔财富与兵器能否到手，关键还得看你的本事。”

“我？”纪空手惊道，其实他早已明白，这才是刘邦亲赴夜郎的真正目的。

“对，就是你！”刘邦微微一笑，“若没有你的帮助，本王身入宝山也只能空手而归。”

纪空手道：“我不过是夜郎世家的一名子弟，焉能有这等能耐？只怕汉王看走了眼吧？”

刘邦看了他一眼，道："夜郎陈家，以勘探矿产闻名于世，你既身为家主，当对这门技艺并不陌生。"

"这和那笔财富有何关系？"纪空手道。

"大有关系，你可曾听说过大秦始皇生前留下登龙图宝藏一事？"刘邦的眼中明显多了一丝亢奋之情。

纪空手佯装不知，待刘邦细细向他讲了来龙去脉之后，这才咋舌道："竟有这等事情？"

"此乃千真万确之事。"刘邦正色道，"本王已然决定，三日之后，将率十万大军赶到上庸，能否取得宝藏，就全靠你了。"

又到上庸，又到大钟寺。

纪空手故地重游，感慨颇多。五音先生便是死于此地，令纪空手心情沉重之余，更感到了肩上责任之重大。

十万大军驻扎于上庸城内外，连营十里，旌旗猎猎，而在大钟寺附近，更是戒备森严，由刘邦的亲卫营三千将士担负守卫的职责。

而刘邦一行进入了大钟寺后，坐到了偏殿旁的一间禅房里。此次来到上庸的，除了刘邦与纪空手、龙赓外，张良、樊哙、周勃等人也在其列，对这一次的掘宝行动，刘邦显然是势在必得。

当众人纷纷坐下之后，三名信使早已在门外等候。他们都是在到了南郑之后，得知刘邦来到上庸的消息，又从南郑赶来的，一路行色匆匆，显是军情紧急。

"唤他们进来吧！"刘邦从侍婢的手中接过香巾，洗了洗脸，连茶也没顾得上喝，便道。

三名信使大步踏入，都是一脸风尘。每人皆双手呈上一封用火漆密封好的书函，然后才依次退下。

刘邦随手拆开一封，转眼间看完，淡淡而道："果然不出本王所料，本王设了三道防线，派出七十四名高手，仍然没有留住项羽。此人若非太过残暴，不得民心，天下还有谁可以与之争霸天下，一决高低？"

纪空手这才知道，刘邦除了在长街上布下杀局之外，还另有安排，可见此人心计之深，太过恐怖。

“他能逃脱，未必就是本事，也许只是运气好罢了。汉王何必灭自己的志气，长他人的威风呢？”周勃是刘邦手下的一员虎将，作战骁勇，说话更是直来直往。

“如果这一切都归结于运气，那么项羽的运气未免也太好了吧？”刘邦冷哼一声，随手又拆开第二封书函，一看之下，却半晌没有作声。

“汉王何以如此？莫非发生了什么大事？”张良一脸肃然，问道。

“的确发生了一桩大事。”刘邦的眼中闪出一股复杂的神情，道，“田横在齐纠集了十数万人，已经攻下了一郡八县，声势之大，逼得西楚军不能从齐国撤军。”

“这乃可喜可贺之事，汉王何以一脸不悦？”张良感到奇怪。

“你可知道，在田横的背后又是谁在撑腰吗？”刘邦道。

“谁？”众人齐声问道。

“纪空手！”刘邦此话一出，室内顿时一片静寂。

刘邦离座起身，在禅房中负手踱步，缓缓接着道：“自霸上一别之后，他便杳无音讯，本王以为他已归隐江湖之时，他便在这上庸出现，旋即又玩起失踪的游戏，跑到了齐国。此人智勇双全，与项羽相比，唯一欠缺的就是没有自己的军队，一旦让他借壳生蛋，拥有了十数万人马，那么此人之可怕，比及项羽恐怕是有过之而无不及。”

“就算他拥有了十数万军队，也不足为惧。”纪空手似笑非笑，“汉王只怕太抬举他了，放眼天下，无论是汉王，还是项羽、韩信，都已拥兵在五十万以上，项羽的西楚军更是号称百万。区区十数万人马，根本不足以撼动这三足鼎立之势。”

刘邦眉头一皱，摇了摇头：“这不是本王抬举他，而是陈爷未知其人之厉害，是以才有小视之心。你可知道，本王这一生中，唯一做错的一件事是什么？”

纪空手望向他，并没有说话。

刘邦沉声道：“那就是低估了纪空手！本王一直以为，他只是一个有着小聪明，又得到了一些奇遇的小混混而已，就算风光，也不过是昙花一现。可事实却证明，他能从市井中的小混混爬到今天这样的地位，绝不是凭着一些小聪明就能够完成的。在这强者如林的乱世中，单凭一些奇遇得到的武功也难以应付一切的危险，这只能说明，他有过人的长处。只凭这一点，已足以让他跻身争霸天下的行列!”

“如果纪空手真的有这么厉害，那岂非正遂了汉王的心愿吗？两虎相争，必有一伤，就只怕纪空手未必是头猛虎，根本不堪一击，不是项羽的对手。”纪空手淡淡而道。

刘邦不以为然，因为他的心里非常清楚，只要有纪空手的地方，那里总会有奇迹发生，这似乎已成了一个不变的定理。

他拆开了第三封书函，一看之下，脸色陡然变了，仿佛罩上了一层严霜。

张良心中一惊，似乎还从来没有见过刘邦居然这么严肃的表情，关切地问道：“汉王，有事吗?”

刘邦侧过头来，与张良相望良久，这才心情沉重地道：“子房，你所料的丝毫不差，匈奴果然派出了以蒙尔赤亲王为首的一帮人出访高丽，照行程来算，在下个月的今天，应该就会到达高丽。”

张良的脸色一变，惊道：“这么说来，匈奴王冒顿果然对中原已生觊觎之心!”

“事实应该如此，否则冒顿也不会派蒙尔赤亲王不远万里，出使高丽。他显然已经看到中原局势紊乱，正是他南下的最佳时机，假如与高丽约定同日出兵，以中原目前的形势，只怕很难与之抗衡。”刘邦的眼中多出了一股忧虑，在他看来，一旦匈奴与高丽联合出兵，无论是项羽还是自己，都不可能拥有两线作战的能力。

纪空手显然对冒顿之名并不陌生，事实上当五音先生一死，他就开始留心天下大势，其中就包括了对匈奴的了解。

据他所知，自有匈奴以来，便与中原经常发生矛盾，有时甚至直接导致战争。到战国时期，毗邻匈奴的燕、赵、秦三国修筑长城以防范匈奴，为了抵御匈奴的不断南下侵扰，无不付出了巨大的代价。

到了秦始皇时期，当始皇统一六国、威震天下时，匈奴单于头曼在位，势力亦甚为强大，便连以战力著名的大秦军队屡次讨伐，也奈何不得，可见匈奴当时已经拥有了与中原抗衡的强大实力。

而冒顿是头曼单于的儿子，禀性凶狠残暴，擅于带兵打仗，其所属将士在他的精心调教下，养成了绝对服从的军纪，因与其弟争夺这继承人之位，在秦二世元年，他趁父王狩猎之际，竟然率亲卫将父王头曼单于乱箭射死，随即杀其后母与胞弟以及大臣将军中胆敢不服者，自立为单于。

在冒顿的铁腕统治之下，匈奴军威大震，在短短的两三年中，一连击败东胡、楼兰、白洋、月氏等势力，第一次统一了大漠南北，建立起一个强大的奴隶制国家。

同时他目睹中原此际正值多事之秋，无暇北顾之际，不断地派兵南下侵扰。而这一次他竟然想与高丽王国联合出兵，可见其已生吞并中原之心。

张良沉吟半晌，其实匈奴与高丽联合一事，他早有预见，同时也想到了对应之策，可是他却没有料到他们的动作会如此迅速，竟选择了一个这样的时机。

“如果我们要不让匈奴与高丽联手出兵，并非全无办法。”张良似乎拿定了主意，断然道，“那就是在半路阻击蒙尔赤亲王的出访使团，让其全军覆灭。唯有这样，至少在一年之内，匈奴与高丽无法达成联合出兵的意向。”

“这可行吗?”刘邦显然也想到了采用这种手段，却又觉得没有太大的说服力。

“应该可行。”张良一说起话来，眼睛总是那么炯然有神，显示出那种超越于常人的莫大自信，“匈奴与高丽相距何止万里? 一路地势险恶，路途艰难。按照正常的速度，走一个来回需要五个月的时间，如果加上气候的变化以及一些人为因素，时间只会更长。只要我们能够将蒙尔赤亲王的出访使团截杀，那么即使冒顿得知消息再派人出使高丽，也应在一年之后了。”

刘邦浓眉一扬，顿时来了精神，道：“对呀，有了这一年的时间，只怕中原大局早已安定下来，到了那时，冒顿纵想出兵，恐怕还得三思而行了。”

“不过，蒙尔赤亲王一向有匈奴第一高手之称，旗下子弟中更是不乏高手，再加上数百匈奴铁骑，要想将这一帮人一网打击，绝非易事。”张良皱了皱眉，他之所以犹豫，就是担心这一点。

刘邦吃了一惊，道：“子房何以这么清楚对方的底细？”他手中的书函中所传来的消息与张良所言大致不差，若非他一直拿在手里，还以为是张良偷看了其中的内容呢。

张良淡淡而道：“兵者，诡道也，要想百战百胜，就必须知己知彼。我在出山之前曾经花费了十年时间研究天下各方的势力，最终选定汉王作为自己的明君加以辅佐，若是连蒙尔赤亲王这等人物都不曾了解，又怎能谈得上运筹帷幄之中，决胜于千里之外？”

纪空手一听之下，大吃一惊，他与张良虽然只有一面之缘，却对其素有好感，隐然有引为知己之意。他却始终不明白张良何以会对刘邦如此推崇，难道说张良能知测人之术，算定刘邦日后必成这乱世之主？

“那么照子房的意思，本王该派何人才能担负起此项重任？”刘邦毫不掩饰自己对张良的倚重之情，虚心请教道。

“用卫三少爷的影子军团，只能对付蒙尔赤身边的高手，而真正能够将蒙尔赤置于死地的人，不能说没有，但当世之中，最多不会超过十人。”张良肃然道。

刘邦没有料到蒙尔赤竟然有这么厉害，不由倒吸了一口冷气：“这蒙尔赤师出何门？他怎么会这般厉害？”

“他出自魔门，是魔门创立以来，公认的第一高手。冒顿显然料到了这一路上必有凶险，所以才会请他出山，让其作为出访使团的使者。”张良冷冰冰的声音不带丝毫感情，就像是在说一个铁一般的事实。

魔门自创立以来，已有两三百年的历史，它的发源地在大漠以北，一向不为世人所知，直到近些年来，一些魔门子弟加入到匈奴军队，随军南侵，才渐渐为中原武林所知。刘邦身为问天楼阀主，对魔门也并非一无所知，但缺乏更深入的了解，是以一听到蒙尔赤的姓名，自然感到十分陌生。

他对张良如此推崇蒙尔赤有几分诧异，不过自霸上认识张良之后，他就一直非常信任张良的忠诚，更为其深谋远虑的军事才华所倾倒。在他的心目中，虽然与张良相处的时间不长，却已将之与自己最信任的萧何相提并论，视为左右臂膀，所以他相信张良并非危言耸听。

“照子房来看，在我们这些人之中谁可与之匹敌呢？”刘邦的目光从每一个人的脸上扫过，移到纪空手与龙赓脸上时，略停了一下。

“能够与蒙尔赤一战者，在座中就有几位，但是能够有把握将之置于死地的人，只怕没有。”张良突然微微一笑，“不过，若是两人联手，蒙尔赤纵想不死，也很难了。”

刘邦的眼睛一亮，缓缓地在众人面前扫过，道：“在座的诸君中，谁愿意与卫三先生一起，去担负这项任务？”

张良淡淡一笑，道：“眼看东征在即，樊将军、周将军军务缠身，要想抽身，不太现实，而陈爷又肩负掘宝重责……”

龙赓微笑而道：“这么说来，只有我去了。”

刘邦大喜道：“你真的愿意为本王走这一趟？”

“就算不愿意，也只能硬着头皮上了。”龙赓笑了起来，“汉王莫非还认为我有选择的余地吗？”

刘邦哈哈大笑，转头望向纪空手：“陈爷的意思呢？”

此时正是纪空手到了实施自己“夜的降临”计划最关键的时刻，一旦没有龙赓的相助，很有可能会使自己的计划功亏一篑，但是纪空手却显得非常平静，淡淡笑道：“龙爷能为汉王尽忠，这是他的荣幸，我替他高兴还来不及呢，又怎会反对？”

刘邦道：“既然如此，那就这么定了。”

龙赓缓缓地站将起来，道：“何时出发，在哪个地点出手？”

张良指着身前的一张地图，在一个名叫“南勒哈草原”的地方点了点，道：“三日之后，你与卫三先生率人从南郑出发，半月后可以抵达这里。要从这草原上经过，就必须先到双旗店，如果蒙尔赤他们一路上不出现意外，将在你们到达双旗店的第五天后抵达。这样一来，你们完全有充足的时间布下陷阱，以逸待劳，杀他们一个措手不及！”

就在龙赓走后的第四天，忘情湖上，纪空手与刘邦、张良泛舟湖面，悠然自得地欣赏着落日余晖下的湖光山色。

“好美的景致，若是汉王不说，谁又会想到在这平静的湖面之底，竟然藏有世间少有的宝藏？”纪空手双手扶住舱栏，甚是悠闲地道。

“陈爷的心情如此之好，莫非已想到了掘宝的方法？”刘邦一门心思都放在纪空手的身上，对他来说，取出登龙图的宝藏乃是当务之急，比任何事情都重要。

纪空手并未回头，只是抬头望了望天：“一连数天，我对忘情湖周边的地形都作了详细的了解，并对一些重要的方位也作了全面的勘探，经过一番研究之后，的确有了一些眉目。但家有家法，行有行规，不到吉日吉时，我可不敢泄漏天机，所以还请汉王耐下性子多等几日，实在不好意思。”

“这么说来，陈爷确已成竹在胸了。”刘邦的脸上泛起一层淡淡的红晕，很是亢奋。

“不敢说万无一失，应该八九不离十吧。”纪空手微微一笑，“如果不是始皇在大钟上留下了一点蛛丝马迹，我也想不到这掘宝的方法来。”

“你所说的吉日吉时又是指哪一天呢？本王可真有些迫不及待了。”刘邦毫不掩饰自己心中的惊喜。

“大年三十，交子之时。”纪空手肃然道，“唯有在那个时辰，我才敢向汉王一一道明。”

刘邦不敢勉强于他，想到数月来藏在心里的一块心病就要解开了，心里着实高兴，当下吩咐侍婢摆酒相庆，推纪空手坐在上席，自己在主位相陪，张良则忝居末位。

酒过三杯，刘邦轻轻地叹息一声，这才感慨良多地道：“我已经很久没有这么轻松过了，自从沛县起事以来，就觉得自己很累很累，真想找个机会让自己彻底地放松一下。然而，这种机会实在不多，也许就仅仅局限于此时此刻。”

“既然汉王力求轻松，我们大可谈些轻松的话题。”纪空手淡淡而道，

“其实在我的心里，一直存有一个问题，如果汉王不嫌我冒昧，还请释疑。”

刘邦略显诧异地看了他一眼，道：“你但问无妨，难得今天我心里高兴，只要是我知道的，一定如实告知于你。”

他的确高兴，所以并不以王者自居，就像是朋友间的聊天，显得非常随意。

纪空手迟疑了一下，道：“我来汉中已有些时日了，怎么一直不见王妃和王子、公主？莫非汉王尚未娶妻立妃？”

刘邦闻言，神情一黯，并未马上开口，而是低下了头，似乎又回到了自己往日的记忆之中。

不过，这种神情只在他的脸上一闪即没，代之而来的，是一丝淡淡的笑意。他缓缓地站将起来，双手背负，踱了几步：“我不但已娶妻成家，而且还有一子一女，如果我记得没错，他们应该有七八岁了吧。自沛县起事之后，我就再也没有见过他们。”

纪空手与张良相望一眼，很是诧异地道：“为什么汉王不将他们接到自己的身边来呢？”

刘邦摇了摇头，道：“要想成就大事，就要懂嘚嘚失利弊，更要懂得舍弃。所谓有一得必有一失，像我这样的人，有时候就要选择无情，只有这样，才可以做到无牵无挂，才可以去放手一搏。”

“汉王难道从来没有在乎过他们，甚至无视他们的存在？”纪空手的眼中闪现出一丝不可理喻的神情，心中暗惊。

“不!”刘邦的目光射向船尾的湖面，船过处，湖水两分，微波泛起，“正因为我在乎他们，才不敢将之接到身边。”

纪空手道：“我有些糊涂了。”

刘邦平静地道：“如果我将他们接到自己的身边，就说明我在乎他们，而我的敌人就会千方百计地打他们的主意，借此要挟于我。而像我现在这样，让他们生活在沛县，反而没有人会去骚扰他们，因为我的敌人都会以为我其实一点都不在乎他们，即使用他们来向我要挟，也丝毫不会起到什么作用。”

纪空手不由为刘邦如此冷静地看待问题感到由衷的佩服，至少在纪空手自己看来，他能想到，却做不到这种无情。

“她会怎么想呢?”纪空手轻声问了一句，仿佛有点为刘邦的妻子感到悲哀。

“她?”刘邦怔了一怔，回过神来，悠然而道，“她姓吕，名雉。她也许算不上一个美丽的女人，却绝对是一个刚毅坚忍的女人，无论我对她多么冷漠，她也绝对没有半点怨言，更不会在乎我的无情。这只因为，我们的婚姻只是一场交易，是问天楼与听香榭之间的政治交易。”

他此言一出，只听“啪……”的一声，纪空手手中的酒杯落地，摔得粉碎。

刘邦的眼睛里暴射出一道寒芒，紧紧地盯在纪空手的脸上。纪空手的脸上一片惊骇，并没有刻意掩饰，缓缓而道：“这是一个惊人的消息，对我来说，至少是这样的。”

“我也吓了一跳，毕竟这消息太出乎人意料之外了。”张良似乎也是头一遭听刘邦说起，满脸狐疑。

刘邦的眼珠转了几下，突然笑了起来：“我就知道会吓着你们，因为这件事非常机密，若非你们是我的左右臂膀，我也绝不会向你们提起。”

纪空手很快稳住了自己的情绪，心中有惊有喜。他喜的是刘邦当着自己的面说出如此惊人的内幕，那就证明自己已经完全取得了刘邦的信任；所惊的是，听香榭乃江湖五阀之一，一旦与问天楼联手，其势力之大，根本无人可以遏制，自己的计划只怕也充满了无穷的变数。

南勒哈草原。

过了燕北，还有三日行程，便是一望无际的大草原。此时已到隆冬时节，大雪铺地，草树枯黄，有一种说不出的苦寒。

在这个季节里，游牧的民族已经南迁，草原上并没有春夏时那种盎然的闹意，但也不是渺无人烟，没有人迹。在草原深处的双旗店里，同样聚集着一帮人，他们大口吃着牛肉，大碗喝着烧刀子，钱乱撒，命乱丢，大有燕赵志士那种慷慨激昂的豪侠之风。

双旗店不是店，而是个小镇，只有百十来户人家，却有着草原上最大的赌坊，最勾人的妓院，还盛产一种一口喝下去就浑身起劲的烈酒。有了这三种东西，怪不得这双旗店的人气总是那么旺，那么火，更能吸引一批浪迹天涯的亡命之徒。

亡命之徒通常是老百姓给江湖人的一个通称，因为这些人总是把脑袋拴在裤腰带上，不仅对自己的生命看得很轻，且对别人的性命也不当一回事。不过，他们也有一个很好的规矩，就是绝不在双旗店里闹事，更不准在这里杀人，谁若违反了这条规矩，谁就是双旗店的敌人。

这种规矩和兔子不吃窝边草这句话的含意有异曲同工之妙。毕竟江湖人也是人，总有身心疲累的时候，到那时，他们就会把双旗店当作自己的家，一个可以歇脚的驿站。

谁也不愿意别人在自己的家里闹事，这些江湖人也一样。

当卫三少爷与龙赓带着数百名影子战士赶到双旗店时，已是夜晚。为了不引起别人的注意，卫三少爷只带了三四名随从与龙赓一起，进了镇子，其余的战士各自隐藏身形，躲到了一处离双旗店不远的山谷里。

这里虽然已经不是问天楼的势力范围，但问天楼仍然安插了耳目藏匿其中，这销金窟赌坊的严三爷便是其中之一。

龙赓最初也不明白卫三少爷为什么会一进镇子就往销金窟跑，似乎对双旗店的地形十分熟悉，等到他看到卫三少爷与严三爷擦肩而过的那一刹那，两人的手似是不经意地碰了一下，他就已经感到这严三爷的可疑。

出了销金窟，龙赓的第一句话就是：“卫三少爷并不是头一遭到这双旗店吧？”

“不错！”卫三少爷大踏步地走在满地积雪的大街上，“一个对剑道有深刻理解的武者，他的目光总是异常的犀利。”其语气中带出一股欣赏之意。虽然卫三少爷对龙赓并不熟悉，但刘邦既然派他来当自己的副手，那么这年轻人想必就有惊人的技艺，否则也不会让他与自己联手对付蒙尔赤了。

“先生过奖了。”龙赓并没有因此而得意，而是淡淡一笑，“我只是刚巧看到了你从那赌坊老板的手里拿了个东西，如果我所料不差，他应该是你们问天楼派到这里的耳目。”

“嘘！”卫三少爷做了个噤声的动作，小心谨慎地看看四周的动静，这才压低声音道，“你猜得一点都没错，他的确是我们的人。我之所以这么做，是不想暴露他的身份。要知道，要经营这样一个据点，不仅需要大量的财力，还需要至少十年的时间，方可让他在这里扎根下去，混入本不属于他的那个圈子里。”

“我明白。”龙赓点了点头，随即跟着卫三少爷到了一家小酒铺里，在一个最不显眼的角落坐下。

“这里的每一家店铺都不打烊，所以你随时都可以把自己口袋里的银子花出去。而且你千万不要以貌取人，不管是人，还是店铺。就拿这家店铺来说，虽然简陋，却是一家老字号，它所卖出来的酒，据说是南勒哈草原上最烈的，只要我们到了双旗店，总会来这里坐坐。”卫三少爷边说边打开了手心的一个布团，飞快地扫了几眼，然后在手心里一搓，将布团搓成碎末。

龙赓端过酒碗喝了一口，赞道：“好酒，好酒，只要喝这么一口，浑身上下都暖和了。”

卫三少爷哈哈笑了起来，似乎惊动了这铺子里的另外一伙人。这伙人有四五个，山羊皮袄皮靴，一色土著人的打扮，齐刷刷地扭头瞪了卫三少爷一眼，随即转过头又静静地品着自己手中的酒。

他们像是在等人，但卫三少爷却从他们锋锐的眼神中看出这几人的身份有点与众不同。至少，一些活跃在双旗店附近的土匪胡子绝不可能有这样的眼神。

这种眼神精光内敛，犀利无比，若非内功精深人士，哪来的这等眼神?

卫三少爷的心里“咯噔”了一下，顿时对这几人来了兴趣，因为他知道这双旗店虽是藏龙卧虎之地，但同时出现这样几位高手，实在罕见，似乎预示着有什么大事即将发生。

他似是不经意地看了看自己身后的几个随从一眼，提醒着他们保持高度警觉，然后与龙赓就着桌上的几盘冷碟，对饮起来。

他喝得很慢，目光却不时地瞟向那几人，注意着他们的一举一动。

这几人只是静静地品酒，静静地听着门外朔风的呼号，这酒铺里还有几桌人正在高谈阔论，与他们保持的静默形成一个极大的反差。

卫三少爷注意到这几人的目光一直盯着不远处的街口，然而此时已近二更天了，街上显得十分的静，根本就没有人在长街上走动，只有斑驳陆离的灯影斜照在地面的积雪上，泛起一种渗白的光彩。

“这几人实在有点怪。”龙赓忍不住压低嗓音道。

卫三少爷点了点头，道：“如果我没有看错，这些人恐怕与蒙尔赤东来大有关系。”

两人刻意内敛精气，是以说起话来仅限对方可以听到，并不担心有第三者偷听。

“你是怎么看出来的？”龙赓很是诧异地道。

“因为他们都是高丽人。”卫三少爷非常肯定地道，“虽然他们在外形上做了改扮，但我还是一眼就能看出来。”

他说了几个只属于高丽人才有的外形特征，以及服饰上的细微差别，以证明自己的判断没有错，同时也炫耀着自己阅人无数的眼力。

“可是南勒哈草原与高丽还有上千里的路程，他们赶到这里来迎接蒙尔赤，莫非是听到了风声？”龙赓想了想道。

“有这种可能。”卫三少爷的眉头皱了起来，他们此次行动要想成功，贵在偷袭，如果失去了行动的隐蔽性与突然性，那么这一战将成为胜负难料的恶战，这是他最不想看到的结果。

沉吟片刻，他突然道：“严老三给我的消息上说，这些人也是昨天才赶到双旗店的。如果我们的手脚够快，在蒙尔赤到来之前先将这些高丽人解决掉，那么等到蒙尔赤到来的时候，我们依然可以占据主动。”

龙赓道：“现在就动手吗？”

“再等等看，他们好像正在等人，等到他们的人全都聚齐了，我们再动手不迟。”卫三少爷显得胸有成竹地，“何况，我们既然到了双旗店，就要入乡随俗，照这样的规矩，一切事情只能在离开镇子十里以外才可了断，否则我们就会成为双旗店每一个人的公敌。”

龙赓傲然一笑，很是不以为然。

卫三少爷看在眼里，不置可否，只是叫了身边的一个随从，在其耳边嘀咕了几句，那名随从点了点头，出门而去。

龙赓知道卫三少爷是想召集人手，不由笑道："卫三先生未免太谨慎了吧？就这几个人，你我联手，足可应付。"

卫三少爷眉间一紧，道："我并不担心这几人，倒是担心他们所等的人是我们所不知道的高手，所谓小心能使万年船，多些人手总是没有坏处的。"

龙赓不再说话，只是望向长街。

他希望事情能如卫三少爷所料，对方真的会来一帮高手，只有这样，他才觉得此行不虚。

因为，无论成败，他都希望过程刺激，否则，他会很失望的。

第八十章　墓前誓言

听香榭不仅是五阀之中最神秘的豪阀，也是江湖上最神秘的一个组织。近十年来，江湖上已经很少有人听说过听香榭的名头，更没有人看到过有听香榭的人在江湖上走动。

很多人都以为，听香榭也许是发生了什么变故，是以淡出江湖。谁也不会想到它竟然会在暗中与问天楼以姻亲的方式联手，结成了当今天下最强势的同盟。

吕雉是听香榭的什么人？听香榭为什么要以这种方式与问天楼联手？它的目的何在？

这一串串问题如同悬念般勾起了纪空手心中的好奇。

这些仅是从刘邦的口中说出，它的可信度究竟会有多少？

纪空手的思维转动极快，陡然想到那一天自己夜闯花园时在凤影的小楼里撞上的那两名女剑客，那种轻盈飘逸的身法，那种诡异莫测的剑式，都与五音先生描述的听香榭武功极为类似。只是当时他根本没有想到听香榭与问天楼会结成同盟，所以这个念头只在心里一闪而过，并没有留下多少深刻的印象。

现在想来，反而证实了刘邦所言非虚，问天楼与听香榭的确已结成了同盟。可是，像这等机密的大事，刘邦为什么会当着纪空手与张良的面说出来呢？

“你们一定很奇怪，为什么我会把如此机密的事情告诉你们，对不对？”刘邦缓缓地回过头来，锐利的眼芒横扫两人的脸上。

纪空手与张良无不将自己的目光迎向刘邦的眼芒。对他们来说，这的确是此时此刻最想知道答案的问题。

“我无非是想向你们证明，站在你们面前的人虽然其貌不扬，虽然不具王者之相，但他却是最有可能夺得这天下的霸者！无论是项羽的流云斋，还是匈奴、高丽，在他的眼里，通通都是狗屁，根本不能改变他一统天下的决心。当他成为这乱世之主之际，作为功臣，你们将封侯拜相，享受到你们以前连想都不敢想的荣华富贵，以及毕生的荣耀。”刘邦缓缓而谈，他的眼芒如电，绽射出一股莫大的自信，仿佛此时的天下，已经尽在他的掌握之中。

纪空手望着刘邦眸子里流露出来的欣赏之意，知道无论是自己，还是张良，此时在刘邦的心里都占据了很重要的位置。刘邦将如此机密的事情告诉他们，无非是想向他们表示一种诚意，借此换取他们的绝对忠心。

“如果我是你，我是不会将这么机密的事情讲出来的，特别是当着我这样的一个异国人士。”纪空手故意这么说道。

刘邦淡淡笑道：“你以为我会轻易地相信一个人吗？我之所以信任你，是因为我不仅对你的家世与身份都有着非常详尽的了解，而且在我们相处的日子里，我感觉到你是真心实意地待我，甚至不惜自己的生命来捍卫我的荣誉。只这一点，已经足够证明你对我的忠诚。所以，我没有理由再怀疑你，所谓疑人不用，用人不疑，说的就是这个道理。”

纪空手恭声道：“多谢汉王抬举，我实在有些愧不敢当。其实我所做的一切，都是因为你我之间的约定，算起来只是属于我自己的一片私心。”

刘邦哈哈笑了起来，道：“有道是无利不起早，你能为了自己的一片私心而全力助我，这反而让我觉得真实可信。”

三人在笑声中同饮一杯，刚刚放下手中的酒杯，便听到湖面上传来一阵高亢悲凉的渔歌，顿时吸引了纪空手的注意。

“那是什么？”吸引纪空手注意的不是那唱歌的人，而是唱歌人身后的半空里盘旋不下的一群寒鸦，在寒鸦飞起的地方，立着一块巨大的墓碑。

其实那不是墓碑，而是湖边绝壁上的一块平滑如镜的石壁，在石壁之上，写有几个大字，因为距离太远，只能隐约可见这几个字形的轮廓。

刘邦顺着纪空手的目光看去，不由身子一震，整个人肃然起敬："那是一个人的墓碑，在那墓碑之下，长眠着一位让人敬仰的老人。"

纪空手的眸子里闪过一丝诧异的眼神，道："难道是卫前辈的坟墓？"

他有些不敢相信，毕竟霸上距上庸足有数千里之遥，刘邦要想把卫三公子的无头尸身运到这里安葬，实在有些困难。

但如果不是，纪空手又实在想不出还有谁可以让刘邦如此尊敬。死者逝矣，无论他生前如何轰轰烈烈，名动一时，等他死的时候，所拥有的也就是一抔黄土而已。

刘邦摇了摇头，眼中流露出一股复杂的表情，缓缓而道："我之所以尊敬他，是因为他绝对是一个值得我尊敬的对手，更是普天下人都十分敬仰的一个英雄。"

纪空手只觉自己的脑袋"轰……"的一声，顿时大了。

"他就是知音亭豪阀，以六艺闻名的五音先生。"刘邦说出这个名字的时候，声调明显带出了一丝战栗。

长街很静，凛冽的寒风呼啸着穿过长街，犹如阴风般让人生悸。

此时已近子夜。

酒铺外的灯笼依然高挂，那几个高丽人依然在静静地品酒，只是卫三少爷的心里，仿佛有一种不祥的预兆，令他的眉头紧皱。

他已经派出了第三个随从去召集人手，却无一例外地都一去不回，就像打狗用的肉包子一般。

多年的江湖阅历造就了他对危机异常敏锐的嗅觉，他已经隐隐感到了事情有些不对劲，但是他深知，越是濒临危乱之际，便越要保持镇定。只有这样，才可以真正度过危机。

他与龙赓交换了一下眼神之后，依然将目光留意门外的动静。可是他的思维却在高速转动，寻找着这危机的来源，更思索着自己出现的纰漏之处会在哪里？

他们是在今天才赶到双旗店的，然后便与销金窟的严三爷接上了头，再然后又随意地找到这家酒铺，前后所用时间不过一炷香工夫。可是酒未过三巡，就好像步入了一个事先设好的局里，这未免让卫三少爷感到有些匪夷所思。

难道说是严三爷出卖了他们？

卫三少爷本来并不会这么想，这只因为严三爷能被问天楼派到双旗店主事，和他的身世与忠心有关。卫三少爷起初根本就没有怀疑到他，只是因为所遇的事实在太过蹊跷，细细推敲之下，这严三爷便成了最大的嫌疑。

接连三人出了门都杳无音讯，这种事在卫三少爷的记忆中，还是头一遭遇到。在他的影子军团里，严明的军纪使得他手下的每一名影子战士都成了训练有素的武者，更有着绝对忠心的信念。特别是他身边的这几名亲卫随从，不仅是身手不凡的高手，而且对他的忠心绝对是毋庸置疑的，若非遇上了突发事件，不可能出现现在这种一去不回的现象。

难道说这三人无一例外地都发生了意外？

卫三少爷心中感到一阵烦躁，却不得不让自己重新静下心来，因为此时的长街上，终于响起了一串马蹄嘚嘚之声，非常清晰地印入了他的耳鼓。

卫三少爷抬眼看去，未见其马，未见其人，但马蹄声隆隆响起，长街似乎也为之而动，这让卫三少爷的脸色也随之一变。

因为他已听出，来人至少在十数名以上。

飞蹄扬起，洒出一片雪雾，在寒风的翻卷下，搅乱了本来平静的灯影，幻出幢幢鬼魅似的乱影。

“希聿聿……”马嘶骤起，随着风雪的飞舞，一支马队惊现长街，十数匹极为神骏的马上，驮载着十数位颇有声势的人，一身胡服，满脸风尘之色，让卫三少爷的眼睛一亮，露出惊诧的神情。

更让卫三少爷感到心惊的是，这支马队眼看快到酒铺门口时，竟然带住马缰，全都停了下来，只是静静地立在长街上，犹如生长在大漠上的一排胡杨。

马儿在低啸，人却静默若死，谁都可以看出，这些人似乎对这酒铺中的人很感兴趣。

除了那几个高丽人之外，酒铺中就只剩下卫三少爷和龙赓，还有两个卫三少爷带来的亲卫随从。马上的人又会对谁更感兴趣？

卫三少爷的心沉了下去，神色也随之绷紧，他已经看出，来者显然是来自于匈奴，除了在人数上有所出入之外，这十数人都像极了蒙尔赤亲王所带领的出访使团。

所幸的是这种沉默并没有保持多久，马队中一人拍马而出，抬头看了看酒铺中的招牌，突然叫了起来："高丽来的朋友，亲王到了，怎么还不出来迎接？"

此话一出，卫三少爷倒吸了一口冷气。这十数人果然是蒙尔赤所带领的出访使团，他们显然比自己所预料的时间早了几日赶到了双旗店。

刘邦所得到的消息是这个出访使团拥有数百人的车队，这与实际的人数有着明显的出入。卫三少爷现在想知道的是，如果刘邦得到的消息无误，那么对方其他的人呢？

想到这里，卫三少爷的脸色又变了一变，他蓦然间想到了自己那数百名在山谷里待命的影子战士，同时也想到了自己派出的那三名亲卫随从。

"街上风冷，还请亲王入店一坐，我们已经烫好了暖酒，就等亲王来痛饮哩！"说话者是那几个高丽人中的一个，一改先前的沉默，大声叫道。

"好！难得你们能想得如此周到，本王也就不客气了。"一个声如洪钟的嗓门响了起来，伴着一阵有力的脚步声，一个剽悍有力的身影自门外走入。

此人年过四旬，腰挎长刀，行路间的动作给人以豪迈不羁的感觉。正是那种对酒当歌、杀人无数的英雄烈汉，当他一脚踏入酒铺门时，整个酒铺的空间仿佛被挤压得小了许多，空气中充斥着一股肃杀的气息。

卫三少爷与此人的眼芒在虚空中悍然相交，一触即分，但两人的心里都产生出莫名的震撼，无不为对方眼中所表现出来的那种洞察一切的穿透力感到心跳不已。

“不愧是匈奴的第一高手，举手投足，皆有王者之风。”卫三少爷在心里由衷赞道。

他的心里突然生出了一个大胆的想法，虽然他无法确定蒙尔赤亲王的身边为何只有十数名随从，但却给了他一个绝好的偷袭机会。以他和龙赓的身手，再加上两名亲卫随从的辅助，如果倏然发难，未必就不能将蒙尔赤亲王置于死地。

擒贼先擒王，只要蒙尔赤一死，卫三少爷就可以挽回现在这种看似被动的局面。

但是面对蒙尔赤这等魔门第一高手，自己成功的机率会有多大，卫三少爷不得而知，不过，他却知道自己唯一的一个优势所在。

这个优势就在于无论是蒙尔赤还是这几名高丽武者，都不可能知道卫三少爷他们真正的来历与本身的实力，只要能抓住一个机会，卫三少爷就可以发动最突然的攻击！

蒙尔赤只是看了卫三少爷一眼，便将自己的注意力转移到了那几名高丽人的身上，他坐了下来，微微一笑，道：“让几位外使大人久等了，实在不好意思，不过，这已是本王以最快的速度赶到这里。”

“一路辛苦了，无以为敬，就请亲王先饮此杯！”一名高丽人双手递上一杯酒道。

蒙尔赤一手接过，微微一笑，道：“酒可以慢慢喝，但有些话却不得不先问，本王不能仅凭几句话就认定你们是高丽王派来的人。”

那名高丽人从怀中取出一封书函，道：“这是我王亲笔所写的书函，让我呈与亲王，请亲王过目。”

蒙尔赤取信一看，笑将起来：“果然是高丽王的亲笔手迹，不知几位如何称呼？”

那高丽人拱手道：“在下姓李，名世九，忝居高丽王宫侍卫统领。这几位都是我的属下，奉我王之命，前来恭迎亲王王驾。”

蒙尔赤淡淡笑道：“李世九？这个名字实在很熟，如果本王没有记错，你应该是李秀树亲王所辖龟宗之人。”

“亲王记性不错，连我这样的无名小卒也还记得，实在佩服。”李世九谦恭地道。

卫三少爷吓了一跳，他的记性同样很好，假如没有记错的话，这李世九应该是北域龟宗仅次于李秀树的几位高手之一，竟亲自率人赶到双旗店来迎接蒙尔赤亲王的王驾，可见高丽国王对蒙尔赤此次出访事宜的重视。

卫三少爷在一刹那间眼睛似乎变得更加犀利起来，与龙赓交换了一下眼神，然后用手指醮上一点酒水，在桌上写了一行字：“看我手势，准备动手。”

龙赓以眼角余光瞟了一眼，微微一笑，随手将桌上的字形擦去，手在不经意间已经按在了剑柄之上。

卫三少爷的眼中露出一丝满意的神情，为龙赓所表现出来的机警与镇定大是欣慰。直到此刻，他才佩服起刘邦阅人的独到之处，龙赓正是那种可以在关键时刻起到决胜因素的人。有他联手，卫三少爷感到自己的紧张未免有些多余。

不可否认，对方那几个人的武功都不弱，加上有蒙尔赤这种硬手，卫三少爷要想偷袭得手，并非易事。不过，卫三少爷审时度势之后，认为只要龙赓能替他把那几名高丽人挡上一挡，哪怕只挡住一瞬的时间，他都有势在必得的把握。

这只因为，他对自己的剑术之精妙有着十足的自信，更因为在他的身上，还有着一种不为人知的武功，那就是名动天下之有容乃大！

世人尽知，卫三公子得以跻身江湖五大豪阀之列，其重要的一点就是拥有傲视天下的有容乃大。有容乃大并不是剑式之名，而是一种驾驭修炼真气的不二法门，当拥有者练到极致时，其气之锋锐，比及刀剑尤胜百倍，更能幻化无形，在无声无息之中致敌于死地。

没有人见过卫三公子的有容乃大，但是没有人不相信这是一个铁打的事实。尽管卫三公子直到死时也没有使出这神奇的武功，但江湖上的每一个人都不敢无视它的存在。

而卫三少爷只是生活在卫三公子背后的一个影子，更没有人知道他也是有容乃大的拥有者。其实，只有他自己心里清楚，他对有容乃大的研究，远比卫三公子更加透彻。

所以，他充满自信，更相信自己一旦出手，无论局势对己有多么不利，都势必被他扭转乾坤。

“请!”蒙尔赤与李世九相视一笑，端起酒来共饮了一杯。

“接下来我们行军的路线是否有所改变?”蒙尔赤望向李世九道。

“既然到了双旗店，亲王对下面的路程就无须担心。我们已经作了非常精密的部署，沿途过去，都有森严的戒备，随时可以防范敌人的偷袭。”说到这里，李世九的眼神似是无意地望了过来，卫三少爷只有低头回避。

但就在卫三少爷低下头的一刹那，突然一声大喝，蒙尔赤“呼……”地站了起来，惊道:“你，你……”竟然说不出话来。

卫三少爷心中大惊，再抬眼看时，却见那几名高丽人拔刀而出，已经架在了蒙尔赤的颈项上。蒙尔赤所带随从冲进门来，见到这种阵势，谁也不敢妄动。

这倏生的惊变完全出乎了卫三少爷的意料之外，他更没有想到李世九这帮高丽人竟会对蒙尔赤下手。就算他聪明一世，这一会儿也难免糊涂起来，只能静观其变，再作打算。

“你是谁?何以要在酒中下毒?”蒙尔赤止住了自己随从上前营救的意图。毕竟，他是见过世面的王爷，对于突发事件遇得多了，处理起来颇有经验。他深知，此时此刻，最重要的就是自己一定要保持镇定。

“这酒中下的不是毒，只是七步销魂丹。”李世九一改先前那种阿腴奉承之态，冷然而道，“这种药可以在七步之内让人功力暂废，真气在十二个时辰中无法提聚，不管你是无名小卒，还是魔门第一高手，都不可幸免。”

蒙尔赤迟疑了一下，试着运气之后，脸色骤变。显然，李世九所言非虚，也正因如此，蒙尔赤反而变得更加镇定起来。

因为他突然想到，对方若是真的要置自己于死地，直接下毒岂非更省事?何必还要用这七步销魂丹呢?

“你究竟是谁？为什么要化装成高丽国的使者加害于本王？”蒙尔赤的眸子里闪过一丝狐疑，因为他知道，高丽国使者与自己在双旗店碰面接头一事十分机密，仅限于数人知道，若非如此，自己也不会如此轻易地着了对方的道儿。

“我的确是李世九，也的确是我王派来的专门迎接亲王的使者。我之所以这么做，是因为在我临行之前，受命于李秀树亲王，他老人家要我先带你去一个地方，然后再转道高丽。”李世九淡淡而道，“若非如此，我的手里又怎会有我王的亲笔书函？又怎能如此清楚亲王抵达双旗店的准确时间呢？”

“李秀树亲王？”蒙尔赤的眼珠一动，道，“他与本王素无交情，这般辛苦地请本王前去，所为何事？”

“这就不是我可以知道的了。”李世九极为漠然地道，“我只负责亲王一路平安地到达目的地，至于其他的事情，我既管不了，也不想管，除非你的手下敢贸然动手，否则我可以向亲王保证，你此行的生命绝对无忧。”

卫三少爷听得仔细，似乎明白了什么。

这几名高丽人敢于违背高丽王的旨意而擅自行动，这说明他们是忠于李秀树的人。而身为亲王的李秀树竟然与高丽王暗中作对，这是否说明他已另有图谋？

这的确是很有可能的事情，以李秀树的为人与野心，倘若能与匈奴勾结一起，弑主篡位未必就不能成功。而要与匈奴勾结，这蒙尔赤无疑就是最佳的牵线人选。

卫三少爷相信自己的判断，同时对自己行动的计划更添信心。不过，他并不急于动手，他还想再等，等一个不容错失的良机。

李世九显然对卫三少爷一行人早有注意，等到完全控制了蒙尔赤之后，他才缓缓地回过头来，道：“这几位朋友是哪条道上的？”

“我们不过是路人而已，偶尔路过这里，若有冒犯之处，还望莫怪。”卫三少爷淡然答道。

“我不管你们是路人，还是在江湖上跑的人，都希望你们能忘掉刚才你们所听到的话和看到的事情，相信你们都是老江湖了，应该懂得明哲保身之道，更该知道祸从口出的道理。”李世九微微一笑。他的神情看上去并不凶恶，但语气自带一股杀气，使得空气也变得紧张起来。

不过，他并不想惹事。以他敏锐的目力，当然可以看出卫三少爷与龙赓都是深藏不露的高手，否则他必然会杀人灭口。

“你尽可放心，我们的记性都不是很好，通常昨天发生的事到了今天，我们就记不得了。”卫三少爷显得十分知趣，可他的眼睛一直在盯着蒙尔赤和那几个高丽人，就像是一头正在窥视猎物的凶兽的眼睛。

他并不是顾忌蒙尔赤的生死才没有动手，而是这几名高丽人非常机警，也有着非常丰富的临战经验，随意地一站，互为犄角，根本不给人以任何的攻击机会。

“这样最好！”李世九笑了笑，这才回头面对蒙尔赤带来的那十几名随从道，“如果你们不想亲王有任何伤害的话，就不要妄动，否则……哼！”

他冷哼了一声，几人同时将蒙尔赤裹挟其中，如一条巨龙般向屋顶冲去。

“轰……”瓦砾与积雪飞洒，在半空中溅射。当卫三少爷与龙赓跃上屋顶时，几条人影已到了十丈之外。

身后，已是一片混乱，嘈杂的人声与马嘶声惊动了长街，也惊破了小镇原有的宁静。

知音亭阀主五音之墓！

石壁之上，只有九个刀刻的大字，苍劲有力，透着一种傲人的风骨，犹如五音先生这一生的写照。

字形之下，立着一座孤坟，几黄土，伴着一丛野草，孤零零地卧在忘情湖边的一个小山包上。

一代豪阀，竟然葬身于此。纪空手的心中，蓦生一股悲凉。

他静静地站在孤坟之前，手里捧着三支燃起的香烛，默默地祈祷了一番，将香烛插在五音先生的坟前。

此时已是子夜，他悄然而来，只是想倾诉自己对五音先生的怀念之情，更想让五音先生的在天之灵得以慰藉，因为为五音先生报仇的时刻就要到了，他绝不会错失这个机会！

他静静地立于坟前，没有说话，只是用心去感受五音先生亡魂的存在。在他的潜意识里，五音先生并没有死，他分明在那深邃的天空里，用那一双充满大智大慧的眼睛审视着纪空手，那儒雅清秀的脸上，依然流露着那份关切与慈爱。

一声叹息，悠然地荡向湖面，纪空手的眼中，已多了一些泪水。

但是，这泪就在眼眶里打转，根本就没有流出来。这只因为，纪空手心里明白，在这个乱世之中，没有人相信眼泪，眼泪也不可能造就一个强者。

要想成为这个乱世的强者，就只有动用铁腕。对于每一个敌人的挑衅，都要做到——以血还血，以牙还牙！

“先生，你安息吧，只要我纪空手尚有一口气在，就绝不会辜负你对我的一片期望！”纪空手心里默默地念叨着，终于转过身来，往来路而回。

他没有久留，是因为他不想让自己沉湎于哀思之中，他必须去面对一切艰难险阻。他希望自己再度站到五音先生坟前之时，那时的他，已经将一个个对手打倒在地，成为他登上人生巅峰的一块块基石。

这看上去是那么遥不可及，却又仿佛信手可得。可纪空手每一步踏出的时候，都坚信自己与这个目标又迈近了一步。

当他信步而走，转过一片密林时，他忽然听到了无数的野狼嗥叫声隐约地响在天际。

在寒冷的冬季，在辽阔的荒原之上，经常可以看到一群一群的野狼出没其间，这似乎并不稀奇，但是引起纪空手注意的是，他分明听到在这狼嚎之中，夹杂着一两声高亢激昂的狼嚎。

“狼兄，真的是狼兄的声音！它怎么会出现在这里？”纪空手的心里不由得一阵激动，想起与狼兄相处的日子，仿佛又勾起了心里那种人兽之间真诚的感情。

快步登上一座不高的山丘，野狼嗥叫之声乱成一片。纪空手放眼望去，只见上千只野狼活蹦乱跳地跟在一条黑影之后，正与三四头更大的黑影在一大片灌木丛中相峙对立。

纪空手几乎倒吸了一口冷气，为眼前这种惊人的场面而感到心惊。这上千只野狼在狼兄的率领下，要面对的大敌竟是三四头猛虎，就连纪空手也不得不为狼兄有这等无畏的勇气而心生敬意。

猛虎乃百兽之王，横行山林，素无敌手，所到之处，百兽逃窜，百鸟无迹，当真是威风得紧。而狼兄相距它们不过十丈而立，俯坐地上，竟然与这几头猛虎形成僵持之局。

纪空手心中一动："狼兄如何会惹上这几只大虫？倒也奇了，偏偏它还纠集了这么一大帮野狼来与这几只大虫抗衡，居然不落下风。"

他虽然看出那几头猛虎慑于这野狼群的阵势，一时间还不敢贸然进攻，但是他担心狼兄的安危，为了安全起见，他还是在手上扣了几颗小石子，希望能在关键时刻助狼兄一臂之力。

他人在高处，居高而望，眼前情况一览无余，难得欣赏到大自然这种强强相对的搏杀，纪空手显得极有耐性，仔细观察起狼兄如何指挥这上千只野狼对付那三四头威风八面的猛虎。

"嗥……"随着狼兄的一声嗥叫，野狼群又开始了一阵骚动。

虽然野狼移动的速度飞快，又显得杂乱无章，但纪空手一看之下，忍不住低呼一声："奇怪。"

他看到的情况的确非常奇怪，这些野狼似乎是在狼兄的指挥下，开始从相峙的状态转入进攻。

要向几头猛虎发动攻势，对于这些野狼来说，无异于是上千名江湖三四流的角色向几名绝顶高手挑战，虽然在数量上占有绝对的优势，但真正激拼起来，根本不堪一击。

但这些野狼显然斗志昂扬，在狼兄的指挥下，阵脚丝毫不乱，反而上百只野狼形成一个整体，进退有度，整齐划一，这种训练有素的模样实在让纪空手大呼看不懂。

不过，纪空手很快就看出了其中的奥妙所在：在每一堆野狼群里，似乎都有一条狼王，而在这条狼王的身上，却坐着一只猴子。纪空手一眼就认了出来，这些猴子正是洞殿中的信使十君子，它们显然受命于狼兄的指挥，再根据狼兄的声音布置进攻的阵形，俨然是每群野狼的统帅。

接下来的场面更让纪空手看得目瞪口呆，首先，狼兄带领一队野狼同时嗥叫起来，装出一副欲攻的样子，声势极大，脚下却丝毫不动。而与此同时，另外九队野狼群在信使十君子的率领下，沿两翼依次而进，以飞快之速完成对猛虎的合围。

当整个合围之势在瞬间形成之际，纪空手竟然惊奇地发现，眼前的画面就像 个十分精妙而玄奇的大阵，这种阵形之新之奇，是他闻所未闻，不带一丝人工刻意而为，而是纯出自然，暗合天地玄机。

“当年五音先生在世之时，曾与我谈及用兵布阵之法，说道根据日、月、星辰、北斗七星在我军前后左右的运行情况及相互关系来布阵的，就叫天阵；利用山形、水势以及我军前后左右的地理环境来布阵的，就叫地阵；根据所使用的兵种和战法的不同来布阵的，就叫人阵。这天、地、人三阵，乃天下阵法之基础，万变不离其宗。可我今天所见到的这野狼大阵，显然超越了这天、地、人三阵的范畴，而更具自然之道，其中的变化之繁之妙，想必层出不穷，难道这是上天知道我即将成就大事，特意借狼虎之争点化于我？”纪空手思及此处，整个人陡然变得亢奋起来，眼睛一眨不眨，全神盯注着这场狼虎之争，生怕有半点疏漏。

随着狼兄的一声高亢如号角般的嗥叫，上千条野狼同时狂嗥起来，其声之烈，纵是猛虎长啸，亦被压得盖不去。

“这是造势，当势成之际，便是进攻之时。”纪空手心中暗道。

果不其然，当嗥声方落，野狼群陡然开始飞速前移，上千野狼犹如落在棋盘上的棋子，分布有度，进退有序，对那几头猛虎展开了诱敌、分切、佯攻、诈退等一系列的手段，先将这几头猛虎分割成互不相联的个体，然后用灵活的运动拖疲猛虎的精力。退中有攻，攻中有守，攻守之间，寓平衡之道于其中。每一次攻守转换都在快速当中完成，煞是精彩，看得纪空手只觉得眼花缭乱，血脉贲张。

但猛虎终归是猛虎，虽然在野狼的围攻之下每一头猛虎渐显败相，但在它大发虎威之下，倒于它面前的野狼也不在少数。到了战局的最后，就连狼兄与信使十君子也加入了战团。经过三炷香的惨烈搏杀，这几头曾经威扬山林的猛虎竟然成了这些野狼的裹腹之肉。

纪空手目睹着眼前的一切，可是他的思维并未因为这场狼虎之争的结束而停止转动，反而透过偶然看到的这场强者搏杀想到了一些什么，整个人呆立于山包之上，凝神静思了良久，直到有什么东西轻轻地咬着他衣衫的下摆时，才让他从神思中惊醒过来。

“狼兄，你还认得我呀?”纪空手低头一看，只见刚才还是威风八面的狼兄，此时却非常温顺地挨在他的脚下，很是亲热地在他的胯下蹿来蹿去。

在狼兄的身后，便是那一群机灵活泼的信使十君子。听到纪空手的声音，也叽叽喳喳地叫了起来，显得兴奋不已。

纪空手伏下身来，轻轻抚着狼兄身上留下的几处伤口，然后撕下衣衫的下摆，精心地替它包扎起来。

狼兄伸出舌头，在纪空手的脸上舔了几下，然后仰头望向洞殿的方向，嗥了起来。

纪空手缓缓站将起来，面向洞殿的方向望去，又想到了红颜那充满忧伤的眼神，不禁有些黯然。对他来说，又何尝不想再回洞殿?可是世间的事就是这么无情，明明近在咫尺，有情人却如隔天涯。

便在这时，纪空手一怔之间，仿佛听到这虚空中竟悠悠飘来一阵空灵而悠远的笛音，曼妙的旋律如少女的一段相思，让人有一种说不出来的魔力，更有一股强烈的吸引力。

“红颜!”纪空手心中一动，恍如自梦境中醒来一般，低声惊呼道。

“呼……”当卫三少爷与龙赓一行追上屋顶时，李世九等人挟持着蒙尔赤亲王如大鸟般在夜色中疾掠，身形之快，很快地出了双旗店，直奔雪原而去。

卫三少爷当然不容别人在自己的眼皮底下抢走蒙尔赤，虽然他还不太清楚自己手下的影子战士为何迟迟不至，但要对付这几名高丽人，他似乎还有那么一点自信，是以毫不犹豫地直追而前。

他追得并不急，雪原之上，对方的衣服十分显眼醒目。他并不担心对方会凭空失踪，只是想出了双旗店十里之后再动手，免得坏了双旗店的规矩，惹上一些不必要的麻烦。

他之所以在酒铺里迟迟没有动手，一来是没有机会，二来也是出于这个原因。他始终觉得，人在江湖，能不张扬就尽量不要张扬，做事还是低调一点的好。

追了 灶香的工夫之后，前面的身形明显慢了下来，卫三少爷冷哼一声，身子如箭般飙射，几个纵落之下，竟然当头将对方悉数拦卜。

对方似乎没想到卫三少爷的身法竟然如此之快，一怔之下，无不刹住脚步。

李世九那若夜鹰般的眸子里射出两道森冷而狠辣的厉芒，冷冷地望向卫三少爷，同时他的手已握住了自己腰间的刀柄。

“看来，我还是低估了你们。”李世九并没有流露出惊慌之色，而是淡淡地道，“你们压根就不是路人，而是冲着蒙尔赤而来的!”

“不错!”卫三少爷冷冷地道，“只要你放下这个人，我们就是朋友，不是敌人。”

李世九冷冷地望了他一眼，道：“你似乎太天真了。我凭什么要放下他?”

卫三少爷听着身后的脚步，知道龙赓与自己的两名随从已经各自站好了位置，心里非常满意他们的反应，微微一笑，道：“不凭什么，你既然在酒铺里没有杀人灭口，就说明你还有些眼力，现在却说起这种话来，岂不无趣得很?”

“你莫非认为，我在酒铺里没有动手是怕了你们不成?”李世九的眼中顿时涌动出一股不可抑制的杀机，犹如刀一般锋锐。

“我可不敢这么说。”卫三少爷淡淡而道，“不过，你可以试试。”

他决定速战速决，不想再拖延时间。今天发生的很多事情都不在他的计划之中，更在他的意料之外，他需要一定的时间让自己清醒清醒。

“你以为你是谁？难道老子会怕你？”李世九说起话来也很冲，虽然对方很有点深藏不露的味道，但李世九自入江湖以来，杀的人也并不少，算得上是见过大世面的人。

“我只怕你知道了我的名字后会吓得尿裤子，还是不说为好。”卫三少爷揶揄道。

“那就让我来先领教阁下的高招！”站在李世九身边的一个汉子显然忍受不了卫三少爷这副张狂之气，整个人抽刀而出。

“安九日，小心！”李世九惊呼了一声，虽然他对同伴的刀法很有信心，但面对的这个对手实在让人无法揣度其武学的深浅，让他不由自主地多了一分关切。

刀很凶，更快！刀锋一出，地上的积雪便若一条巨蛇般疾速游过，在安九日滑过的空间里，积雪以飞卷之势向两边疾分。

而刀势如奔腾游动的巨蛇向卫三少爷疯狂地扑噬而来。

这一刀之烈，不容人有任何小视之心，就连卫三少爷也绝对不敢小视这一刀的存在。

卫三少爷似乎没有想到对方的出手竟是如此的霸烈，不由得皱了皱眉头。他不得承认，对方的确算得上一个使刀的好手，这一刀显示了北域刀法的精髓，没有任何花巧，也没有多余的动作，它的目的就只有一个——杀人！以最有效的方式杀人！

杀人的刀法总是可怕的，因此，这种刀法的杀气往往太重，而太重的东西，总是会影响到速度。

所以卫三少爷的眼神清澈明亮，没有半分的惊诧与骇异，更没有避开的意思，因为他已经看到了来人刀法中的破绽。

“呼……”雪在飞舞，气浪狂涌，当剑一出虚空之时，安九日突然出现了一种幻觉，仿佛觉得自己的刀锋根本无法触到那近在眼前的颈项。

他之所以会出现这种幻觉，是因为他看到了那密布虚空中的重重剑气，层层叠叠，犹如一道道气墙，封锁住了他刀势的任何去路。

他唯有退！

他以为只有退才可以化去对方这势在必得的一剑。

这只是他这么认为，当真正开始退的时候，他才发现不退比退的处境要好。

至少，他若不退，对方如洪流般飞泻的剑气绝不至于像现在这样压得他喘不过气来。连退了十来步后，他才终于站住了脚跟。

“哇……”一口鲜血从他的口中喷了出来，溅在雪白的地上，构成一幅凄美的图画。

卫三少爷只用一剑，不仅逼退了对方，而且还迫得对方吐血，这一剑之威，震惊全场。

李世九不得不用另一种眼光重新审视这个对手。此时的卫三少爷，已然回到了原地，双脚微分，略呈锐角站立，就仿佛他从来不曾动过一般，如磐石般稳定。而他的脸上，流出的依然是那股淡淡的笑意。

这股恬静的笑意，并不能使人安宁。当李世九看到这股笑意时，他只感到这笑意如一道凛冽的寒风，让整个空间在一刹那变得肃杀起来，就如这荒凉的雪原。

“你是问天楼的人，你姓卫？”李世九的嗓音突然变得沙哑起来，目光中射出一丝惊悸，同时也不乏杀意。

卫三少爷的笑意顿止，眼睛眯了起来，那绽射而出的目光犹如两道被挤压的薄刃，直劈在李世九的脸上：“你很聪明，但是聪明的人大多都会短命。你既然知道了我的底细，那就别怪我无情了！”

他已经动了杀心，因为他绝对不能让别人知道是问天楼在和匈奴人作对。

北风呼啸而来，雪雾不断地飞涌，卫三少爷的衣袂如裙裾飘飞，呼呼作响，那种强烈的动感，正如他心中蠢蠢欲动的杀机。

李世九与同伙忍不住退了几步，兵器都已在手，每一个人的目光中都似有一分恐惧，无不关注着卫三少爷的一举一动。

卫三少爷依然如一杆标枪傲立，但他的手却缓缓地上抬，将手中的剑以一种奇缓的速度和优雅的曲线伸向虚空……

静，很静，这一刹那的虚空实在静寂，仿佛连寒风也无法吹进。

但这静只有一瞬的时间，便在这时，沿双旗店方向隐约传来了一阵马蹄声。

这显然是蒙尔赤的随从追了过来。

卫三少爷的眉锋一跳，正要出手时，却听得耳边风声疾掠，一条人影以电芒之速抢在他之前出剑了。

剑过处，积雪如浪潮推移。

此剑之烈，比及卫三少爷也毫不逊色，能使出这样一剑的人，唯有龙赓!

大年三十，子夜时分的上庸城。

一年之际在于春，世人之所以对春节如此看重，是因为它辞旧迎新的寓意。无论老少，无论贫贱，每一个人都希望能够在这样的一个节日里，总结过去，寄望未来，种下自己一年的愿望，期待着有一个好的收成。

所以到了这一天，人们总是兴高采烈地尽情欢娱，挂花灯，放爆竹，闹个通夜不眠。

上庸城当然也不例外，那种歌舞升平的繁华气象，让人无法相信自己此时正置身于乱世之中。

满城所见，尽是数之不尽的花灯，林立的店铺摆满了丰富的货物，大街小巷到处挤满了看热闹的人流，在挤得水泄不通的大街两旁，鞭炮声响不绝于耳，青烟弥漫，雾气腾腾，充满着节日的气氛。

就连佛家胜地大钟寺外，也不能免俗，人来人往，热闹一片。可是一入寺门，这寺中的戒备并未因节日的到来而有半点松懈，反而更多了几分森严。

离主殿五十步内，已然没有人迹，唯有主殿内渗出的明晃晃的灯火，照出几个人影。

殿中有人，在铜钟之前，刘邦、纪空手、张良三人负手而立，正在观赏着这铜钟上的花纹图案，并没有一人开口说话。

他们之所以如此安静，其实是在等待交子之时的到来，因为只有在那个时刻，一个秘密才会揭开。

登龙图宝藏就在忘情湖的湖底，这是一个不争的事实，但要如何从这百尺深的湖水之下取出宝藏来，这必定是一个难题。

幸好，这个难题终于就要解开了。此事成败关系到汉军东征之大计，令刘邦感到几分激动与紧张。

“昔日始皇征兵百万，耗费了不知多少心血，才得以将这宝藏藏到湖底。可是如何取宝，也成了一个不解之谜。”刘邦的大手摸着铜钟上的每一道花纹，缓缓而道，“本王此时想来，也许这本就是始皇故意为之。他不想让自己的后人十分轻易地得到它，所以才会留下这么一个大悬念，希望自己的后人凭着自身的智慧得到它。”

纪空手人在窗前，抬头望天，似乎在静候着子时的到来。在他的手中，拈了一根未燃的香，在两指间旋动把握。听到刘邦说话，他这才回过头来。

“汉王所猜，的确一点不错。”纪空手闻了闻手中未点燃的檀香，淡淡而道，“嬴政十三岁时即登王位，在位之初，国事皆决于权相吕不韦，其间经历了长安君成侨之反，长信侯嫪之反。到他亲政之年，又赐鸩吕不韦，得以大权独揽，平息内乱，从而巩固了自己至尊无上的帝王之位。单从这一点来看，嬴政能忍常人所不能忍之事，更能在无为之中显露出其超越于常人之外的大智慧。像这样的一个人，又岂能以暴君之名定论？就说这登龙图宝藏吧，他能在自己灭掉六国、一统天下的最风光的时期就想到为后人打算，其目光可谓是独到而敏锐，非常人可以企及。他当然也会想到，在自己的子子孙孙当中，难免良莠不齐，万一登龙图落到平庸之辈的手中，不过是成了一笔挥霍的资本，根本不能担负他所期望的复国大业，这样一来，岂非辜负了他当时的这片苦心？”

“所以他才会留下这样的一个大悬念，让后人以智慧去破题。”刘邦一听到纪空手提到始皇，整个人便肃然起敬。事实上在他少年之时，始皇嬴政便成了他心中一块永远不倒的丰碑。

“这只是他留下这个悬念的原因之一，他更知道人性中的弱点，越是容易得到的东西，就越不懂得珍惜，只有经历过磨难得到的东西，才会觉得它弥足珍贵。”纪空手似是随意的一句话，却引起了刘邦与张良的共鸣。他们在这一刹那间眼神变得有些迷离，仿佛触动了彼此藏匿于内心深处的往事。

其实对纪空手来说，又何尝不是如此？他只不过是淮阴市井中的一个无赖，如果不是遇上了丁衡，他也许永远不会离开淮阴，更不会踏入这凶险无数的江湖。当他一步一步地走到今天，面对这争霸天下的格局，又何曾想过自己也有这一统天下的机会？

世事如棋，风云变幻，有谁能料？

无论未来是否成功失败，关键在于要勇敢面对，绝不回避。

能做常人不敢想之事，这也许就是纪空手能够走到今天的真正秘诀。

“始皇所虑，并非毫无道理，单从这一点来看，他无愧华夏第一帝王！也唯有他，才敢自称始皇，以示他拥有这至高无上、万世一系的权力。”刘邦的眼中闪现出一丝亢奋的敬仰之情，这只因为，当登龙图宝藏到了他的手中之后，他坚信，自己未必就不能成为昨日的始皇！

“然而无论始皇多么聪明，他都绝对没有想到，这登龙图宝藏的归属，最终并没有落到他的子孙手中，反而成就了汉王一统天下的霸业。”纪空手望着脸现红晕的刘邦，似乎懂得他此刻亢奋激动的心情。毕竟，在他与刘邦之间，不管他们的本性有如何不同，经历是如何迥异，当他们心中都存有同样一个目的时，彼此其实已经成了同类。

刘邦双手一摆，哈哈大笑起来。

这一笑中，已尽显他心中的得意之情。

“其实，就算本王得到了登龙图宝藏，要想一统天下，还是为时尚早。”刘邦的眼神陡然间变得十分犀利，接着道，“但是，若是有了登龙图宝藏，逐鹿中原，本王至少可占三分先机。”

纪空手的脸上突然现出了一丝诡异之色，微微一笑，道：“不过我有一句话，不知当讲不当讲？”

“但说无妨，本王既然视你为心腹，自然就无须有太多的顾忌。”刘邦似乎看出了一些什么，怔了一下。

“我一直在想，登龙图宝藏毕竟没有人亲眼见到过，虽然它有图为证，也有确切的地点，但不排除这里面其实根本没有那笔钱财和兵器。”纪空手犹豫片刻，这才一字一句地道。

刘邦浑身一震，情不自禁地与张良交换了一下眼神。纪空手所说的这种可能性并非不存在，刘邦也曾想到了这一点，是以他早在来上庸之前就作了两手准备。即使这登龙图宝藏真的只是空穴来风的假消息，也不会影响到汉军东征的计划。

只是刘邦始终认为，这种可能性虽然存在，却不大，否则始皇也不会设置如此复杂的取宝之道为难他的子孙。

“本王自从得到这登龙图之后，就一直在分析着这登龙图与其中所藏的宝藏真伪。得出的结论是这宝藏的消息十有八九是真的，因为从种种迹象表明，当年这忘情湖凭空而出之时，从咸阳都城的确运了大量的金银珠宝和兵器到上庸，虽然这件事情非常机密，知情者不过十人，但是无论掘湖，还是运送这批宝藏，都需要大量人手，一些有心人难免会从一些蛛丝马迹中猜到一定的线索。”刘邦缓缓而道。他虽然说得轻松，但从他这些话里就可以听出为了得到这批宝藏，他的确是煞费苦心。

“如此最好。”纪空手淡淡一笑，“我之所以这样说，是想提醒汉王，希望越大，失望也就越大，以平常心对待，反而会收到意想不到的奇效。”

“本王已无法保持常态了，因为这一年多来，这个悬念就像是一块石头，日日夜夜压着本王，让我简直喘不过气来。”刘邦笑道。

此时此刻，他完全已被自己的好奇心所支配，能不能得到宝藏倒成了次要的问题，倒是如何取宝成了他最关心的问题。他真的很想知道，秦始皇到底设置了怎样的程序才能开掘宝藏，何以凭自己的智慧，苦思冥想也找不到答案？

“如果说这个悬念就像是压在你心中的一块石头，那么它应该很快就要落地了。”纪空手望向那深邃的天空，嘴里开始喃喃而道，“十、九……”

当他数到“一”的刹那间，“当当……”悠远而空灵的钟声开始响彻于上庸城的上空，此起彼伏，不停不歇，同时爆竹声起，礼花漫天，将上庸城变成了一座喧哗热闹的不夜城。

“子时到了。”刘邦道。

“新的一年又来了。”纪空手的眼神中绽射出一种异样的色彩。

“谜底，也该揭晓了。”张良淡淡一笑。

在高手的眼里，其实用什么武器并不重要。

但是，他们总是有自己偏爱的武器，并且给它们取上一个他们自认为很有意思或是很有意义的名字，比如长生剑、夺命枪、关东无极刀……

而龙赓却没有这么多的讲究，在他的手里，只要是剑，都可以赋予它生命，然后再用它去摧毁其他生命。

他是一个剑客，而且是一个深谙剑道至理的剑客，所以并不看重剑的质地，或是剑的名气，就算是一柄破铜烂铁，到了他的手上，也可以让它绽放出剑的光芒，以及剑出虚空所演绎的风情。

于是，当他抢在卫三少爷之前出手时，就连卫三少爷心中也禁不住多了一种震撼。

的确，这是一种震撼，正因为卫三少爷本身就是可以跻身于天下前十位之列的剑手，所以他能非常清晰地读懂龙赓这一剑想要表达的方式和它所存在的内涵。

他懂，也能理解这一剑的意义，所以在不经意间，他的心里甚至多出了一丝惊惧。

这种惊惧的起源在于他凭空而出的一个念头：假如这一剑的敌人是我，我是否能够抵挡得了这玄奇而霸烈的一剑？

他无法回答，也不知道这个问题的答案，所以，他只能将目光紧紧地锁定这一剑前行的轨迹。

雪雾弥漫，剑气如龙，当这一剑破雪而行时，两三丈的距离仿佛已不是距离。

这绝不是一种幻觉，而是一种超越了时间与空间的表现。当剑超越了时空之后，剑已不是剑，而是充满灵动和底蕴的生命。

李世九等人的脸色霍然变得煞白。

他们也许不懂得这一剑的奥妙，却能感受到那充斥于整个虚空的杀气，如大山将倾的压力推移到他们的胸口，使得他们无法承受这种生命的沉重。

“呀……”每一个人都以最快的速度出手，在极速的反应中构成了一道坚实的防线。这种防线是李世九他们经过了多年配合形成的默契，曾经过不下数十次实战的考验。

虚空中，刀光点点，刀气横斜，每一道气流闪泻而出，就像是子夜的星空，乍现于人前。

龙赓的人在极速中疾进，即使看到这惊奇的一幕，也不能停止他的脚步。

气旋割动着他的肌肤，气劲撕扯着他的衣袂，他的整个人犹如一个不死的战神，眼中暴闪出一团亮得让人心寒的厉芒，从中心突破了对方的防线。

他的气势已成，任何防线在他的眼前都形同虚没。当他手臂在空中一挥时，如洪流般的剑气泛光而出，“轰隆……”一声，竟然将对方的每一个人都震出数丈之外。

北风依然吹得正劲，吹得雪粒在空中不断飞扬，但风到了龙赓身前三丈时，竟然凭空消失，仿佛被吸纳进一个广袤无垠的黑洞。

“锵……”的一声，剑已回鞘，龙赓没有说话，缓缓地回身而行，只是到了卫三少爷的身边时，才抬眼看了一下，又低头而行。

“好剑!”卫三少爷由衷地赞了一声，却将眼睛望向了蒙尔赤亲王。

“该轮到你了。”卫三少爷淡淡一笑，同时向前踏出一步。

“只怕未必!”蒙尔赤虽然不能动弹，但嘴上却冷哼了一声。他已听出自己的随从正快马赶来，相距已不到数十丈了。

“你对你的手下这么抱有信心？”卫三少爷抬眼看了一下远处踏雪而来的马队，冷然一笑。

“不！”蒙尔赤的身子站得笔直，傲然道，“本王只对自己有信心，假如你敢与我单挑，是输是赢，只怕未定。”

卫三少爷“哧”的一声笑了起来，道：“我为什么要给你这样一个机会？”

“不为什么，只因为你是卫三少爷。”蒙尔赤一字一句地道。

卫三少爷的脸色一变，缓缓地抬眼看了蒙尔赤一眼，道：“你终于认出我来了。”

蒙尔赤道：“本王最初也没有想到是你，若非这几个人的提醒，我还是不知道问天楼的卫三少爷竟然是你。”

“那又怎样呢？”卫三少爷冷然道，“就算你认出了我，我还是要杀你。”

“你不会的。”蒙尔赤淡淡一笑，“对于一个视名誉比生命还重的人，他又怎会用他手中那把名动天下的剑器去杀一个毫无反抗之力的人呢？”

卫三少爷笑了笑，道：“换在以前，我的确不会，可是今天的形势不同，也许我会破例。”

他的眼睛眯成一线，如薄薄的刀锋，话音一落，剑便已经抬起，一寸一寸地对准蒙尔赤的咽喉刺去。

他的出手极慢，似乎在刻意控制着一种节奏，要在那些快马赶到之前刺入蒙尔赤的咽喉。虽然这种距离并不长，但却给人以时间定格的感觉，让每一个目睹这一剑刺出的人都感到了一种负重，沉重得几乎无法承受。

“哧……”便在这时，半空陡然响起一道风雷之声，一支劲箭破空而来，幻出一团暗影，直罩向卫三少爷的剑锋。

这箭来得这般突然，这般快捷，就连卫三少爷的眼中都闪过一丝诧异之色。

来人中竟然有人会这种精绝的射术，这的确让卫三少爷有些意外。此箭之快，此箭出手的准度，虽然都是一流，却未必能引起卫三少爷的注意。他之所以感到惊诧，是因为在这一箭之后还有一杆长矛，矛锋凛凛，杀气如狂潮袭至。

居然有人的身法可以和快箭并行，这的确让人感到意外。卫三少爷的眼芒一闪，手腕陡然加力，剑锋擦着蒙尔赤的咽喉而过，沿着一道幻弧扑向了迎空而来的长矛。

这一刻间，他的心中涌动起一股不可抑制的杀意，连他自己也无法解释出这股杀意的来源。也许，他因看到了龙赓那一剑之威，从而激发了他心中的好胜之心；也许，是对方的长矛在虚空掀起的一道紧接一道的劲浪，勾起了他心中的战意……

他只想爆发，让自己的剑意在这一刻间完全爆发出来。

此刻的他，几乎成了一条迎空的怒龙，更像是一柄刺天之剑！

地上的积雪，空中的气浪，在虚空中交织变幻，形成一种巨大的气旋，在气旋的中心，激涌幻生出一团强烈无比的风暴。

蒙尔赤大吃一惊，根本没有想到宁静的卫三少爷竟然在一瞬之间变得如此狂野，如此可怕，让人简直无可捉摸。

“韦天，小心！”蒙尔赤大声惊呼，可他的声音却被淹没在这肆虐无忌的风暴声中。

韦天一直就隐匿于箭芒之后，整个人如魔鹰般俯冲而下，那股割体的剑气几乎把他的衣服割成碎条，而他的长矛依然没有停止。

“哗啦啦……”虚空仿佛像是破开的一杆巨竹，当两股劲气悍然相交时，发出一阵阵令人惊惧的爆响，惊得狂奔的烈马“希聿聿……”地惊嘶起来。

“轰……”强大的气旋在荒原上炸开了一道巨大的洞口，泥土与雪交融激射，弥漫半空。

当视线不再受阻时，卫三少爷蓦见两丈之外一条大汉手握长矛，卓然而立，衣衫飘动间，他整个人的气势沉凝，如高山岳峙，尽显一代宗师风范。

卫三少爷心中一惊，忍不住又看了蒙尔赤一眼。如果不是他事先知道底细，一定会以为这来者才是蒙尔赤。

“韦天?”卫三少爷喃喃地念了一句，显然对这个名字十分陌生。

“我就是韦天。”韦天沉声道，“是蒙尔赤的朋友，只要你放了蒙尔赤，我的长矛就像迎宾的旗幡，而我就是迎宾的主人。”

卫三少爷摇了摇头，道：“如果我不呢?”

“那你就是我韦天的敌人，而我手中的长矛更会像利箭般刺入你的胸膛!”韦天大喝道。

卫三少爷的脸上流露出一丝淡淡的笑意，不再说话。

而他的剑，已自眉心处划出。

那根檀香终于在纪空手的手中燃起。

丝丝缕缕的香雾缭绕在主殿之内。

纪空手立于佛像之前，拜了几拜，这才缓缓踱到铜钟边上，用指尖轻弹了一下钟壁，道：“汉王所示的登龙图中，曾经暗示取宝之道要在这铜钟之上寻找答案，那么汉王又从这铜钟之上看到了什么呢?”

刘邦摇了摇头，道：“本王若是有所发现，也不会千里迢迢地赶到夜郎，相求于你了。”

“其实我最初看到这铜钟之时，也是一无所获，但是通过这几天我对忘情湖一带的地形勘探，终于悟出了这取宝之道。”纪空手微微一笑。

“请陈爷赐教，本王洗耳恭听。”刘邦哈哈笑道。

纪空手沿着铜钟转了数圈，然后指着其中的一幅图案道：“汉王能否告诉我，这幅图案中讲的是一段什么故事?”

“这可难不倒我。”刘邦上前一步，“这铜钟上的花纹图案，大多都是记载着大禹治水的故事，本王曾经请来数位名家多方考证，认定这铜钟乃是后人为纪念大禹治水的功绩所铸而成，其目的在于遏制地方水患，起到镇邪之用。”

纪空手点点头，道：“那么汉王能否告诉我，大禹治水之所以成功，所用之法又是什么?”

“大禹之父鲧受命于尧治水，借鉴了共工氏族治水的经验，以筑墙堵水而治，终遭失败；大禹则吸取了其父的教训，几番考察之后，决定采取以疏导为主的方案治水，最终大获成功。”刘邦颇显得意地道。

“既然汉王对这段典故如此熟悉，何以还会想不到这取宝之道呢？”纪空手反问了一句。

此言一出，无论是刘邦还是张良，无不眼神一亮：“照你的意思，是要将忘情湖水疏导出去，水涸之后，再行取宝？”

“难道这有什么不妥吗？”纪空手道。

刘邦沉吟半晌，摇了摇头：“从理论上讲，这个办法的确可行，但是放到现实当中，似乎就难以操作此法了。”

他的脸上流露出一丝失望，又带有一丝不甘的神情，道：“本王之所以这么讲，有两点理由：其一，忘情湖是一个平原湖，地处低洼，又深达百尺，若以疏导之法，这水将引向何处？其二，注入这忘情湖中的水乃是由两条溪河长年提供，即使将这两条溪河另开渠道，让它断流，这万亩面积的大湖至少需要十年时间才能干涸见底。这显然不是始皇当年留下的取宝之道。”

他说得头头是道，显然对这些办法都经过了深思熟虑之后才一一否定的。

直到他把话说完，纪空手才缓缓而道：“你能想到这些问题，其实已经与取宝之道相差不远了，假如你真的照你所说的办法去做了，这登龙图宝藏也许早见天日了。”

这番话令刘邦的心里似乎重新燃起了希望，但是，他又感到有些糊涂，只是将自己的目光直直地盯在纪空手的脸上，等待着他来为自己解惑。

“这只因为，在这忘情湖底，还有一条地下暗河。”纪空手的话刚一出口，震得刘邦目瞪口呆，这显然大大出乎了他的意料之外。

如果这忘情湖底真的有一条地下暗河，那么一切都变得十分简单了。只要派人在两条溪河的上游另开渠道，引开水流，那么要不了多久的时间，这忘情湖自然会见底而涸，取出登龙图宝藏就变得十分容易了。

可是，纪空手又是怎样算到这条地下暗河的存在的呢？

迎着刘邦将信将疑的目光，纪空手淡淡而道：“我绝对不是神仙，既不会卜卦，也不会测算，但我却能洞察细微，在你们没有留意到的一些现象上下功夫。当我从铜钟上确定这取宝之道乃是以疏导湖水的办法来实现时，就对这两条溪河每日流入湖中的流量作了测算。同时我还派人守在湖边用于灌溉的水渠上，测算每天从湖中排出的流量。当这两个数字有了明确的结果之后，我惊奇地发现，这流入湖中的水流量几乎是排出湖水流量的一倍，于是，问题就出来了，这多出来的流量又是从哪里排出湖去的?”

刘邦的脸上除了惊奇，就是讶异，他根本没有想到纪空手就是从这么简单的现象中找到取宝之道的答案的。

这看似简单，其实要用非常精确的数字和非常严密的推理来作保证，单是测算一进一出的水流量，若是由外行来做，就肯定是另一种答案。

但纪空手却做到了，这只因为，在他的身后，还有土行和水星。

这两人无疑都是土木水利方面的专家，正因为有了他们的帮助，纪空手早在去夜郎之前就知道了答案。

刘邦深深地吸了一口气，平缓了一下自己激动的心情，拍了拍纪空手的肩：“看来老天总是眷顾本王，才会让本王得到像你这样的奇才。既然这样，那我们还犹豫什么呢？子房，你这就号令大军，向忘情湖开进!”

张良恭声道：“是!”随即出了殿门。

此刻的主殿中，就只有刘邦与纪空手两人。

刘邦难以掩饰内心的激动与亢奋，在纪空手面前来回踱步，远处不时传来喧闹的爆竹之声，使得刘邦一时半会儿难以平静下来。

“我从来没有见过汉王如此兴奋，就算这登龙图宝藏的确可以让人疯狂，但对汉王这种内家高手来说，只怕有违修身养性之道吧?”纪空手静静地看着眼前的刘邦，脸上再一次露出了一丝诡异的笑意。

刘邦闻言，不由大吃一惊。

他似乎也没有想到自己竟会如此亢奋，出现如此反常的现象，令他的心中顿生警兆。

“怎么会这样?”他禁不住在心里问着自己，略一运气，突然间感到一股非常强烈的剧痛从经脉深处传来。

“哎呀……”他忍不住呻吟了一声，额头上豆大的冷汗涔涔而下。

“你怎么啦?”纪空手俯身过去道。

刘邦机警地低着头，悄声道：“不要声张，本王好像是中了毒。”

纪空手缓缓而道：“你所中的不是毒，而是五音先生在你身上下的无妄咒。”

刘邦霍然变色，身形一退，便要拔剑。

纪空手摇了摇头，道：“你根本无须拔剑，因为，不管你拔不拔剑，今晚，你都死定了!”

他双手背负，立于刘邦的身前，宛若一座山峰矗立，予刘邦以最强势的压力。在这一刻间，纪空手尽显其王者霸气。

“你，你……”刘邦的眼中突然闪现出一丝惊惧，更有一种难以置信的表情。

“不错！我就是纪空手!”当纪空手说出这句话的时候，远处的天空中突然升起一串礼花，在半空炸响。

那一瞬间的美丽和辉煌，已足以让人深刻于记忆之中。

而刘邦的整张脸，已经扭曲变形，一片煞白。

当卫三少爷的剑自眉心划出的同时，十数条人影随着韦天同时起动，若流水一般鼓涌飞泻的气劲，将这凄厉的北风与乱舞的雪花搅动得更加奔放，更加狂野。

卫三少爷的眼中，仿若罩上了一层凄迷的雾气，在这空旷深邃的荒原之上，闪现出一道无穷的杀机。

韦天的眼前突然感到一片迷茫。当卫三少爷的剑入虚空之际，地上的积雪如浪狂涌，倒卷三丈之高的雪墙，若洪峰倾泻而下。

“呀……”韦天一声大喝，手中的长矛若怒龙般击在了这堵气势汹涌的雪墙上。

“轰……”雪片如聚散的烟云，四下飞散。

而广袤的虚空，变得喧嚣不堪，几成乱局，气旋狂乱，雪片狂乱，人乱、影乱。

而卫三少爷的剑，无疑是最狂野的乱，乱得没有一点头绪，每一寸空间都飘忽着剑影，扭曲的剑影又鼓动出无限的杀气，就在这虚空之中疯涨，仿佛欲摧毁一切的生命。

韦天的眼里，闪现出一股不可思议的神情，但他的人与长矛没有半点犹豫。他必须出击，倾尽全力地出击，因为只有面对现实，他才能有生的机会。

每一个人都在拼命，在疯狂地出击，虽然他们只是面对一个敌人，但每一个人脸上的表情都十分凝重，仿佛面对的是千军万马。

的确如此，对他们来说，敌人虽只一个，但他所带出的气势，比及千军万马也不会逊色多少。狂野的剑气游走于虚空，让人感到了那无处不在的压力。

一排排气墙在剑的推移下，向韦天等人迫压而去，一旦遇上一点点阻力，那看似无形的气墙就会在刹那间崩塌，就像是雪山上常见的大雪崩，那本来凝聚于气墙之上的气势犹如决堤的洪流，倾泻而出。在刹那间，注满这虚空中的每一寸空间，形成最狂野的风暴。

十几件各不相同却又各有特点的兵器，如十数道织网的梭子，在虚空交错而行。当这股强势的风暴倾压而来时，这巨大的网不住地收缩，收缩至圆球大的一团。

虽然网在收，但收缩得越小，这网旋动的速度就越快。当它每旋动一圈时，它所产生出的一种向外辐射的张力就增大一分，直到它收缩至某种极限。

“轰……”圆球终于爆炸，与剑气形成的风暴相撞，强烈的气流若飓风般横扫，人影向四下飞散。

卫三少爷只有退，一直退到了蒙尔赤与龙赓的中间。

他没有想到蒙尔赤带来的这十数名随从竟然能够抵得住自己的这一式有容乃大。就在他换气的一瞬间，突然，他的心冷到了极点。

这种冷，是一种带有死亡气息的冷，冷到骨子里，冷到心的深处。他之所以会有这种感觉，是因为他的前胸和后背突然多出了一把刀和一把剑，强大的剑气与刀气就像两道钢闸，同时截住了自己体内正在提聚的真气。

胸前的刀，竟然来自于蒙尔赤。一个明明服了七步销魂丹而功力暂失的人，动起手来居然比闪电还快。

但这还不是让他感到意外的，更让他感到意外的是，几个明明已经死去的人，却又重新在雪地里站了起来。

这几个人当然是李世九和那几个高丽人，当卫三少爷一看到他们站起来的一刹那，他的心陡然掉入了一个无底的深渊。

他忽然明白了自己背后的这一剑是谁刺来的，这看上去就像是一个事先设计好的陷阱，要捕杀的人竟然是自己！

他的眼睛里几欲喷火，怒气贯于眉间，他终于回头。

龙赓依然静静地站在他的身后，只是他手中的剑正刺在卫三少爷背心的一处大穴上。

在龙赓的身后，卫三少爷的两名亲卫已经倒在了地上。这一次，他们是真的死了，因为眉心和咽喉绝对是致命的部位，一剑下去足以要命。

“你是谁？”卫三少爷深深地吸了一口气，问了一句非常奇怪的话。

“我就是我。”龙赓淡淡一笑。对于一些奇怪的问题，他抱以同样奇怪的回答。

“你和他们都是一伙的？”卫三少爷冷然道。

“应该算是一伙的吧。”龙赓笑了笑。

“难道说蒙尔赤出访高丽的消息竟是假的？”卫三少爷的眼中闪现出一股难以置信的神色。

“对于这个问题，你应该问他。”龙赓努了努嘴，指向蒙尔赤。

蒙尔赤道：“其实本王知道你有很多问题想问，本王就一五一十地告诉你。除了这个消息是假的之外，其他的事情都是真的，因为我的确是如假包换的蒙尔赤亲王。这些人都是我的手下，我们之所以要布下这么一个十分复杂的局，只因为你是卫三少爷，更懂得你的有容乃大的威力，要想彻底地将你置于死地，舍此别无他法。”

这的确是一个十分精妙而完美的杀局。

这杀局之妙，还在于一个人，如果没有这个人的推波助澜，这杀局未必能够如此完美。

这个人会是谁呢？

这个人当然就是张良，如果没有张良的推波助澜，这个局当然就无法成立。

这个局的目的，就是彻底消灭卫三少爷与他的影子军团。

匈奴之中，的确有一个蒙尔赤亲王，而且他也确是货真价实的魔门第一高手，在他的封地里，他近乎被他的子民神化，就连冒顿单于也不得不对他有所忌惮，因为在他的手里，拥有十万铁骑。

“你一定会觉得奇怪，为什么我放着几次大好的机会都没有杀你，却偏偏要等到现在？”纪空手冷冷地看着因痛苦而脸庞扭曲变形的刘邦，沉声道。

刘邦强忍着痛，抬起头来望着纪空手。的确，他很想知道这个问题的答案。

“这只因为，当一个人到了他人生最得意的时刻，也就是他最容易犯下错误的时刻，只有在这个时候，他才会放松戒备，为人所乘。”纪空手无视于刘邦的痛苦，冷然而道，“我替你设想过不少死法，也为你设想过不少的死局，但我实在没有想到，你竟然如此不堪一击，这么容易地就为我所败，真是让我太失望了。”

刘邦的眼中显出一丝懊丧与愤怒，他一向自信，自认为无论是武功，还是智计，他都远胜于常人，就连项羽这样的对手，他也从来不惧。可是他怎么也没有想到，每当他遇上纪空手的时候，不管他曾经占据了多大的优势，到了最后，他总是会输得很彻底，甚至没有还手的机会。

难道这纪空手真的是他命中的克星？

“我曾经也怀疑过你。”刘邦眼中的厉芒直盯在纪空手的脸上，缓缓而道，“早在你从上庸突围而去的时候，我就知道了你的易容术十分高明。所以当你变成陈平进入我的视线之后，我对你数番试探，却都让你侥幸过关，最终赢得了我对你的信任。如果不是这样，你又怎能暗算到我？如果你不暗算我在先，又怎能轻而易举地站在这里以胜利者的姿态和我说话？”

纪空手冷眼看着刘邦犹如困兽般的表情，道：“我知道你很不甘心，因为，你手中有剑，你还有一式名动天下的有容乃大。普天之下，能会这一式的人已经不多，至多只有三人，而你就是其中之一。身为武者，我也非常好奇，很想见识见识这传说中的有容乃大到底有多么玄奇，但世上不如意事十之八九，你身上所种下的无妄咒，根本就不是我能解得了的。”

“你不能，还有谁行？”刘邦冷笑道。

“所谓解铃还需系铃人，当你下手击杀五音先生的时候，你可曾想过，像五音先生这样的高人，又岂会白白受死？他临死前的一刹那，就已经将无妄咒种入了你的体内，这是不可避免的事实，他一定会让杀害他的人付出应有的代价！”纪空手淡淡一笑，笑中自带出一种冷酷。

他之所以觉得这是一件非常残酷的事情，是因为他知道五音先生的无妄咒究竟有多么厉害。当无妄咒进入到人体经脉之中时，它经历了短暂的潜伏期之后，只要中咒者引动真力，无妄咒就会不间断地咒封人体内的经脉，让受咒者内力膨胀，无处舒通，使之生不如死。

这似乎十分玄奇，但刘邦却知道纪空手所言非虚，此时此刻，他的确感到自己就像是一只热锅上的蚂蚁，倍受煎熬。

但是肉体上的痛苦，远比不上纪空手对他精神上的折磨。当纪空手语气平静地向他说起自己的精心策划，并且最终付诸实现之后，刘邦的心依然还在下沉，沉至最深处。

纪空手所说的这个计划，的确是妙绝无比，不仅构思严谨，而且十分精妙，如果不是纪空手将这个计划坦言说出，刘邦做梦也想不到这是人力可以为之的，其玄其妙，仿若神仙手笔。

这个计划是纪空手在洞殿中经过了七日长思之后才出炉的，它的重点就在于沿袭了五音先生提出的另辟蹊径，争霸天下的构想，以此为基础，设定了这个李代桃僵，取而代之的计划。

五音先生自霸上一役之后，根据当时天下大势，就敏锐地洞察到了纪空手要想加入到争霸天下的行列中，如果按照旧有的模式来发展自己的势力，无论在时间上还是时机上，都已来不及了，除非另辟蹊径。

所谓的另辟蹊径，就是在刘邦与项羽之间，选择一位作为目标。到了一个适当的时候，由纪空手取而代之，代替他去争霸天下。

这的确是一个想前人不敢想的绝妙构思，五音先生之所以敢提出这样一种匪夷所思的构想，是因为他有妙绝天下的整形术做保证。当他临死前看到纪空手整形成刘邦的样子时，那种形神兼备的效果更坚定了他完成这种构想的信心。

于是他把这种构想告诉了纪空手，纪空手经过洞殿的七日长思之后，终于确定了以刘邦为目标，来实现五音先生生前的这种绝世构想。

目标既已确定，接下来就是要接近目标，掌握目标的生活习性。后生无的一句话给了纪空手一点突发的灵感，使得纪空手最终决定通过铜铁贸易的方式进入南郑，以达到自己接近刘邦的目的。

所以他来到了夜郎，遇上陈平和龙赓之后，之后所发生的一切远比他想象中的顺利。当刘邦来到上庸准备取宝时，纪空手觉得，自己下手的机会终于来了。

“你为什么一定要选择今晚动手？难道你算准了我体内的无妄咒一定会在这个时间发作？而且，就算你现在杀了我，变成了我的模样，你难道就真的认为是天衣无缝，没有任何破绽了吗？”刘邦听得虽然心惊，但他的思维依然清晰，一连串提出了几个问题。

这固然是存在他心里的悬疑，但刘邦的真正用意，是在拖延时间，只要等到张良回来，他未必就没有一线生机。

纪空手好像并没有识破他的伎俩，抑或是被这胜利的快感冲昏了头脑，竟然微微一笑，道：“今晚是大年三十，一个喜庆的日子。到了明天，登龙图宝藏就要重见天日，真可谓是好事成双，喜事连连。在这样的日子里，谁又会想到他们的汉王再也不是原来的汉王，而是由另一个人替代？

就算有人发现了一些蛛丝马迹，心中生疑，我还设了一个局，包管一到明日，他们心中的这些怀疑都会烟消云散，转而尽心为我卖命。”

“你还设了一个局？”刘邦惊道。

“是的，但是，你却再也没有机会看到了，因为，这个局本就不是为你所设。”纪空手冷然道。

他抬起手来，在铜钟上轻敲了一下，道：“至于你提的第二个问题，其实很简单。这无妄咒种入人体，倘若没有诱音来诱发它，它是根本不可能发作的。我知道你一向是一个心细如丝的人，所以故意拿了一根香以吸引你的注意力。而真正能诱发无妄咒的人，她早就藏在这铜钟内，当我的手轻敲铜钟时，只是在故意掩饰她所发出的一种声音。”

刘邦的眼中显出一丝惊异，摇了摇头，道：“这绝不可能，这铜钟里若是藏有人，我怎么会毫无察觉呢？”

“这就叫作天要绝你！”纪空手冷笑一声，“你太兴奋了，所以你的注意力全部都放在我的身上，又怎么会去洞察其他的事情呢？而且，这大钟寺早在你的大军控制之下，你压根就不相信会有人藏于这里。”

纪空手敲了一下铜钟，便听“当……”的一声轻响，仿佛荡起一阵回音。

刘邦的脸色霍然一变，这一次，他分明听清这细微的回音之中，似乎带着一种玄奥而动听的旋律，如针般刺入自己的耳膜，渗入到自己的经脉之中。强烈的痛感顿生，令他的背上全被冷汗湿透。

“你本该问一问，这铜钟里的人是谁？她又是怎样藏到铜钟里的？”纪空手双掌贴住铜钟，陡然发力，便见这千斤之重的铜钟现出一道半尺高的缝，一条人影飘然而出，身姿婀娜，服饰淡雅，正是红颜。

这问题的确是刘邦此刻最想问的问题，可是，他却最终没有开口。

他已不必问，当他看到殿门骤然一开，张良带着另一个人步入殿中时，他的心里已经明白了一切。

跟在张良身后的人竟是陈平！

如果还有比一个胳膊肘往外拐更让人伤心的事，那就是两个胳膊肘都往外拐。就在刚才，刘邦还一直视纪空手与张良为自己的左右臂膀，却没有想到他们竟是最大的卧底。

此时的刘邦感到的不是绝望，而是孤独。

他不能自抑地深深叹了一口气，道："我已无话可说，我能在霸上之后崛起于天下，功在子房，想不到今日灭我之人，也是子房。"

张良淡淡一笑道："要我助你崛起于天下的人和要我灭你的人，他们都是同一个人，那就是我的恩师，以六艺闻名天下的五音先生！我只是他老人家座下的铸、盗、棋、剑、兵五大弟子之中的兵者，今日能手刃你这个奸贼，总算是可以为他老人家报仇了。"

他说到最后一句，脸色一变，已是咬牙切齿，伸手拔刀。

刘邦缓缓地抬起头来，脸上显得十分平静，道："原来如此。我一直以为你是为我在打天下，如此尽心尽力，以至于我才会对你信任有加，想不到你却是借我的手，为纪空手在打天下，这真是报应。"

"这的确是报应，这只因为，你总是在利用人为己所用。到头来，你所辛辛苦苦做的一切都是为他人作嫁衣裳，这的确可悲。"纪空手冷冷地道，他的手里已多了一把七寸飞刀。

刘邦的目光与纪空手的厉芒在虚空中交错，两人都没有再说话，只是静静地看着对方。

刘邦表现得如此平静，这的确超出了纪空手的意料之外。

在纪空手的想象中，刘邦不仅应该为眼前发生的一切感到愤怒，更应该为此感到绝望。但让纪空手感到惊诧的是，刘邦的脸上既没有愤怒，也没有绝望的表情，宛若一潭深不见底的死水，让人根本无法揣度。

整个主殿早已笼罩在一片肃杀之中，空气里到处洋溢着一种仇恨的气息，除了刘邦之外，每一个人的眼睛里都绽射出一股杀气，就连娇媚如花的红颜，也不例外。

刘邦不愧为王者，临到死时，依然还能这般镇定，当纪空手的飞刀缓缓抬起之时，刘邦居然闭上了眼睛。

这一细微的动作让纪空手感到了一丝疑惑，他在心里问着自己："难道说在这种绝境之下，他还能反击？"

他蓦然间想到了赵高，想到了赵高临死前所爆发的百无一忌，那可怕的一幕至今还深刻在他的记忆之中。

无论是赵高的百无一忌，还是刘邦的有容乃大，都是这世界上最霸道的武功，没看到他们倒下的最后一刻，谁又能肯定他们中的任何一位就必输无疑呢？

纪空手的心沉了下来，刀还在向前延伸，而他的玄铁龟异力已尽数提至于掌心，随时准备应付着刘邦的最后一击。

就在这时，刘邦的脸上露出一丝淡淡的笑意。当笑意绽开的刹那，他的眼睛又重新睁开，那眸子里露出的那股傲然之气，仿佛他又找到了王者的自信。

“哈哈哈……”他陡然间爆发出一阵狂笑，就像是一头关在牢笼之中的困兽，带有几分神经质一般，半晌之后，才渐渐收声，冷然道，“不可否认，你的确是一位百年不遇的奇才，但是，你还是太高估了自己，低估了别人，我承认，我今天是败到了你的手里，然而，你们若想要我的命，只怕并没有你想象中的那么容易！”

“是吗？”纪空手的眼睛亮得便像是暗夜中的那一轮明月，闪烁着坚决而狂热的厉芒，有如临世的魔神，浑身上下透发出一股惊人的杀意。

“你可以不信，但是我不得不告诉你，只要你踏前一步，就是同归于尽的结局！”刘邦冷笑一声，手已按在了剑柄之上。

纪空手的脸色在这一刻竟显得异常平静，静得有几分可怕，当刘邦狂笑之时，他就似料算到了有容乃大一定会与百无一忌一样，可以用生命来突破自己的身体极限，达到在瞬间爆发的目的。

也就是说，刘邦的话绝不是一句恐吓，而是一个无情的事实，无妄咒可以控制经脉流向，却不能驾驭中咒者的思想，无论是哪一种霸道的武功，它可以让人死，却不能让人不去死，所以，只要刘邦愿意，他随时都可以让有容乃大再现于世，代价就是他自己的生命。

主殿内顿时形成了一个僵持之局！

第八十一章　魔门秘令

冒顿单于能够一统大漠南北，蒙尔赤亲王与他的十万铁骑可谓是功不可没，但是当冒顿单于屡次举兵南侵时，蒙尔赤亲王却借故大军休整，退回封地，没有追随。

这一举动在当时的匈奴之中，引起了不小的轰动，就连一向对蒙尔赤亲王十分器重的冒顿单于也颇有困惑，他却不知，蒙尔赤亲王如此做，只是为了守住当年他的一句承诺。

二十年前，蒙尔赤那时并不是亲王，只是一个部落首领。他受命于魔门秘令，与十八名魔门高手埋伏盖兰山口，去截杀一位从中原远道而来的高人，经过一番血战之后，他成了那一代中唯一的幸存者。

他之所以没死，是因为那位高人正要一剑刺向他的咽喉之时，突然从他的身后传来了一段悠远而宁静的笛音，那笛音之中荡漾出一种平和深邃的意境，令那位高人轻叹一声，终于收剑入鞘，黯然离去。

这位高人就是卫三公子，他来到大漠，是为了魔门的一部不传之秘——无间诀！

相传无间诀中，记载了一种神奇的心法，与问天楼的有容乃大有异曲同工之妙，当时五阀争霸江湖，虽然卫三公子凭有容乃大一式在五阀中不落下风，但他深知自己要想独霸江湖，就必须要有创新，于是，他把目光盯上了无间诀。

他自以为自己的行踪十分隐秘，想不到人还未入魔门重地，就遭到了魔门十九名高手的拦截，更让他感到不可思议的是那一段奇怪的笛音，此音一出，让他最终不得不放弃无间诀的奢望。

能以一段笛音让卫三公子这等豪阀知难而退之人，当然只有五音先生。

蒙尔赤得五音先生援手而逃生，自然感恩不尽，所谓受人点滴之恩，当涌泉相报，蒙尔赤身为有血性的男儿，更是觉得做人本当如此，所以当即应诺，日后若有得势之时，绝不踏足中原。

正因为有这种渊源，所以，当他收到红颜的一封亲笔信函和五音先生当年所佩的一件信物之后，立马从十万铁骑之中挑选出千名匈奴勇士，组成一支最精锐的队伍，赶到双旗店，与知音亭中人会合，布下了天罗地网，专等卫三少爷与影子战士的到来。

由于蒙尔赤亲王的匈奴勇士们打了个时间差，所以当突袭开始时，那些影子战士几乎没有反应过来，就遭到了匈奴铁骑最无情的打击。虽然影子战士中不乏有真正的高手，但面对数倍于已的匈奴勇士，他们也是回无乏力，经历了一场惨烈之战后，影子军团最终全军覆没。

当卫三少爷从蒙尔赤亲王口中知道了这个消息之后，一股悲愤之情顿时涌上心头，想到自已数十年的心血毁于一役，他虽然没有亲眼看到这个场面，却能感到这一战的惨烈。

此时的他，面对两大高手的出手，似乎已经完全处在了绝境之中，他更担心的是，远在数千里之外的刘邦。

既然张良、龙赓已经背叛了刘邦，那么刘邦的安危也就成了问题，可惜的是，他已无法赶回。

他的确是无法生还了，他现在唯一能做的，就是让自己的敌人付出代价，绝对是非常惨痛的代价。否则，他就是连死都难以瞑目。

雪在飞舞，在每一个人的身体四周形成股股气旋，北风忽至，只是增加了这种旋动的狂野，使得虚空中的一切变得动感无限。

当卫三少爷的脸色骤变之时，龙赓站在他们身后，最先感受到了卫三少爷那种背水一战所迫发出来的压力。那种令人窒息的感觉，让他们的血液在压迫之下渐渐膨胀，几欲爆裂。

这种仿若高山大海般的气势，对于龙赓来说，似乎并不陌生。这种唯有绝顶高手才具有的气势，他也同样拥有，因为，他的剑术虽然出自五音先生，却已然超越了五音先生，所以，他也是剑道大家，更是绝顶高手。

当这两种近乎相同的气势在他与卫三少爷之间的这段距离涌动、翻滚、碰撞之时，蒙尔赤亲王与他的随从同样感受到了这种可怕的压力。

他们的确没有想到，处在两大高手夹击之间的卫三少爷还能如此可怕，那种自精神上侵袭而来的压力如洪流般袭至他们的心头，令他们的心在这一刻间不可抑制地微微震颤。

倒是卫三少爷的脸色，显得平静起来，红潮刚过，代之一片煞白，但蒙尔赤亲王却深知，这是爆发前的征兆。

“我一定会让你们为自己所做的一切付出代价！”卫三少爷的话说得很淡，但谁都听出了那话中带出的一股狠劲，近乎于歇斯底里。

龙赓的剑锋依然抵在卫三少爷的背心大穴之上，既没有进，也没有退，只是仍如山岳挺立，让自己的气势随意疯涨，淡淡而道：“我相信你能做到，因为你还有一式有容乃大！”

“既然知道，你还敢与我同归于尽？”卫三少爷有些惊讶，虽然对龙赓的态度感到有几分困惑。

“这是没有选择的事情！”龙赓的眼神里闪出一丝坚定，更闪出一股无畏的勇气，“无论如何，我都想赌上一赌，看自己是否能够从你的有容乃大下生还。”

“很好！我一定不会让你失望的！”卫三少爷笑得有些苦涩，便在这时，他手中的剑蓦生龙吟，剑身微颤，发出一股流光溢彩的电流，充满了冷肃的杀意。

他的脸色一动不动，但他脚下的积雪在飞速旋动，卷起若狂龙般的沙尘，向四周疾涌、狂泻，当这一切变得极为疯狂时，剑已出，如孩童随意刺出的一剑。

只有一剑，简单而直接，让人感受不到它的任何玄奥之处，但龙赓与蒙尔赤亲王的脸色却陡然俱变，因为，他们却看出了这一剑中藏有极不简单的内涵，蕴含着无穷的玄机，只要需要，它可以随时随时地发生裂变，发出一连串妙到毫巅的攻势。

这种感觉进入到龙赓的意识中，犹如刀刻般深刻，那是因为在他的心里，已经有了一把剑。

心剑已出，却没有蓦入虚空而不见。

就连已生必死之心的卫三少爷，看到龙赓这已臻化境的剑，也禁不住为之动容。

剑在何处？谁也不知！只知道这虚空里到处都充斥着剑气，这一剑的风情，已在每一个人的想象之中。

杀机弥漫了整个荒原！

“呀……”卫三少爷大喝一声，就在声起的刹那，他的剑已不在，手中紧握的是一道耀眼的光芒。

光芒如电，闪耀在虚空中的每一寸空间，每一寸空间都扭曲出诡异的幻影，构成了一种沉重的基调，构建了一幅虚幻玄奇的画面。

这如虚似幻的画面在不断地闪烁，变换着不同的影像，浓重的色彩加深着每一个画面的背景，幻生出炼狱中种种罪恶的故事，出现在每一个人的眼里。

“嘶……嘶……”光影闪动间，慑人的剑气发出惊人的裂帛之音，随着每一个画面的裂变，让人感受到了一种战的凄美，斗的惨烈。

剑光幻成了一团巨大的光云，吞噬了卫三少爷也吞噬了龙赓，人已不在，唯有剑在，漫天的剑影如巨龙搅浪，掀起了一道又一道狂猛而疾速的气旋，冲激得满地的积雪层层叠叠地向后飞退。

所有的人都把心悬了起来，就连蒙尔赤亲王握刀的手，也已渗出了涔涔冷汗，在一种高度紧张的状态下等待着这无法预测的结果。

这的确是一场让人无法测度的战局，就像是龙虎相争，无法算定是龙降伏了虎，还是虎降伏了龙，这或许本身就是没有胜利者的战局，从一动手，就注定了是同归于尽。

所有的人都在担心，更在期待，全神贯注着这团幻变无穷的光云……

“轰……”

一声如惊雷乍起的爆响，生于光团的深处，环绕在这光团四周的飞雪，突然间爆裂开来，形成了一股疯狂若癫的飓风，扰乱了众人的视线。

天地一片昏蚀，维系了一瞬的时间。

当剑气消寂，光芒俱灭之时，在两丈之间，现出了两道如长枪傲立的黑影，衣袂飘飘，剑指苍天，那种无视于天地的气势，让人感受到唯有王者才拥有的至尊风范。

这一战已经结束了，只是谁也看不懂这一战的输赢，谁胜谁负，根本无法从这两张平静得让人心惊的脸庞中断定。

龙赓的剑已成断剑，凛厉的剑锋已然不见，就像是任何事情都没有发生过一般，这两人仿佛又回到了最初的起点，又回到了僵持的状态之中。

静默于天地之间，两大高手的对决，莫非真的只能换来同归于尽的局面。

是胜是负，已不重要！是生是死，反倒成了所有人最关心的话题。

然而，蒙尔赤亲王知道，无论是卫三少爷，还是龙赓，他们都没有死，他们在虚空中相互凝视，相互交错的厉芒证明了他们都还活着，虽然他们的身体一动不动，犹如千年傲立的雕塑，但虚空中那种沉沉的压力依然证明着他们的生命在延续着。

生命在延续，只是无人晓得还能延续多久。

卫三少爷的剑，完好无缺，依然以一种极美的姿势握剑，一声叹息之后，他终于开口："你是怎么想到用这种方式来破解有容乃大的?"

此话一出，蒙尔赤亲王的心头一松，这一句话至少证明了一个事实，龙赓破去了卫三少爷的有容乃大，虽然他不知道这之中到底发生了什么，但这已然是一个不争的事实。

"你不该问我!"龙赓的眼睛清澈而透明，淡淡而道，"真正能破去有容乃大的是他!"

龙赓的目光望向蒙尔赤亲王！

龙赓的话不仅让卫三少爷感到诧异，就连蒙尔赤亲王自己也感到有几分糊涂。

"我不信!"卫三少爷以一种疑惑的目光看着蒙尔赤亲王，摇了摇头。

"二十年前，卫三公子孤身来到魔门，是为了魔门的无间诀，你可想到，以卫三公子的武功，他又何必觊觎于别门别派的秘决，其中难道就没有一点隐情吗?"龙赓冷然而道。

“隐情?”卫三少爷很是诧异，他对二十年前的这段往事并不陌生，却不知道卫三公子为什么会在那个时候孤身一人前往魔门。

“是的，他真正的用意，是因为在魔门的武学中，有一种心法正是有容乃大的克星，普天之下，知道这个秘密的只有两个人，除了卫三公子之外，就是五音先生，所以卫三公子并不想张扬出去，而是想悄然将这种心法从无间诀中抹去!”龙赓缓缓而道。

卫三少爷不由大吃一惊，忍不住望向蒙尔赤亲王，而蒙尔赤亲王的神情并不比他好多少，同样为龙赓的话感到惊讶。

龙赓并不因为这两人的眼神感到意外，反而意态悠然地道：“正因为有了蒙尔赤亲王的这种心法，所以在你还未使出有容乃大之前，你的气机就出现了一丝缝隙，这缝隙之小，连你自己也未必能够发觉，但却足以让你致命!”

他顿了一顿道：“有容乃大，在于能容万事万物，可是当这种‘容器’本身出现了问题时，它还能包容什么，所以，你不出手则已，一旦出手，必死无疑!”

他这一句话刚刚落地，便见卫三少爷的脸上一阵扭曲，整个身体就像是一只泄了气的皮球，突然收缩成团，小了数倍体积。

众人吃惊之下，纷纷后退，而龙赓一动不动，人在夜色之中，手中的断剑依然斜立。

那种苍茫的气势，有一种傲然的韵味，他蓦见寒风乍起，从四方袭来，而他却没有做出任何的动作，只是冷冷地看着不断变形的卫三少爷在眼前急速地飞旋。

“轰……”当这种飞旋达到了某种极限之后，突然向四方爆裂开来，那种狂野的气势，掀起了地上的积雪，如浪席卷，遮迷了每一个人的视线。

“问天楼从此完了，这三个字，已在江湖除名!”说这句话的时候，龙赓的脸上并没有胜利者的喜悦，反而多了一丝落寞的味道。

遥远的无边，终于现出了一线红霞。

天，快亮了!

刘邦的目光犹如宁静的深潭，不起一点波澜，却让人感到一种从未有过的寒意，他的目光所到之处，纪空手、张良、陈平、红颜都忍不住感到了一丝沉重的压力！

沉闷的僵局，只维系了半柱香的时间。

就在这时，在摇曳不定的烛火映照下，刘邦的脸色变得一片赤红，是那么的诡秘，那么的惊人，令纪空手等人无不后退一步。

这大殿的空间在刹那之间仿佛变成了一个深不见底的黑洞，产生出一股巨大的吸力，使得这空间中竟然无风自动。

动的不是风，也不是空气，而是孕育在沉闷空间中的万千暗流。

此刻的刘邦就像是来自地界之下的神魔，目光冷寒，所到之处，那空气都仿佛凝聚。

他的手缓缓地抬起，双手互动划弧，似乎在划动出一个无形的大圆，那弧线之外，没有一丝的动静，就在纪空手感到莫名心惊之时，却听得那大钟里面发出一阵怪异的回音。

那钟声仿若佛唱，悠远而宁静，似乎深入到一个广漠无边的苍穹，而这苍穹之中，带出一股未知却惊人的力量，仿佛要穿透人的思想，进入人心。

“难道这就是那有容乃大?”纪空手的脸色霍然生变，此时的他就仿佛置身在一座浪峰的中心，从四面八方奔涌而来的劲气一如那凌厉生寒的锋刃，仿佛要摧毁自己更要摧毁这空间里的一切。

在一刹那间，纪空手甚至有一种窒息的感觉，就在他忍无可忍之时，就在他全身的劲气行将爆发的那一刹那，他突然感到周身所承受的压力就像是流泻的洪水，或如潮退，竟然消失得无影无踪。

天地又归于一片宁静，僵局也由此再现，但这僵局却因纪空手一丝淡淡的笑意而打破。

“这是否就是传说中的有容乃大?”纪空手深深地吸了一口气，直盯向脸上一片煞白的刘邦。

刘邦的眼中一片漠然，傲然道：“不错！面对如此神功，你是否有破解之道?”

纪空手低下头来，沉吟半晌，这才缓缓而道：“我不知道，但是我有一种预感，只要你我出手，就只能是同归于尽的结局!”

刘邦深深地看了纪空手一眼，长叹一声，已是一脸默然。

“你绝不会选择同归于尽，如果你想与我同归于尽，你就不是卫三公子的儿子，更不是问天楼这一代的阀主刘邦!”纪空手的眼芒似乎是一支坚锥，可以洞穿一切事情的表面，去追寻事件的本质。

“你真的是这么看我?”刘邦的目光里似有一分惊讶，显然为纪空手表现出来的平静感到震惊。

“如果现在摆在你面前的路还有选择的话，你也许还会拼个你死我活，但若是同归于尽，你我都死了，那么谁去争霸天下？谁去完成你心中的复国大业呢?”纪空手冷笑一声。

刘邦紧紧地盯着纪空手，良久才轻轻叹息一声：“知我者非你莫属，可惜的是，你是我的敌人，而不是朋友，不错，如果真的可能同归于尽的话，我宁愿死，也要让你我之间有一个人活下来，去完成复国大业，因为就算是你去争霸天下，你也只能用我刘邦之名，这是一个你无法改变的东西!”

他所说的是一个不争的事实，就算刘邦死了，纪空手得以取而代之，他若要想凭借这汉王之威，引领这数十万汉军争霸天下，就必须以刘邦的身份出现。

纪空手淡淡地一笑：“本人为何不能以你的身份出现呢？想你卫氏本就是春秋七大姓之一，你作为卫国的后裔，可以为复国放弃自己的真名实姓，而我纪空手自小无父无母，连我自己都不知道自己姓甚名谁，我为何不能弃纪姓刘!”

他深深地看了刘邦一眼，沉声问道：“我是谁？我只是淮阴城中一个流浪的孤儿，我或许姓纪，或许姓李，我连我父母都不知道是谁，我为何就不能姓刘呢？姓名只是一个人的代号，关键还是要看人的本身，既然争霸天下是你我共同的愿望，那么姓纪姓刘又有什么区别呢?”

刘邦的眼中绽放出一种淡淡的色彩，微微一笑：“你能这么想，我很高兴，只要我卫国真的能完成复国大计，我死而无憾！”

“如果我所料不差，你对这种结局似乎早有预见，否则，在忘情湖上，你就不会和我谈起有关吕雉的事！”纪空手看着刘邦宁静而深邃的表情，陡然间灵光一现。

“哈哈哈……”刘邦大笑三声，“纪空手不愧是纪空手，你能看到这一点，就足以证明我没有看错你。”

两人相视而笑，这一笑间没有任何的敌意，倒像是久别重逢的友人初见时那会心的一笑。没有人知道他们到底在笑什么，但谁都可以看出刘邦脸上那如释重负的表情。

“既然如此，我可以再问你一句。”纪空手道。

“请！”刘邦道。

“我的儿子，他在哪儿？”纪空手深深地看了刘邦一眼。

“你的儿子？”刘邦的脸上露出一股诧异之色，摇了摇头，“我不知道！”

纪空手的心陡然一沉，他相信人之将死，其言也善，此时此刻的刘邦绝对不会说谎，那么虞姬母子又是落在谁的手里？

便在这时，刘邦脸上的那股淡淡的笑意忽然僵住，仿若冰封，他的眼睛依然是那么明亮，但那眸子本身的色泽却在一点一点地黯淡……

“吕……吕雉……听香榭……”刘邦近乎挣扎地说了一句很是莫名的话。

纪空手的脸色却是一片肃然，凝视良久，方才轻轻地叹息一声。

他知道刘邦已经死了，一代汉王、身为问天楼豪阀的刘邦，竟然就这样悄然离开了人世。

没有人可以打倒他，就连纪空手也不例外，他只是死在他自己的手上。他以一种非常高明的手法自绝经脉，用这种平和的方式结束了自己的生命。

这是别无选择的一个选择，对他来说，也许就是最正确的选择。有容乃大既然可以包容这世上的一切，当然也可以包容他自己的生命。

不可否认的是，他的死更像是一个谜，在他临死之前，他又留下了另一个悬念，知道这个谜底的人普天之下唯有纪空手。

夜依然静寂，依然可以听到几声稀疏的爆竹声在半空中响起，抬头望向窗外，纪空手仿佛捕捉到了一串礼花在夜幕中留下的最后一刻辉煌。

他缓缓地走到刘邦身前，大手抚过他未瞑的眼睛，沉声道："争霸天下的确是你我共同的心愿，唯一不同的是，你看重的是结果，我看重的却是过程，所以，你我绝不是同一类人！"

还是在这个子夜，还是在这个大钟寺的主殿之内。

当纪空手扮成刘邦出现在众人面前的时候，无论是张良、陈平，还是红颜，几乎都不敢相信自己的眼睛，如果他们不是亲眼目睹了刘邦的死亡，打死他们也不会相信这是纪空手所扮。

无论是神态举止，还是动作声音，整形过后的纪空手与刘邦都如出一辙，谁都可以看出，在这段时日里纪空手的确花费了不少心思。

随着刘邦的死去，纪空手的另辟蹊径，取而代之的计划总算有了一个好的结果，但他却感受到，这只是一个开始，又或是另一个起步，争霸天下的过程远比他所想象的更加艰难。

"十万大军已经进驻了忘情湖畔，只等汉王一声令下，大秦宝藏便可重见天日，尽归汉王！"张良显得极是谦恭，微微一笑。

"汉王？"纪空手怔了一怔，陡然间才感觉到自己此刻所扮演的角色，不禁哑然失笑。

"公子认为这很可笑吗？"张良一脸肃然道。

"你若不提醒我，我的确忘了我此刻已是刘邦！"纪空手微微一笑。

"在这个世界上，有些事情可以忘，有些事情是绝对不能忘记的，当你忘记了它的时候，你所付出的代价也许就是你的一切！"张良一字一句地缓缓而道。

"多亏子房提醒，本王受教了！"纪空手正色道。

他踱了几步，猛然回头："难道你们一点都不觉得奇怪吗？以刘邦的性情而言，何以会死得这般平静！"

这是留在每一个人心头上的疑问，当纪空手提出来的时候，每一个人都将目光投射在他的身上。

是的，这的确很让人奇怪，就算刘邦不想与纪空手同归于尽，至少他还有一搏的机会。

“其实红颜刚查过他的尸体，他并不是中了无妄咒而死，而是身中一种慢性剧毒，被红颜焚音震动其心脉，而使毒性突发。所以，他根本发不出有容乃大。”纪空手若有所思地道。

在场的每一个人无不大吃一惊，显然纪空手所说的已经超出了他们的想象。

“何以我一点都看不出来呢？他与师父交手，怎可能没中无妄咒？”张良的眼中露出了一丝狐疑。

“这个我也不明白，可能他早发觉已经化解，也或者当初先生没有将无妄咒种于他的身上。”纪空手道。

张良的眼睛陡然一亮，道：“你是否以为正因为刘邦发现自己已经中毒，遭受了别人的暗算，所以才会将吕雉的事情告诉于你。”

“是的！的确如此！”纪空手道。

“如果说真的有人下毒，以刘邦的性格，怎会任人摆布？”张良道。

“也许连刘邦自己也不敢相信，下毒的人竟会是她，所以他才会中毒在前。等到他发现自己中毒之后，还没来得及找她算帐，我们已经动手了！”纪空手淡淡地道。

“你莫非认为下毒之人竟是吕雉？”张良惊问道。

“不是认为，事实就是如此！”纪空手道。

这是一个大胆而合乎情理的推断，只有当这个推断成立时，刘邦异乎寻常的表现才能有一个合理的解释。

——刘邦之所以连搏的机会都没有，不仅是因为他周围全是高手，更主要的一点是他身受吕雉所下的隐性之毒。

——当他发现自己身中剧毒之时，人已到了上庸，而此时，他终于觉察到吕雉的用心所在，为了不至于让吕雉的阴谋得逞，所以，他才会在看似不经意的情况下，将吕雉的背景透露给纪空手与张良。

——他已觉察到自己身中剧毒，凭他的经验，他自认为已回天乏术，在这种情况下，当纪空手欲取而代之时，其实这正中他的下怀。

刘邦之死，其实是一种双赢，正因为如此，他才会死得那么平静，当纪空手将这种推断公之于众时，无论是张良、陈平，还是红颜，他们都觉得这的确是最合理的解释。

问题在于吕雉的听香榭究竟有多大的势力，它所渗透的范围究竟有多大，对纪空手来说，听香榭既为江湖五大豪阀之一，其实力自然不容低估，吕雉的出现表明，当刘邦这个强劲的对手倒下之时，一个潜在的强敌已然浮出了水面。

而纪空手现在心中所想的是，吕雉是怎样让谨慎小心的刘邦身中隐性之毒的，虽然他无法知道这个问题的答案，但是他至少可以断定一点，那就是吕雉既然不在刘邦的身边，那么在刘邦的周围，一定安插有听香榭的卧底。

此人会是谁呢？

纪空手与张良相视一眼，淡淡而道："看来即使是身为汉王的刘邦，也并非如我想象中叱咤风云，飞扬跋扈，你在刘邦身边已有些时日，以你的眼光，你看会是何人所为？"

张良沉吟半晌，摇了摇头："刘邦此人城府甚深，他即使视我为心腹，也并非什么事情都会向我征询，在一些重大的事情上，他总是习惯留上一手，不过，能在刘邦身上下毒之人，必是刘邦的亲信，像这样的人并没有几个，只要稍加留意，未必不能将其找出！"

"的确如此！刘邦的亲信中除了子房之外，萧何、曹参、周勃、樊哙，以及卫三少爷，都是他最忠心的死党，也只有这几个人才具备下毒的条件，看来，要想找出躲在暗处的吕雉，就必须从这几个人身上着手。"纪空手沉声道。

"那么我们现在应该怎么办？"张良望向纪空手。

纪空手的脸上泛出一丝自信的笑容，道："只要过了明日，我是兵来将挡，水来土淹，不管是谁，只要影响到我争霸天下，他的下场就注定会与刘邦一样！"

主殿之内出现了一种自然恬静的氛围，与纪空手此时的心境有几分格格不入，便在此时，红颜幽然叹道："我现在所担心的倒是虞姬母子，他们既然落入吕雉之手，那么他们现在何处?"

纪空手的心头一颤，良久没有说话。

在荒原之上，欣赏日出，是一种美的享受，那种不沾杂质的优雅与跳动仿佛诠释着生命的轮回，当人处在朝阳的光环之中，看那扬上半空的沙尘，龙赓的心里因此多了一种失落。

蒙尔赤亲王与他的上千铁蹄如一阵旋风般远去，留下的是一排排清晰分明的蹄印，在龙赓的身后，李世九和他的几位知音亭朋友带着一脸的风尘，又似有几分悠然和轻松。

龙赓并没有任何轻松的感觉，事实上，他的直觉告诉他，从他一到双旗店开始，一股似有若无的危机就一直萦绕着他，根本没有一点消失的迹象，而这与荒原上所发生的一切并无太大的关系，就算卫三少爷在使出有容乃大的那一刻，也没有让龙赓感到过任何的恐惧，不过，倒是这看不见的、潜在的危机让他有步步心惊的感觉。

大自然所赋于人类的威胁虽然防不胜防，但比起人类所带来的威胁，它却是微不足道的。

龙赓带着李世九他们沿来路而回，走了数个时辰，终于来到了一片广漠的沼泽丛林，敌人一直都没有出现，这使得龙赓的心头显得异常压抑和沉重。

眼前险恶的地形让龙赓灵光一现，他已决定主动出击，因为只有主动出击，他才可以缓解这股一直追随着自己的危机和压力。

"穿过这片沼泽，再有三天的路程，我们就可以走出南勒哈草原。"龙赓仔细地看着手中的地图道。

"三天实在不算是太长的日子，熬过了这三天，我们就又可以喝酒赌钱了!"李世九笑了笑。

"但是直觉告诉我，这三天并非如你所想象的那么轻松，也许，这是决定你我生死的三天!"龙赓肃然道。

李世九诧异地看了一眼龙赓，道："方圆百里之内，渺无人烟，地势虽然险恶，但对我们这些武道中人来说，实在算不上什么凶险，即使这沼泽中存在着凶兽与猛禽，它们也只是我们裹腹的美食罢了！”

龙赓摇了摇头，道：“对我们来说，最可怕的动物不是猛禽，也不是凶兽，而是同类，我的直觉告诉我，有人正在跟踪我们！”

李世九大吃一惊，回头张望了一眼，道：“你确定？”

“我不敢肯定，但是我已经感受到了那种危机。”龙赓沉声道。

当他们进入到丛林深处的时候，在一丛古树之间，龙赓突然止足，他止足并非是前方无路，而是在他前进的一刹那感觉到一股浓烈的杀气已经弥漫在这古树之间。

林间有风，枝叶轻摇。

随风而来的，是一股淡淡的气息，气息里潜伏着致命的杀机，让龙赓感觉到了沉沉的压力。

对龙赓来说，有敌人并不可怕，就算对方全是高手，他也无所畏惧。

他之所以感到可怕，只因为他根本无法发现敌人身在何方，未知的东西，才是让人感到恐惧的东西。

他向身后的李世九做了一个手势，冷笑一声，大手已经握住剑柄，大步踏前，在不经意间步入两株古树的空间里。

能被称之为古树的，通常都有一定的年轮，密密的枝叶如巨伞般覆盖在头顶之上，让人看不到天，阳光透过枝叶的缝隙进入这片空间，斑斑驳驳，如乱中的影，构成一幅宁静而诡异的画面。

如此宁静的一片空间，又怎会有杀气存在，难道说这真的只是龙赓的一种幻觉，又或是一种错觉？

不！

就在这时，一缕光线从中断裂，从断裂处爆闪出一道寒芒，以闪电之速射向龙赓的眉心。

杀势如此的突然，完全出乎了龙赓的意料，但是，龙赓绝对是一个高手，高手的直觉和反应，让他在此刻作出了最正确的选择。

“呼……”

龙赓对这道寒芒视若无睹，身影陡然而动，在飞退中拔剑，一道美丽的幻弧从他的掌心而生，封住了寒芒的来势。

“叮……”

这道寒芒虽然突然，但是龙赓的剑绝对不慢，就在这寒芒逼入龙赓两尺范围之内，龙赓的剑已然点击在这道寒芒的锋芒之上，一道绚烂的火花凭空而生，是那么的凄美，凄美得让人心寒。

但这仅仅只是一个开始，当寒芒消隐于枝叶之间时，龙赓身后的那根古树树干竟兀自爆裂开来，一只铜钩由树干中蓦然而出，直抓向龙赓的背心大穴。

这铜钩出手之妙，角度之精，显示着它的主人绝对是一个精于偷袭的高手，单是这出手的时机，足已证明一切。

龙赓根本就没有时间考虑，他要做的就是必须出手，他的身体陡然一伏，剑锋反手上撩，从一个任何人都意想不到的角度划向了那树干的中心。

“轰……”

树干爆裂成片，如一蓬飞雨搅乱了宁静的虚空。

乱雨之中，一条人影蹿入空中，稳稳地落在龙赓的身前。

龙赓冷眼望去，陡然一惊，他怎么也没有想到伏击自己的竟然是“声色犬马”中的马使者，这之所以出乎龙赓的意料之外，是因为“声色犬马”一向是刘邦所倚重的杀手，如果说他们一直是跟在自己之后，那么自己设局杀掉卫三少爷的一幕就全然落入了他们的眼中。

这当然不是龙赓所期望的结局，如果龙赓还想回到纪空手所扮的刘邦身边，那么他就绝不能让“声色犬马”中的任何一个人活着逃出这片沼泽。

现在的问题是“声色犬马”既是一个杀手的组合，那么其他的人呢?

就在龙赓沉吟的一刹那，马使者已经挥出了他的铜钩，铜钩如初一的新月，撒射出一片寒芒，直奔龙赓的面门而来。

如此强悍的杀势，已不容龙赓有任何的犹豫，他的眼眸里陡然涌起前所未有的杀机，整个身体踏前一步，剑出！

他以独有的方式出剑，剑走偏锋，一股肃寒的霸杀之气仿若一把巨扇，笼罩了周边三丈范围，枝叶、泥石……在这刹那之间变得狂野，暗影涌动，推动狂潮无数。

空间陡然变得黯淡，犹如暴风雨来临的前兆。

当龙赓的剑漫入虚空之时，剑锋破入虚空的切口，陡然而裂，拉开一个深邃而无底的黑洞，蓦然一股内敛之力，吸纳着这虚空中的万千气流。

当剑身再进时，剑身两边划出两道飞旋的飓风。

每一寸虚空之中都存在着无尽的压力，在这沛然不可御之的气势之下，试问有谁能敌？

第八十二章　天地交合

马使者脸色陡变，他只有退，因为他从来都没有遇到过如此可怕的剑手，就算他鼓足勇气，企图迎击这疯狂的剑气，却被这如山岳般缓缓推移的压力挤得喘不过气。

龙赓即生杀心，当然不容他抽身而退，剑锋一颤间，他的剑以更快的速度截断了马使者后退的空间。

这是什么样的剑法？此剑又达到了何种境界？这简直令马使者不敢想象，他无法控制自己面对这一剑的惊骇，但他却并没有慌乱，因为他知道，龙赓的每一步逼近，其实都是在向他们所设好的一个陷阱而去。

当龙赓的剑挤入马使者的三尺范围之内，就在这时，狂风乍起，光影暴动，如巨伞般的枝叶整体下坠，以天塌之势覆向龙赓的身影。

这绝不可怕，可怕的是，在这巨伞之中，暗藏着一条大红的绸带和一支黝黑的铁爪，以夹击之势分袭向龙赓的腰间，夹击的角度之妙，仿若绝境，根本不容龙赓从容进退。

龙赓惊，惊的是除了这夹击的绸带与铁爪之外，马使者的铜钩已然旋回，以电芒之势袭向自己的眉心。

三道杀气互为犄角，构成一个绝杀之局，在这绝杀之外，还有声使者那挟着隐隐风雷的巨锤。

正当所有人以为龙赓必死之际，恰恰此时，龙赓一声沉啸，有若龙吟，在声起的刹那，他以快得不可思议的速度和刁钻的角度，幻出了一片光影。

光影闪动间，龙赓的整个身形已然消失于这片光影之中，不留一丝痕迹。

剑既不在，人定无踪。

一切都成了一种抽象的东西，那种未知，那种恐怖的感觉就犹如做了一场噩梦。

当剑已不再是剑的时候，这一剑的风情已然达到了一种常人无法想象的境界。

剑不在，剑气犹在，那层层叠叠的剑气，便似一道巨大的旋涡，自光影的中心向四周扩散，所到之处便连空气都被绞得一片混乱。

没有一个人不惊悸于这一剑的杀势，就连已成的杀局也被这一剑绞得支离破碎，不复存在。

“轰……”

若巨钟之音的一声爆响，在古树上空回荡，随着这劲气的爆裂，数条人影如浮游在风中的纸鸢向后跌飞。

当“声色犬马”四大使者强压下翻涌的气血，再向那光影的中心望去时，光影俱灭，龙赓如一道山梁横亘于他们的面前。

他们显然没有想到，龙赓竟然如此的可怕，一招失算，使得先机尽失，当他们重新面对龙赓的时候，他们还不敢相信，刚才的一切竟然是活生生的现实。

此时，李世九他们已然围了上来，与龙赓遥相呼应，反对“声色犬马”四大使者形成夹击。

对于龙赓来说，他之所以没有立马追击，并不是因为他对“声色犬马”四大使者有所忌惮，而是因为在他出剑的一刹那，他感到在自己的身边，仍然潜藏着某种危机，而这种潜在的危机时隐若现，透着一种强大的精神力量。

以龙赓的直觉，这种危机绝非来自“声色犬马”四大使者，而是另有其人。

“没想到出手袭击我的人竟然是你们!”龙赓的眼芒横扫“声色犬马”四大使者，突然而道。

“声色犬马”四大使者不由一怔，旋即马使者冷然一笑，道：“这并不值得惊讶，其实我们怀疑你已经很久了！”

“是吗？这么说来刘邦对我早已起了疑心，所以才会派你们四人暗中监视于我！”龙赓淡淡一笑，沉吟片刻，摇了摇头，“不！如果事实真是如此，卫三少爷的影子军团就不会全军覆没！”

“你说得的确没错！”马使者的脸上不禁露出得意之色，“刘邦虽然贵为汉王，但是在我们的眼里，他也只不过是一个可以利用的工具。”

此话一出，龙赓的脸上闪出一丝诧异之色，道：“我是不是听错了，难道你们并非问天楼的人？”

“你没有说错，我们的确不是问天楼的人，我们之所以藏身在刘邦的王府之中，只不过因为我家主人与刘邦的一个约定。”马使者淡然而道。

“你家主人？”龙赓的眼中闪过一丝亮丽的色彩，深深地看了马使者一眼，“江湖之上除了五阀之外，难道还有一股势力竟然能凌驾于五阀之上？”

“这是不可能的！”马使者笑了笑，“江湖上既有五阀之称，那么除了项羽的流云斋、赵高的入世阁、刘邦的问天楼，以及你的知音亭外，当然就不会少了我们的听香榭！”

“听香榭？”龙赓的心里蓦生一股惊奇，更让他感到不解的是，何以马使者会认为知音亭竟是他的，他的脑海里蓦然闪现出一个问题，难道说他们竟然把自己当成了纪空手？

这并非没有可能，当龙赓崛起江湖之时，正是纪空手淡出江湖之际，这时间看上去虽然是一种巧合，但正是这种巧合，反而给人另外一种悬疑。

“其实你已经没有必要知道这些了，不管你的剑法有多么高深，不管你是龙赓还是纪空手，这些对于我们来说都已不重要了，重要的是，你很难活着走出这片沼泽。”马使者在说这句话的时候，脸上密布杀气，虽然他们的偷袭并没有占到一丝的便宜，但是他的口气依然有着一种自信。

“如此说来，我岂非死定了！”龙赓笑了一笑，口气不无揶揄的味道。

“是的！你的确死定了！”马使者自牙缝间迸出这几个字，冷得让这空气都为之一滞。

龙赓不再说话，只是缓缓地将自己的目光落在“声色犬马”四大使者的脸上，其眼芒之寒，犹如两道锋刃。的确，正如马使者所说，此时此刻自己所关心的事情不该太多，而是应该考虑经过这一战之后，自己是否还能活着。

所以，他只有杀人。

只有将敌人打倒在地，才能将自己的生存建立于别人的死亡之上，这是江湖的法则，更是一句至理，龙赓坚信。

“声色犬马”四大使者在这一刹那感觉到虚空中陡生变化，仿佛有一股热力辐射而来，与心中那种至寒的感觉形成鲜明的反差，这种热力是那般炽热，来自于龙赓身上迫发出的气息。

这是一种什么样的气势，没有人知道，四大使者却从中感觉到了一种恐惧，仿佛此时的龙赓便成了一个吞噬一切的黑洞，生机俱灭，取而代之的，是一股让人魂飞魄散的死气。

散洒一地的草木竟然在片刻之间枯焦，在这死气的笼罩之下，古树的树皮发出一阵“噼里啪啦”的爆响，裂出一道道斑驳狰狞的裂纹。

“幸好在这个世界上并没有绝对的事情！”龙赓淡淡一笑，而他的眼睛在这一刹那变得空洞而深邃，犹如暗黑之夜的两颗寒星，拉出一段距离，让这种距离产生一种虚无的精神空间，牵引着每一个盯着它的人，进入一个玄之又玄的境地。

“声色犬马”四大使者为之心悸，就因为龙赓这句看似不经意的话语，充斥着一种让人不可逆转的力量，犹如枷锁紧紧地束缚住他们每一个人的心神，他们同时相视一眼，面对龙赓这霸烈无匹的气势，他们已经无法继续等待下去，对于他们来说，也许出手才是最大的解脱。

龙赓却不动如山，面对数大高手联手的攻击，竟然视若无睹，显得那么冷静，那么沉稳，犹如大山蛰伏，杀气尽藏其中。

古树无风自动，恶战在即，这将又是一种怎样的结局？

张良与陈平已率十万大军进驻了忘情湖周边地区，一切都已就绪，只等天亮时分，掘宝行动就将开始。

登高可以望远，当纪空手拥着红颜登上山巅之上，眼前却是一片暗黑，因为此时依然还是子夜，风寒露重，迷蒙之间，依稀可辨忘情湖畔的点点星火。

纪空手抬眼望向深邃的苍穹，脸上似有一股落寞，他的心中并没有大计将成的亢奋与得意，与刘邦之间的对决竟然以这种结果收场，这让他感到一种难以抑制的失落。

他一直在想象着自己与刘邦的对决会是怎样的一副场景，无论他的思维有多么的活跃，他都没有想过最终的结局会是如此。

山风吹来，他忍不住打了一个冷战。

“你冷吗?”红颜柔声道，她的眼里流露出无尽的爱意，仿若情人的小手抚在纪空手的刚毅的脸庞之上。

“我冷吗?”纪空手喃喃而道。她这一句话蓦然将纪空手从深思中惊醒，当他感受着身边充满青春的生命和动人的血肉时，他的心里竟然涌出一股深深的歉意。

在一刹那间，当他的思绪放飞之时，他竟然无视红颜的存在，这对纪空手来说，简直是一种无可想象的罪过，他一直视红颜与虞姬为自己生命中的一部分，无视红颜的存在，就是无视自己的生命，难道说经历了这些时日的分离，他变了，再也不是以前的自己?

当这种念头在纪空手的脑海中一闪而过之时，他的心里漫卷出一股莫大的恐惧，他没有说话，只是紧紧地将红颜搂在怀里，去感受着那因激动和兴奋而不住抖颤的娇躯带给自己的激情……

“在我们分离的那段日子里，我不感到冷，只感到寂寞，每当夜深人静的时候，我都想着你的笑靥，去感受你的温情，企盼着和你重逢的那一刻，当这一刻来临之时，我已决定绝不放过!”纪空手微微一笑，以一种男人的力度将红颜拦腰抱起，轻放在古松之下的一方巨岩之上。

红颜的俏脸陡然一红，耳根发烫，脸上虽然带着一股淡淡的羞意，却用尽浑身的力气紧紧地搂住纪空手：“你纵是想放过，我也不依，我已经一刻都等不及了，这些天来，我饱受思念你的痛苦，日思夜想，都是为了这一刻的重逢。”

美人如此恩重，令纪空手更加感到愧疚，他实在没有想到，红颜对自己的爱会是如此之深，当自己把红颜视作自己生命中不可分割的一部分的时候，红颜却把自己视作了她生命中的全部。

他以一种温柔的方式亲吻着红颜修美的粉颈，当他的嘴唇触碰到她浑圆娇嫩的耳珠，红颜似乎完全融化在他的情挑之中，檀口发出一阵令人销魂蚀骨的轻嘤。

听着红颜连连娇喘之声，纪空手心里蓦起一股亢奋，用强有力的身躯紧紧地压在红颜动人的肉体之上，毫无保留，紧贴一处……

夜是如此的静寂，洋溢着一股让人耳热的春情，当纪空手吻上红颜的香唇，红颜再也忍不住嘤咛一声，粉嫩的玉臂紧缠在纪空手的腰间，狂野地反应着，有如一条曼妙扭动的蛇。

纪空手绝非急色之人，他之所以表现得如此冲动，一来是因为他对红颜的爱出自真心，所谓小别胜新婚，经历了短暂的分离之后，他对红颜诱人无比的肉体产生了一种近乎本能的冲动，更重要的是，他已经洞察到了自己内心深处的一点反常，他希望能够在红颜的身上找回迷失的自己。

所有相思换来的苦楚，都在这一刻间得以弥补，此时的两人都已深陷情热之中，浑然忘我，在纪空手的挑逗之下，红颜的心里蓦生出一股情欲的烈焰，仿佛要将自己融化其中。

当一切衣物离开了红颜那羊脂白玉般的美丽胴体，纪空手心中一颤，神思飞扬，仿佛又回到了他们之间的初夜。

“如此放纵，你不会怪我吧？”纪空手凑在她的耳边道。

红颜无力地挣开她那满是春情的秀眸，摇了摇头，喘息着道：“我既是你的女人，唯君摆布！”

纪空手露出他精壮完美、充满力度的身体，再也没有犹豫，以一种霸烈之势压在她的胴体之上，当肉体之间形成这种最亲密的接触时，立刻使这对情热的男女互相感到了对方几达沸点的热度。

以天为被，以地为床，在这大山之巅，两人以回归自然的方式诠释着人性深处最原始的激情，只有在这一刻，红颜已不再是淑女，在纪空手的身下，她更像是一匹疯狂的烈马，在纪空手这种富有经验的骑手驾驭之下，开始向高潮发起一次又一次的冲锋。

“哧……”

一道闪电划过天际，让这暗黑之夜恍如白昼，在这强光照耀下，纪空手腾身而起，精壮的背肌油光闪烁，充满着亢奋的力度，他以一种近乎疯狂的动作托住红颜的腰肢，让红颜那两条修美滑腻的美腿紧紧地夹住他的腰腹，在飞速中旋转，旋转……

长发飞飘，红颜仰起的螓首一片酡红，那眼中流出的亢奋与痴迷，仿若一幅永不磨灭的画面，深深地刻在了纪空手的记忆之中。

电芒之后，一片暗黑，虚无的空间里回荡着两道粗浊的呼吸声，好似双龙合体，天地交合，喷发而出的流水在阵阵撞击之下，引发了天边那一道惊雷。

“噼啪……”

惊雷乍起，雷动九天之上，一声颤美而充实的娇呼蓦起，更在这雷声之上。

雷电俱没，云收雨散，当这一幕狂野消失于这山巅之上，天地仿佛又归于平静。

高潮之后的男女相拥而卧，手脚互缠，红颜的俏脸紧贴在纪空手坚实的胸膛之上，淋漓的香汗仿若玉珠般渗出她那雪白的肌肤，是那么富有动感，就如她刚才的那一番狂放，她的脸上露出一种甜美而幸福的美态，清纯至极，让纪空手深深地感觉到红颜对自己是如斯的爱恋，如斯的至诚！

纪空手亲抚着红颜那如云的秀发，微微一笑，道：“好累，我真的好累，只要是和你在一起，我情愿一直这样下去，累死也无憾！”

红颜身躯一颤，她的柔荑轻轻堵在纪空手的嘴上，摇头道：“我不许你说这个字！”

“生与死对我来说其实并不重要，我所看重的是，在我有生的每一天里都有真爱，都能与自己心爱的人朝夕相处，此生足矣！”纪空手满含深情地道。

“可惜的是，相聚太短，转眼间你我又要分离！”红颜幽然一叹。

纪空手微微一笑，道："短暂的分离是为了更长久的相聚，若非先生的遗愿，天下在我眼中还不敌你和虞姬!"

红颜的脸色骤然一暗，不无担心地道："你一定要答应我，要让虞姬母子平安地回来，否则我今生永难安宁。"

纪空手将红颜搂入怀里，深吸一口气，道："这不怪你，这其实就是命，我原本从不相信这天下还有命理之说，可是，当我从淮阴城的一个小无赖一步一步地走上今天的道路，这其中的坎坎坷坷、机缘巧合，让我感觉到在我的背后，有一双命运的大手在无形之中推动着我，根本就不因我的意志而转移!"

他仰望这无尽的苍穹，暗黑的空间遮迷了他的视线，他意欲去寻找这命运之手，可是他什么也没有找到，一切依然还是未知，依然还是无法揣度，但纪空手的脸上却蓦生一股坚定的神情。

风有些凄迷，渲染着这段空间，有如地狱般死寂。

虚空中弥漫着的不仅仅是那浓浓的杀气，更有一种让人发自内心的悲情与冲动，在这一刹那间，天地一片宁静，当静到极处之时，四条人影同时起动，涌动着如浪潮一般强劲无比的劲气，使得这呼啸而过的寒风更加狂野。

龙赓冷哼一声，眼神中暴射出一道强劲的杀机，剑自掌中而出，让这片天空一片凄迷，这一剑的风情无法以让任何语言来形容，剑锋所到之处，虚空顿成一片乱局，乱得没有章法，没有一丝头绪。

当这一切乱至极限时，龙赓已消失在这片乱影之中，没有人看到龙赓的身影，他是化作了一道虚无，还是他的本身融入了这乱影之中，没有人可以回答这问题。

"声色犬马"四大使者无不一惊，但是他们虽惊而不乱，事实上，他们对龙赓的剑法早有测度，就像一个早已设计好的程序，他们在必须面对的同时，都将倾力出击，他们必须这样，他们都是久经杀场的高手，知道最后的防守就是进攻，因此，他们不想死得太快的话，他们就必须出击，疯狂地出击。

但在他们进入虚空之际，同时感觉到了这种乱影所带来的要命的气劲，这种气劲随着剑锋的搅动不断地向外衍生，产生出一种巨大的吸纳之力，几欲让他们的兵器脱手而出。

这的确是一件让人感到非常恐惧的事，这种感觉就像是掉进一个如旋涡般的冰窖，周身毫无着力之处，当你的身体慢慢下陷的时候，一点点的让你品尝着死亡来临的滋味。

天地之间唯有一片苍茫，苍茫之中构成了一股死亡的威胁，虚空中到处都是无数的劲气在交织飞旋，犹如一种轮回，一种运动，永无休止，永无停歇。

“轰……”

这一声劲流交击的响声就像是凭空而生的炸雷，显得极为清脆，极为空荡，更像是远山古刹中的一声钟响，让人有灵魂超度的感觉。

人影一闪即分，伴随着几声闷哼，人影从乱局中弹射而出，迷茫的虚空中飞溅出点点红斑，犹如雪地中的梅花，让人有一种心悸的冲动。

风已变得宁静了许多，已经不是先前的那种狂野，但是，那横亘于虚空中凄厉的色调，却变得更浓，更有一种歇斯底里的味道。

“声色犬马”四人的脸色变得难看起来，他们的眼中似有一股不敢相信的神情，他们的嘴角边上，渗出缕缕血迹。

但更让他们感到不可思议的是，龙赓的身子就在他们前方的三丈处单膝跪地，以剑拄地，整个人仿若筛糠般哆嗦，就像是残风中摇摆的柳条，有一种说不出来的虚弱。

难道在刚才的交手中，龙赓所受的重创远比“声色犬马”更重？如果不是，他何以会变得这种模样！

在这一刹那间，龙赓静立在这寒风之中，一动未动，“声色犬马”望了望他，只犹豫了一下，马使者最先冲出。

他们虽然不明白这其中到底发生了什么事情，但凭他们的经验，却知道这是一个绝好的机会。可是当马使者冲出一半之时，他竟发现面前突然多出了一个人，而这个人就是李世九。

当李世九的剑横在胸前之时，谁也不可否认，他是一个高手，因为他是知音亭中剑庐的弟子，当年龙赓追随五音先生学剑之时，他就是龙赓身边的一个剑童。

一个每天都与剑打交道的人，耳濡目染的都是剑道高手的心得，他对剑道的造诣，绝对不会下于江湖中那些一般的高手，在他的眼里，他已将龙赓视作半个主人，他又怎能看着龙赓死于他人手中?

李世九的出现只能让马使者止步，无论是李世九手中的剑还是他出现时所用的身法，都足以让马使者感到一种威胁，更明白欲速则不达的道理，眼见自己错失了这样绝好的机会，马使者狠狠地瞪了李世九一眼，他的眼里不仅充满了愤怒，更充满了对李世九所表现出来的身手的惊奇。

随着李世九上前的是那几名高丽人，当他们靠近龙赓之时，龙赓如古松傲立的身形，这才缓缓地倒在了他们的搀扶之中。

李世九静立时的那种气势，虽然不如龙赓那般有霸气，也不如龙赓那么潇洒，但他的一举一动、举手投足都浑然透出高手的风范，这是谁也不可否认的事实，特别是他那双寒芒四射的眼睛，更具有一种不怒而威的震慑力。

“你是谁?”马使者惊诧地问道。

虽然他非常清楚李世九与龙赓是同路人，但是他却无法知道李世九真正的底细。

“我就是我!”李世九冷笑了一声，“只要你们踏前一步，有任何的异动，我就是你们的敌人!”

马使者冷冷地道：“其实我们已经是敌人，难道你们不是一路的人吗?”

李世九摇了摇头：“虽然我们是一路人，但各自的目标不同，所以我们认识的方式也有所不同，只要你们不步步紧逼，我的剑就不会从鞘中跳出!”

“你不觉得此时此刻，连你自己也已经是自身难保了吗?”马使者不屑一顾地道。

“那只是你的狂妄之词，更是你过分的自信!”李世九淡淡而道，“在这个世界上，在这个江湖，有很多人总是感觉良好，可是当他们面对事实的时候，他们才会发现，现实远比他们想象中的凶险、艰难，如果你不相信，你大可以试试看！”

他话落之时，大手已经紧紧地握在了剑柄之上，一声近似于无的龙吟，从剑鞘中嗡嗡而出，犹如一根细细的长线，跳入虚空。

“你以为就凭你这几句话我就怕了你？”马使者冷眼望向傲然而立的李世九，沉声而道。

“至少，我绝不怕你！”李世九淡淡一笑。

一缕阳光从枝叶之间透出，照在李世九宁静的脸上，脸上那股浓浓的杀机在光线的晃动之下，泛出一丝异样的凄红。

当年，五音先生以六艺闻名天下，盛年之时，归隐江湖，为了不使自己的绝艺从此失传，所以收了铸、兵、道、剑、棋五大弟子，并为他们各自结庐，在每一个庐舍里，都为他们配备了四个童子，而李世九便是龙赓剑庐里的四大童子之首。

这是他与龙赓七年之后的再次重逢，他一直以为以龙赓的剑法，对付“声色犬马”四大使者，纵然不赢，也绝对不会输到哪里去，但眼前所发生的一切，却让李世九大吃一惊，难道说在这七年之中，龙赓对剑道的领悟居然不进反退？还是龙赓的受伤另有隐情？

无论是一个怎样的结果，龙赓既然已经倒下，李世九就没有理由不站出来，因为他是剑庐的童子，他就有责任捍卫剑庐的荣誉，更有责任捍卫五音先生那不世的声名！

当那缕阳光斜洒在李世九的瞳孔之上，他的眸子里蓦然射出一股不经意的杀机，眼神变得异常锋锐，就像是两道划过空际的电芒，横扫在马使者的脸上。

马使者微微一惊，但他却没有任何退避的意思，他有他的自信，他所自信的就是他手中的铜钩，当铜钩在手之时，在他的心里，始终涌动着一种杀人的冲动，在他认为，杀人其实就是一种享受。

他之所以显得这般自信，只是因为他此时已身在局中，在局外的那三名使者却在李世九这横扫的眼芒中读出了一种危机的存在。

危机的来源出自于李世九横在胸前的剑鞘……

剑出鞘身三分，那三分亮丽如虹的剑身涌动出一股让人无法测度的杀意，比呼啸而过的寒风更野，比枝叶搅动出的乱影更有动感，更有层次。

当他的剑完全出鞘之后，他的人已化成了一抹淡影，淡影隐藏在剑芒之后，而剑芒伴随着他的一声长啸而生。

在场的每一个人都感到了这柄剑的威胁和杀机，更感到了那种深透人心的寒意，此时的李世九之所以可怕，就在于他出剑绝不是为了自己，而是为了一个道——他毕生所追求的一种剑道。

马使者冷然一笑，笑未出口，铜钩漫入虚空，发出一阵深沉的低吟。

那是破空之声，犹如锋刃掠过锦帛发出的破裂之声，声起之时，那钩影沾染上一种妖异的色彩，带出 股浓浓的血腥之气。

“声色犬马”本就是一个杀手的组合，一个阅历丰富的杀手，他手中的凶器所经过的杀戮自然同他的阅历一样丰富，所以他的铜钩不仅注满杀意，更有一种狠辣。

李世九的眼神陡然一亮，就像那月夜下的寒星，盯注着铜钩最亮的一点，然后锁定，再也不挪移。

他在等待！等待这铜钩的逼近，只有当铜钩进入到他预料的位置，他才会出手，因为既然剑出，就绝不留情，他希望给对手以最致命的打击。

不动则已，一动则石破天惊，李世九之所以迟迟不动，还有一个最主要的原因，那就是他希望自己的同伴能在自己的掩护之下，将龙赓救出这片沼泽。

这种成功的机率会有多大？他不知道，他只知道他努力了，自然也就问心无愧，即使以自己的生命作为代价，他也毫无怨言。

“哧……”

就在铜钩切入他三尺范围之内，李世九大喝一声，陡然出剑，他的剑并没有迎击铜钩而去，而是以一种匪夷所思的角度刺向了马使者的手腕。

他似乎很懂得搏杀的要领，所以一出手，就让马使者感到了一种难受，就像一个琴师在弹奏他最得意的一首曲子之时，却听到了一个更大“梆梆”地敲起了更鼓。

马使者闷哼一声，眼角闪出一丝惊诧，他似乎没有想到对方竟会如此强悍，只不过，他已经没有任何考虑的时间了。

“当……”

一声爆响，马使者的身形急退之下，用铜钩勾住了李世九袭来的剑锋，他只感到手背一振，还没等他回过神来，那弹开的剑锋一振之下，幻化万千剑影，照他当头劈来。

剑以刀劈之势出现，可见李世九对剑道的领悟已经超出了剑的范畴，剑过处，那飞涌的气旋仿佛被一股无形的力量向两边而分，而剑从中疾走，如飞龙般横行虚空。

“快退！”

色使者一声惊呼，她显然看出了这一剑的厉害，绸带飘起，如少女的相思意欲缠上李世九这霸烈的剑体。

李世九并不感到诧异，反而这一切早在他的意料之中，他的剑远比别人想象中的快，眼看绸带就要缠上他剑体的刹那，却突然绷紧，犹如调音之后的琴弦。

这是因为虚空中蓦然多出了一只手，这只手来得这般突然，这般不可思议，就好像他早就算定了这绸带会出现一样，竟然一把抓在手中。

这是李世九的手，而他另一只手上的剑闪烁着如流水般狂奔的弧线，一改角度，沿着绸带奔袭向色使者胸前的那两座肉峰。

第八十三章　大汉天下

色使者心中蓦生一股惊骇，显然没有想到李世九竟会改变目标，将矛头指向自己，其实不仅是她，在场的每一个人都没有想到，李世九的目标本来就是她。

以李世九的目力和经验，当他第一眼看到色使者的时候，他就发现了色使者是“声色犬马”中最弱的一环，这是因为她在南郑长街之战中曾经受伤，时日相差不远，她还远远没有恢复到她最佳的状态。

既然这是一个破绽，李世九就绝对没有理由放过，虽然色使者的身姿曼妙，风情万种，两团肉峰颤巍巍抖动于人前，几欲让人喷血，但这还不足以遮迷李世九的眼睛。

“呼……”

剑锋所带来的杀气，犹如横生的飓风，令色使者花容失色，随着紧绷的绸带飞速地缩短，她的眼里陡现李世九充满杀气的脸庞，那种无情，犹如煞神般恐怖，使得色使者的心不由自主地颤了几颤。

对李世九来说，这已足够，这一颤的时间已足以让他的剑刺入色使者的胸膛。

“呀……”一声娇呼，色使者的人如断线的风筝向后跌飞，在玉体经过的空间，喷洒出一道凄艳而赤红的血雾。

死者已逝，对于生者来说，这绝对是惨淡而恐怖的一幕。

然而，李世九丝毫没有感觉到一丝得意，就在他转身之际，他已感到了三道杀气从不同的角度以电芒之势迫向自己。

这三道杀气互为犄角，带有一种必杀之势，无论从哪个角度来看，李世九似乎都死定了。

在这个世界上，在三百六十五行中，据说最大方的人就是做杀手这一行的，他们往往施舍给对方的是无情的杀招，而从来不求回报。对于李世九的这种回报，他们当然不予笑纳，而以更无情的方式回敬过去。

还是在那座山巅之上，红颜已悄然离去，只有纪空手依然双手背负，抬眼望天，仿佛在思索着什么。

也不知过了多久，当一轮红日破云而出，纪空手的身影如一杆傲立的长枪，站立在片片红霞之下，那阳光构成的一道巨大的光环，将他罩在其中，仿若佛光。

在这一刻间，他气度沉凝，脸现微笑，从容不迫，却有君临天下的威仪。

一阵脚步声临近，纪空手没有回头，却听出是张良发出的声音。

"你来了！"纪空手微微一笑。

"一切俱已就绪，就等汉王发令了！"张良恭声而道。

在他的身后，有一百名剽悍有力的军士，列成五队，每一队中，都擎着一根高达十丈的旗杆，旗杆之上，裹卷着五种不同颜色的旗帜。

"这是什么？"纪空手回过头来，脸上露出一丝诧异，问道。

张良淡淡一笑，道："这是旗语，当这五种不同颜色的旗帜以不同的方式组合在一起的时候，它可以表达一种意思，当然，这旗语是在双方事先约定的情况下才能生效，当你的命令发出时，就完全可以利用这五种不同的大旗，来表达你的意思！"

纪空手道："你远比我想象中的聪明！"

张良道："这并不是我凭空想象出来的玩意，其实在兵家之道中，旗语只是传递信息的一种方式，在不同的地形环境之下，通过号角、鼓声同样可以传递出不同的信息，这些都是有史为证的，我只不过是照搬前人的做法而已！"

纪空手笑了一笑，不再说话，而是放眼望着脚下的忘情湖，湖水流动的声音隐隐传来，而一层薄薄的雾气犹如一道轻纱蒙罩在忘情湖上，时隐时现，恰似一个神秘的女人。

透过这层薄薄的雾气，纪空手依稀可以看到，十万大军已经列队有序，各守要津，在他的眼中，仿若蚂蚁，这的确如张良所说，一切已经就绪。

“可以开始了吗？”张良道。

“再等一等！当雾气散尽时，取宝就可以开始了！”纪空手沉声道。

风起云动，云散之际，红日已然高照，当雾气散尽之时，纪空手充满力度的大手猛然向前一挥，在他的身后，“唰——”的一声，五杆大旗同时张开，临风招展。

在张良调度之下，五杆大旗在百名军士的手中交错而行，瞬间之后，便听得脚下一声轰响，十万人同时发出一声吼叫，以作呼应，其声之烈，惊天动地。

取宝行动在众人翘首以盼之下，终于拉开了序幕。

纪空手放眼望去，只见十万人在旗语的调动之下，井然有序地展开了行动。

“以你的测算，这两条入湖的溪河断流所需多久时间？”纪空手道。

“半个时辰足矣！”张良自信地道，“引水的渠道早在昨夜已经完成，只要掘开溪河与渠道之间相连的泥石，半个时辰之后，这两条溪河之水就会改道而流，再也不会注入这忘情湖中！”

“那就是说，再过三个时辰，这登龙图宝藏就会浮出水面，重见天日？”纪空手淡淡而道。

张良的眼中闪现出一种莫名的神情，压低嗓声道：“难道说这登龙图宝藏确有其事？”

“子房何以有这种怀疑？”纪空手也压低声音道，他的脸上露出一丝莫名的笑意。

“这只是我的一个直觉！”张良沉声道。

纪空手深深地看了他一眼，顾左而言他：“你喜不喜欢看戏?”

张良怔了一怔：“你何以会问这个问题?”

纪空手缓缓而道：“不管你喜不喜欢看戏，接下来的这一出戏一定是你今生所见的最精彩的一场大戏!”

“空城计?”张良陡然间灵光一现。

“你只说对了一半，如果只是一个空城计，那我就不是纪空手，而真的是汉王刘邦!”纪空手笑了笑，他的眉间流露出一股强大的自信。

不可否认，张良敢以兵者自居，他的心机与智计，都远在常人之上。

可是，当他与纪空手同在一起的时候，他居然无法领悟纪空手言语的玄机，更不能测度纪空手心中所想，每每到了这个时候，张良都在想：“我是应该感到悲哀，还是应该感到高兴，值得庆幸的是，我不是他的敌人，而是他的朋友，这已足矣!”

这似乎是一个神话，更是一个奇迹，当纪空手崛起于江湖之时，他似乎就以他的智慧和运气在书写着一个个不朽的传奇。

此时的忘情湖正在一点点地消退，在众人的注目之下，湖水形成一股暗流，旋转着向湖心中一个巨大的漩涡旋聚而去，去势之疾，轰然有声，蔚为奇景，让人叹为观止。

当水势降到一半之时，一个孤岛浮现水面，岛顶平滑，如一面巨大的石壁，水流哗哗而下，当水迹尽灭之时，在顶壁之上浮现出一个巨大的“大”字，如刀削斧劈一般充满力度，纵是在山巅之上，也清晰可见。

“大?”张良低呼一声，显得极是惊奇，当他的目光投向纪空手的脸上时，却见纪空手的脸上露出一丝胸有成竹的自信。

张良正想出言相询，却听纪空手沉声而道：“你无须问，再看下去，答案自明!”

张良沉吟片刻，微微一笑，道：“我突然想起一段故事，是有关于刘邦的，当他在沛县起事之时，在义军之中，流传着一个赤龙帝君的传说，莫非你今天的所为正是仿效他当日的用心!”

纪空手回过头来，看了他一眼，道：“你可知道关于赤龙帝君的传说是出自何人之口?”

“难道是你不成?”张良诧异地看着他。

“不错!正是区区在下!”纪空手微笑而道。

“那么我敢肯定,你一定又在造势,又在演绎一段神话!”张良的眼中倏然一亮,心中涌动着一股亢奋的情绪,他不得不承认,纪空手此计之妙,妙绝天下。

随着湖水的下落,当第二个孤岛现出之时,所有的人都平息静气,目瞪湖面,因为他们眼中所见的,竟然是一个“汉”字。

“大汉……”当每一个人的心中都闪现出这两个字的时候,心里都蓦生一股玄奇的感觉,因为他们懂得,大汉的建立只是近一两年的事情,而忘情湖的出现却早在始皇在位之时,没有人可以预知未来,出现这样的事情只能归于一种神迹。

在一片哗然声中,有人已然下膝而跪,他们将所见的一切都视作是一种天意,当湖水沿着湖底的暗流消失殆尽之时,只见四个大字赫然现于湖底——大汉天下!

这是一个谁也想象不到的结果,这忘情湖底竟然根本就没有所谓的登龙图宝藏,有的只是这仿若神仙手笔的四个大字,但这已经足以让每一个人感到心惊,感到震撼。

天地在这一刻间归于宁静,在不自觉中,十万军士纷纷跪了下来,眼睛里充满着激动的泪水,当这十万双眼睛同时望向那高山之巅的傲然身影时,但见那魁伟的身躯雄立在那太阳之中,有一种雄霸天下、不可一世的霸气。

旗帜翻动间,张良趁机大叫了起来:“大汉天下,实乃天意,万岁万岁万万岁……”

此音未落,山脚下的欢呼声如潮水般涨落起伏,引起山谷共鸣,十万人沸腾起来,气氛热烈,几达极点。

如此惊心动魄的一幕,就连纪空手自己也有所感动。

他已然明白,经历了这件事情之后,他将被每一个将士视若神明,恍如天人，他以他的智慧将自己送上了一个神坛。

对李世九来说，他的确是身处绝境，无论他从哪个方向突围，都很难逃过敌人的狙杀。

“呼……”

就在这时，虚空之中幻出一片云彩，在斑斓的云彩之中，寒芒暴现，替李世九挡击了敌人这必杀的一击。

出手的人当然是李世九的同伴，这几名高丽人同为剑庐童子，身手当然不弱，可是他们万万没有想到，就在他们出手的同时，一股强大的杀势自地下破土而出——真正的高手竟然来自地下。

李世九和他的同伴无不大吃一惊，长剑指向地面，拖起一片泥云，向敌人当头罩落。

“你们带着公子快跑!”李世九低喝一声，他似乎已经意识到了敌人的强大，远非自己可以抗衡的，在别无选择的情况之下，他只希望能用自己的生命来换回龙赓与同伴的生还。

“哈哈……”

一声狂笑蓦生空中，然后有人在李世九的身后冷冷而道：“能够在我幽冥七世手中逃生的人，并非没有，但绝不会是你们!”

李世九和他的同伴将龙赓围在中间，这才循声望去，只见三丈之外，一个四五十岁的侏儒老人，脚踏树枝，悠然晃荡在半空之中，骤然看去，就像一个顽皮的孩童，但如果你真的把他当成一个孩童，那么后悔的人一定是你。

因为他的手中有一个大铁锥，重逾三四十斤，擎在手中，举重若轻，恍如无物。铁锥所指之处杀气漫天，飙出压力无数。

“幽冥七世?”李世九愕然一惊，这是一个非常陌生的名字，对他来说，他还是头回听说，但是此人还未出手，气势已是如此霸烈，显然又非无名之辈。

“难道你连老夫之名都未听过？那你可真是孤陋寡闻了!”幽冥七世冷

哼一声，显然为李世九的无知感到气愤。

“那你可知道我是谁?”李世九明知自己未必是此人的对手，所以才故意拖延时间，虽然他明白这一手未必有用，不过他知道如果一旦动手，自己只能是死路一条。

“老夫不必知道，我只知道，你将是一个孤魂野鬼，枉死幽魂，你若是能接下老夫的三记铁锥，老夫可以放你一条生路!”幽冥七世显然对自己的武功非常自信，所以，他才显得这般狂妄。

但他的这一句话让李世九重新看到了一线生机，虽然他不知道这幽冥七世是否言而有信，但对他来说，这无疑是 线希望。

李世九和那几名剑庐童子相处多年，自然心意相通，他的一个眼神已然让那几名剑庐童子知道了他的意图，他心里非常清楚，凭他们的实力，要想从这几名敌人的手中胜出，似乎很难，唯一的生机就是利用幽冥七世的托大，看能不能寻到唯一的生机。

所以，李世九丝毫没有犹豫，当幽冥七世的话音一落，他的身躯已如狂风直进。

“啸……”

长剑如雪，划向半空，他的剑并非对着幽冥七世而去，而是削向了幽冥七世所踏足的那棵树枝，这无疑是正确的选择，但他忘了一点，以幽冥七世的身手，又怎能让他轻易得逞?

“呀……”

幽冥七世大喝一声，单手高擎大铁锥，如山岳垮塌之势，迎着李世九的剑芒俯冲而来，刚猛的劲气在虚空中爆炸，气流蹿动间，显示着他这一击是如何的威猛。

李世九不敢硬捍，唯有闪躲，当他的剑与大铁锥交错而过时，虽然没有一丁点接触，但铁锥带出的劲气依然震得李世九的手臂发麻，长剑几欲脱手。

“噔噔……”

李世九不由自主地连退两步，这才站稳身形，当他回身而望时，心里不由产生一股惊骇，他怎么也想不到这幽冥七世的内力之强竟然是如斯厉害。

听香榭中，在阀主之下有七大高手，这七大高手一向藏于暗处，各司其职，少有人知道他们的底细，就连阀主吕雉也从不以姓名相称，而是称他们为“幽冥某世”，这“某”之一字以数字相代，以他们的武功高低为序，而这幽冥七世无疑是这七人中最弱的一人，但饶是如此，已足以让李世九感到头大。

那几名剑庐童子正要踏前，已经被“声犬马”三大使者从中隔断。

“这算不算是一招?”李世九苦笑了一声。

“算你一招!”幽冥七世断然道。

李世九深深地吸了一口气，将全身的劲力陡然提聚于掌心，手腕一震间，剑尖狂颤，手中的剑竟然化作一片幻影，如朵朵莲花般绽放开来。

这层次分明的剑气犹如飞瀑而下的流水，向四方席卷，枝叶横飞，沙石疾射，整个虚空充斥着疯狂的压力。

无论这剑气多么的汹涌，无论这幻影多么的凄迷，幽冥七世的眼睛丝毫不为所动，他的眼神绽射出一道锋锐的寒芒，盯射在自己手中的锥尖之上。

直到剑锋切入他的三尺范围之内，他的锥尖才以一种非常简单却有效的方式，横亘在剑锋所向的前路。

李世九甚至还没有明白发生了什么事情，他的手臂一麻，整个人似被一道狂流击中，身不由已地倒退七步。

他这一退，竟然冲过了“声犬马”三位使者布下的防线，退到了那几名剑庐童子的身边。

幽冥七世显然不想再给李世九任何喘息之机，大铁锥破空而来，隐挟风雷之声。

李世九仿佛闻到了一股浓浓的死亡气息，刚才与之硬撼一记，气血翻涌，经脉已呈混乱之势，若想再接幽冥七世这惊人的一击，显然已是不可完成的任务。

然而就在此时，他突然感觉到自己的体内注入了一股莫名的劲气，就仿若一潭干涸的死水，陡然被注入了一股活水，爆发出无限的生机。

他连想都未想，整个人和剑而出，以精确的角度点击在那锥尖之上，幽冥七世大惊之下，根本没有想到李世九竟然还能在这种绝境之中实施这凌厉的反击。

剑锥交击间，他的整个人被劲流冲卷而去，一股巨痛顿生，几欲让他的大铁锥脱手而飞，当他的脸再次抬起的时候，脸上全是惊诧莫名的神情。

就连李世九也不敢相信自己手中的剑会有如斯威力，他一怔之间，蓦然明白，刚才那股注入自己体内的劲气，绝非是凭空而生，自然有其源头所在。

当时他的身后除了那几名剑庐童子之外，就只有已然受伤的龙赓，凭那几位剑庐童子的内力修为，显然不可能将他们的功力贯入自己的身体，有这种实力的唯有龙赓。

难道说龙赓的受伤只是一个假象？

这只是李世九的一个猜测，是一个无法证实的猜测，但是不管怎么样，他的心里重新燃起了一股澎湃的战意，剑斜虚空，直指向数丈之外的幽冥七世。

“声犬马”仿佛被李世九刚才那惊人的一剑慑住了，退了一步之后，他们的心里陡然生出一股莫名的寒意，但真正被李世九刚才那一剑吓住的人，却是幽冥七世，因为他怎么也想不到，只不过是一瞬的工夫，李世九前后竟然发生了如此之大的变化。

不过，他还是有一种自信，他相信自己的大铁锥依然可以击倒对手，所以，他收敛起自己轻敌之心，郑重其事地将铁锥缓缓地划向虚空。

短暂的相峙让他们感觉到了来自对方身上的那种迫人压力，幽冥七世并没有让这种相峙进行多久，陡然间，他整个身体如皮球般在地上滚动、飞旋，地上的枝叶随之舞动，凝聚成球，突然爆裂。

劲气飞窜间，他的铁锥蓦然而出，直击李世九的头顶，李世九挥剑而迎，轰响之下，他的人影倒飞而出，重重地撞击在一株古树之上。

这显然出乎李世九的预料之外，他一口鲜血喷出，已然遭受重创。

幽冥七世怔了一怔，似乎没有想到李世九竟会如此不堪一击，他一步踏上，挥动铁锥直击向李世九的胸膛，一股沉沉的死亡气息漫卷在李世九的心头，这一次连他自己也已经彻底绝望。

惊呼声起，李世九缓缓地闭上了自己的眼睛。

然而，当他再次睁开眼睛的时候，他却没有死！

幽冥七世的大铁锥依然在他眼前一尺处，却已不能再进，因为在锥尖之上，已然架着一柄长剑，这柄长剑稳定而沉凝，就像是一道厚重的山梁，横亘于虚空之上，根本不容任何杀气逾越而过。

而剑的主人竟是龙赓，他傲然而立，脸上悠然而轻松，没有任何受伤的迹象。

他之所以诈伤，是因为他早就知道在“声色犬马”四大使者之外，还有一个绝对的高手在暗中环伺，他不想给此人任何机会，所以，他唯有诈伤来引出这位藏于暗处的高手。

他的表演实在精彩，就连李世九与那几名剑庐童子都被瞒过，幽冥七世当然也无法看穿这是一个骗局，当龙赓陡然出现之时，幽冥七世除了感到惊骇之外，更先机尽失。

“幽冥七世，这是一个可怕的代号，我曾经听说过，但是从今天过后，他也许就是一个死人的名字，所以，不管他曾经是多么的可怕，他也会被判官在生死簿上一笔划去。”龙赓的声音很冷，他的眼芒更寒，当他盯射在幽冥七世的脸上之时，就连幽冥七世这等高手也感到了一丝惊悸之意。

“你的确聪明，纪空手不愧为纪空手，你所做的一切连我这种老江湖都被你瞒过，真是佩服至极！”幽冥七世报以一声冷笑。

龙赓的脸上蓦生一股莫名的笑意，道：“何以你们认定我就是纪空手？”

“难道你不是？”幽冥七世望着龙赓道，“除了纪空手之外，谁还能有这么精深的武功，这么超然的智慧？”

“承蒙夸奖，但我的确不是纪空手，而是龙赓，所以当你到了阴间地府之后，再要找人报仇，千万别找错了人!”龙赓笑了笑，眼神中暴射出无穷的杀气，剑自锥尖弹起，突然没入虚空。

幽冥七世只觉眼前一片迷乱，视力所达的范围全是如潮水般涌动的气流，那虚空之乱，犹如群魔乱舞的地界。

“呀……”

幽冥七世一声狂喝，手中的大铁锥若狂龙般搅入这乱影之中。

一切都变得可怕起来，整个空间充斥着无尽的压力，无数的劲气在虚空之中交织飞旋，在场的每一个人都在惊退，在惊退中几如窒息，仿若做了一场噩梦。

剑在狂舞，在不断地扩张，所到之处仿佛要吞噬所有的生命，剑尖流泻着大雪崩般的气势，好像要掩埋一切。

“轰……”

大铁锥以狂猛之势击在那剑锋的潮头，那掀起的巨浪将两条人影同时淹没，一声狂号之下，天空中掩出一道灿烂而凄艳的血红。

血红荡起，乱影俱灭，幽冥七世与龙赓相距三丈而立，风过处，一切又归于宁静。

无论是“声犬马”三名使者，还是李世九和那几名剑庐童子，谁也没有看清这一仗的结果，结局究竟如何，唯有当局者方知。

“锵”的一声，静立半晌之后，龙赓才以一种非常优雅而自然的手法还剑入鞘，他的脸上流露出一股淡淡的笑意，也就在此时，“砰”的一声，幽冥七世和他的大铁锥一起，这才轰然倒地。

虽然“声犬马”三位使者依然活着，但在龙赓的眼中，他们已然死去，因为他相信他身边这几位剑庐童子的实力。

十万大军簇拥着汉王的九骑王驾，行进在上庸至南郑的路途之上，“九”字代表最大数，以显示汉王地位之尊崇。

沿途所至城镇，万人空巷，百姓迎城而出，夹道欢呼，以表示对汉王的支持和爱戴。

透过窗帘，眼望王驾之外热烈的场面，纪空手与张良相视一笑，都为眼前这一切感到一种兴奋和激动。

“你可知道我现在最想问的问题是什么?”张良微笑而道。

“自然是登龙图宝藏的下落!”纪空手笑了笑。

“那么此时此刻你是否能让我知道答案?”张良眼芒一动，盯在纪空手的脸上。

纪空手沉吟半晌，沉声道：“登龙图宝藏确有其事，早在我前往夜郎之前，其实这取宝之道就已然被我破译，我将取宝之道藏于锦囊之中，交付红颜，就是为了在刘邦把注意力放在夜郎之时，动用洞殿的人马，趁机将宝藏取出，若非如此，田横又焉能在短短的数月之间，招集旧部，收复部分失地，与项羽的西楚军形成抗衡之势!”

张良心中一动：“那么湖底所现的那四个大字是怎么回事?

纪空手哑然失笑：“那只是我叫人刻上去的罢了，这种愚人之术，在子房面前不值一提。

“这一切看上去就像是真的一样，叫人难辨其真伪，毕竟要想抽干这百尺深湖，难如登天，谁又能想到这是人为!”张良嘿嘿笑了一声，“大汉天下，只此四字，何止百万黄金，就算登龙图宝藏也不敌这四字的价值!”

“你说得一点不错，我记得先生说过这么一句话，得民心者得天下，我不过是在百姓之中造出了这么一个神话，毕竟东征在即，此时此刻最重要的事情就是安抚百姓，鼓舞士气，若论东征大计，唯有全靠子房!”纪空手真诚地向张良望了一眼道。

张良一脸肃然，道：“我只不过是一个手无缚鸡之力的书生，穷读兵书，略知谋略，说到运筹帷幄之中，决胜于千里之外，我依然有所欠缺!”

“子房过谦了!”纪空手微笑而道，“征战天下，必用谋略，此乃大计，正是我所欠缺的，如与一人敌，我可挫败这天下间的任何一个人，若与百万人敌，我便远远不如子房!”

张良肃然而道：“真正能够成就霸业，成为一代帝王之人，必须牢记这八个字——知人善任，用人不疑，更要深谙取舍之道，不为一时的成败而影响了全局，我虽不才，但蒙先生教诲多年，对用兵之道略有研究，既受命于先生，自然会略尽绵薄之力，全力辅佐公子，争霸天下。”

“子房此话莫非另有所指？”纪空手怔了一怔。

“是！”张良沉声道，“要想争霸天下，绝非凭你我二人之力可以完成，纵观以往开国帝君，在他们的身边都必然有一批卓尔不凡、独一无二的人才，我在刘邦身边已有些时日，细细观察，发现有几人才堪大用，乃是你建立不世霸业所必须的人才！”

“哦？”纪空手不觉有几分诧异，“这倒要向子房请教了！”

“我所说的这第一个人乃是萧何，刘邦敢以此人为相，说明他必有独到之处，此人一生小心谨慎，善于治理国家，若以此人留守巴、蜀、汉中三郡，那么征战所需的人力物力将无忧矣！所谓三军未动，粮草先行，东征之事绝非一日可成，一旦形成僵持，那么此人的重要性就自然凸显而出！”张良有条不紊地道。

纪空手没有想到张良会对萧何如此看重，微微一怔。

想他当年与萧何在淮阴河畔初次见面之时，那时的萧何只是慕容仙手下的一个小小校尉，想不到数年不见，刘邦竟然拜他为相，就连自己也不得不对他有所倚重，这正应了那句人不可貌相的老话！

“那么这第二个人呢？”纪空手继续问道。

“这第二个人就是曹参，此人虽然缺乏谋略，但骁勇善战，精于战术，只要指挥得当，他将是为东征建立首功之人！”张良道。

纪空手曾在沛县与曹参有过一面之缘，知道此人作战果敢，能打硬仗，的确是一条好汉！

“而这第三人就是陈平，他与龙赓既为先生弟子，其忠心自不待言，棋道之人，善于布局，能够掌握分寸，而陈平自是这其中的佼佼者，何况他是夜郎三大世家之一，财力雄厚，又掌握铜铁命脉，借他之手，可将登龙图宝藏不露痕迹地转至我大汉手中！”张良沉声道。

纪空手笑了笑：“你所说的也正是我心中所想，这正是英雄所见略同!”

张良沉吟半晌，深深地望着纪空手道：“这第四个人只怕就不是你能接受的，但是若无此人，这争霸天下就未必能成。”

纪空手心中一动，甚是惊奇：“何以有人是我所不能接受的，就连刘邦这种大敌，在他临死之际，我尚且可以原谅他的所作所为，除非你所说之人是……”

张良的眼里露出一丝担心之色，缓缓地道：“不错！我所说的此人正是韩信!”

纪空手的脸色陡然一沉，唯有韩信才是他心中最大的一个心结，他自小孤贫，无父无母，平生最看重的就是兄弟情谊、朋友道义，他曾经视韩信为自己今生最好的朋友，却想不到他会为了名利而出卖自己。

因此对于纪空手来说，张良所说的话让他感到左右为难，从个人感情来说，他已视韩信为自己今生最大的敌人，无论从哪种角度，他都绝不会原谅韩信当年在大王庄时那背后的一剑，然而，如果韩信真的是自己争霸天下的大计中不可或缺的一个人才，难道自己真要尽释前嫌，与之联手?

他深深地看了一眼张良：“你真的确定我们之间一定要加上韩信?”

张良缓缓地点了点头，没有说话，如果说还有别的选择的话，张良也不会在纪空手的面前提起韩信。

“你到底看中了韩信的哪一点?”纪空手道。

“我所看重的是韩信卓越的军事才能，他更是一个百年不遇的大将之才，我仔细研究过他这一两年来所创下的战例，发现他对行军打仗、排兵布阵有一种超然于世情之上的灵感，并不拘泥于前人留下的兵法谋略，更不会是纸上谈兵，就像是一个身深不露的绝顶画匠，偶然一笔可以妙手生花，又或是能起画龙点睛之效，若是让我与之一战，胜负最多五五之数，或许我还要略处下风!”张良一脸肃然，非常冷静地说道。

“可是你是否想过，有了韩信之后，是否会养虎为患?”纪空手道。

“所谓防人之心不可无，对付韩信这种人，我们当然要有所提防，我曾经听刘邦说过，韩信有一个他所爱的女人在刘邦的手中，刘邦借此来达到控制韩信的目的，我们当然也可以这样做。”张良微微一笑。

“你说的难道就是凤影?”纪空手沉声道，“当年韩信未曾与我翻脸之时，曾经和我提起过这个女人，他的确是很爱这个女人，不过，韩信这个人连我都要背叛，他未必就能对这个女人始终如一，永不变心。”

“这只是我们的手段之一，其实真正要想控制韩信，是绝不可能完成的事情，只能在某一个阶段对他加以利诱，为我所用，等到大计将成之时，我们再着手对付他!”张良似乎胸有成竹。

“子房既然如此说，那我就没有理由再加以反对!”纪空手显得非常平静。

他默然半晌，缓缓地抬起头：“我们若是真的想利用韩信，那么回到南郑，我们要做的第一件事情就是截杀李秀树，绝不能让他再回淮阴!”

他似乎对李秀树的行踪非常清楚，事实上，当纪空手来到南郑之时，他已然派人专门去探查李秀树的下落。

“以李秀树的实力，要想让他全军覆没，必然要付出不小的代价，你是否已有把握?”张良看着他道。

“在这个世界上，本来就没有绝对的事情，我只能尽力而为!”纪空手的话虽然有些谦虚，但他的脸色有着十足的自信，沉吟半晌，缓缓而道，“从此刻起，你与这十万大军缓缓而行，将抵达南郑的时间推延三天，我将充分利用这三天的时间差，与陈平以及他那一帮家族高手，用迅雷不及掩耳之势，对李秀树发起一场歼灭之战!”

“这就叫出其不意!”纪空手一字一句地悠然而道。

南郑城在褒水与沔水两江交汇处，所以自古以来，南郑的水路交通远比陆路发达，在南郑的东门码头之上，来往的商船便似这江中的流水，流水不断，商船便永远不断。

如此繁华的场景，在这乱世之中，已然少见，当李秀树透过舷窗望向窗外，就连他这样阅历颇丰的高丽亲王也不由得为南郑繁华的商业而心中生羡，更为大汉王朝所显示的勃勃生机感到后怕。

这已是他来到南郑的第三十九天，这三十九天是他这一生最压抑的日子，因为他花费了大量的心血，却最终一事无成，这让他的心里有一种深深的失落。

他受韩信之命，是要把凤影救出南郑，带回淮阴，他从一开始，就已经意识到，这是一个不可能完成的任务，毕竟在刘邦的身边，高手如云，要想将一个活人从众人的视线之下带走，无异于是登天之举。

然而，他明知事不可为，却还是来了，这只因为，他深知凤影在韩信心中的地位，更知凤影是韩信心中唯一的一个羁绊，只要凤影在刘邦的手中一天，韩信就会投鼠忌器，为刘邦所利用，这是李秀树最不愿意看到的一个事实。

虽然他不能把活着的凤影带出南郑，但是他可以让凤影死，杀一个人远比救一个人容易，杀掉凤影，同样可以去掉韩信心中的羁绊，李秀树当然知道选择这种最有效的方式，他唯一需要担心的就是，他绝不能让韩信知道，是自己动手杀死凤影的，而要把这杀人之罪嫁祸栽赃，或者，借刀杀人也是他可以采取的一种有效途径。

第八十四章　七使之首

当刘邦即将还师南郑的消息传到他的耳中之时，李秀树已经知道可供自己选择的时间已经不多了，所以，他已经不能再等下去，他决定，就在今晚他将率自己麾下的一帮高手全力出击，成败在此一战。

寒风在窗外呼啸而过，流水的哗哗之声隐隐传来，给人一种动态之感。桨声轻摇，灯影暗送，在李秀树所在的大船之上，却充溢着一种肃杀之气，整个船舱的空间里，到处洋溢着一种无比紧张的气息。

这种紧张不是来自于李秀树的杀意，而是来自于一股浓得让人想要发呕的血腥气息，因为就在李秀树决定动手之时，他却发现了一排尸体，一排无头的尸体。

这些尸体静静地躺在一个可容数人的木箱之中，每一个尸体的身上都罩着一块洁净的白布，平生一种惨淡，让人触目所见，仿若一场噩梦，心生恐惧。

七具尸体，只有七具尸体，当他们被移到在这舱厅之间，偌大的舱厅仿佛也变得小了许多，使得李秀树的心中一颤，蓦生一种不祥之兆。

这七个人无疑都是李秀树手下的精英，他们分布在南郑城中，就是为了遮人耳目，免得引起他人的注意，当李秀树派人去召集他们的时候，他们却已死了，这的确是出乎李秀树意料之外的事情。

居然有人抢在自己之前动手，而且一出手就使自己损失了七名好手，这让李秀树感到一种震惊和愤怒，他之所以感到震惊，并不是因为惋惜这七名高手的生命，而且因为他从这七名高手的死看到了一种危机。

这至少表明，自己的行踪已然暴露，当他仔细地查看这七具尸体的致命伤口时，他更感觉到一股恐惧漫卷心底，这七人竟然都是被一刀致命。

李秀树平息了一下自己有些浮躁的情绪，缓缓而道："老夫已经很久没有见过如此精妙的刀法，当世之中，能有如此绝技之人想必不多，依你们所见，此人最有可能是谁?"

在他的面前，还有二十七名高手，尽皆默然，他们虽然不知道凶手是谁，也不知道这凶手的武功到底有多么高深，但是他们都非常清楚这七人本身的实力，如果说这七人都是在凶手一刀之下结果了性命，那么此人的武功之高已经让他们不可想象。

"我倒想起了一个人!"魔女原丸步想了一想，踏前一步道，"虽然我不敢确定凶手是否就是他，但是他的刀法完全有这种一刀致命的实力。

"嗯?"李秀树盯视着魔女原丸步，"你所说的人难道就是那位出现在夜郎国的左石?"

他之所以有这样的意识，是因为他与这位左石有过交手，此人给他留下了非常深刻的印象，他相信魔女原丸步所说之词绝非夸张。

魔女原丸步道："我想这左石只是他的一个化名，他的真实身份很值得怀疑!"

"那么他会是谁呢?"李秀树双眉紧皱，陷入了沉思之中。

只有查出凶手的真实身份，他才能推断出凶手真正的目的，这也正是李秀树行事谨慎小心的作风，然而，这一时之间，仅凭七处刀伤，任谁也不可能得出正确的答案。

时间正一点一点地过去，"梆梆"两响，一股清脆的更鼓声从岸上悠悠传来，将李秀树从沉思中惊醒，此时已是初更时分。

"天干物燥，小心火烛……"更夫略显嘶哑的叫声让李秀树心里感到一阵烦躁，他深深地吸了一口气，终于决定将眼前的这一切都置之一边，而是着手展开自己蓄谋已久的行动。

他的眼芒如锋锐般尖刻，如寒冰般冷漠，缓缓地从每一个人的脸上划过，冷然而道："不管凶手是谁，这只不过是一段小小的插曲，它绝不可能影响到我对今夜行动势在必得的决心，老夫要求你们，今日一战，务尽全力!"

那二十七人无不心中一凛，精神陡振，所有的目光全部盯射在李秀树一人脸上。

“今日一战的目标将是凤影！”李秀树冷冷地道，“老夫只要她死，唯有如此，我高丽王朝一统天下的大计才有望得以实现，一旦行动失败，那么一切都无从谈起，所以，在座的诸君，你们应该明白你们身上所担负的责任，更要随时准备献出你们的生命来捍卫我高丽王朝的荣誉。”

“王爷但请放心，我们一定全力以赴，势死效忠！”魔女原丸步的话声一起，引起众人纷纷响应。

李秀树的脸上露出一股满意之色，点了点头，当即做了一个手势，他的手下手中一抖，在地上铺开一张长达五尺的地图。

这是汉王府花园的地图，里面的地势地形绘制得非常详尽，甚至标有每一个明岗与暗哨所在点的位置，光从这一点来看，可见李秀树所费的心血之大，的确出乎每一个人的想象之外。

对着地图，李秀树从容地说出了今夜行动的整个方案，他的语调平缓而有力，思路非常清晰，更有一种让人血脉亢奋的煽动力。何为主攻，何为辅攻，何为佯攻，何人专司扰人耳目，何人专职负责退路……每一个人的任务都非常独立和明确，当这些非常独立和明确的任务构成一个整体，就成了一个非常完善和具体的行动方案。

每一个人的脸上都一片肃穆，耳鼓翕动，不敢有丝毫的遗漏，在他们每一个人的脸上，都洋溢一股熊熊的战意。

便在此时，在舷窗之外，江岸之上，有人放声高歌，声音悲亢有力，仿若燕赵之士慷慨激昂之风，当声调升至极高处，那声音里带出了一股浓浓的、让人心惊的杀意。

船舱之中的每一个人都霍然变色，更有数人已然抢上甲板，抬眼望去，只见一条健硕的身影迎风傲立在月色灯影之下。这船上的每一个人无疑都是高手，目力惊人，视线可达数十丈之外，然而奇怪的是，灯影晃动下，他们竟然无法看清此人的真容，这无疑是一件玄之又玄之事，让人蓦生惊悸。

当李秀树踏出舱门之时，他首先感受到的，是对方透过虚空飙射而来的眼芒，虽然他无法看清对方的脸，却能看到对方那深邃而明亮的眸子，宛如寒夜中的两颗孤星，透出一股无尽的寒意。

李秀树的眉头一皱，仿佛感觉到对方那浓浓的敌意，更让他感到心惊的是，此人本是踏步放歌而来，然而他的身形给人的感觉就像是在原地不动，仿佛时间与空间在他的身上已经荡然无存。

他的心神不由为之一凛，仿佛从对方的身上感觉到一种似曾相识的气息，虽然他看不清对方的脸，但他有一种直觉，就是在他们之间，一定见过。

当来人站临于江岸之时，相距大船不过十丈之遥，歌声陡然而止，但见来人双手背负，身临江风之中，衣袂飘飘，有一种说不出来的洒脱，无论在什么时候，来人似乎都保持着一种极为宁静而优雅的气势，仿若移动的山岳，一举一动，尽显高手那种从容不迫的凝重气度，更有一种君临天下的威仪。

相峙只在一瞬之间，李秀树很快就打破了这种沉默。

“踏步放歌，浪荡不羁，不愧为高人风范，不知阁下大驾光临，有何见教?”李秀树双手抱拳，显得彬彬有礼。

来人淡淡一笑，道：“能被大爷称为高人者，在下实在感到受宠若惊，今日前来，只是为了与王爷叙叙旧情，所献薄礼，不知王爷称心否?”

李秀树的脸色陡然一沉，他心知肚明，非常清楚对方所说的薄礼指的是什么，只此一句话，已经表明了双方之间的敌对态势。

“这么说来，想必你我原来见过?”李秀树的眼芒一闪，直射向来人的脸际。

“那是当然!”来人淡淡一笑，“所谓贵人多忘事，此话当真不假，王爷就是王爷，想不到这么快就把在下望得一干二净!”

李秀树冷哼一声：“既是故人来访，何不上船一叙?”

“在下只怕上船容易，下船难!”来人笑了笑，“就不知王爷待客之道是以酒水，还是以刀枪?”

李秀树冷然道：“老夫用何种方式待客，这全在于阁下，是友是敌，俱在阁下一念之差!”

来人道："王爷既然已经收下了在下的薄礼，那么依王爷之见，在下究竟是友是敌呢？

李秀树眉头紧皱，抬头望天，对他来说，此刻的时间已是弥足珍贵，他可不想把这有限的时间花费在这口舌之争上，所以，不管来人是谁，他的背景如何，形势都已经逼得他绝不能放过，恶战就在眼前。

"来而不往非礼也！"李秀树的脸上仿若罩了一层严霜，眉间贯满杀气，"请出手！"

"这么说来，王爷还是把在下视作了敌人！"来人摇了摇头，口气似乎不无遗憾。

李秀树心里平生三尺无名之火，有一种被人戏耍的感觉，这在他叱咤风云的一生当中都非常少见，试问天下，有谁敢这般小视于他？而眼前的此人，却成了唯一的一个例外。

来人连杀了自己手下七名精英，还来和自己攀谈交情，这明明是一种调戏，就算李秀树城府再深，他也已经有些按捺不住，他的手腕轻轻一抖，骨节顿时发出一阵"噼里啪啦"的爆响，在这相对宁静的空间中，给人一种十分恐怖的感觉。

虚空中顿时涌动出一股惊人的杀气，就连空气也为之一滞，仿佛充满着无尽的压力。

江风依然在吹，却已经无法袭入这十丈的空间范围之内。

但让人感到惊奇的是，在这十丈的空间之外，一切依旧。那嘈杂的人声、歌女的荡笑、悦耳的管弦之音，以及那沿江叫卖小吃的吆喝声……仿佛丝毫没有受到影响，就像是两个截然不同的世界。

李秀树的大手已经缓缓地按在了腰间的剑柄之上，谁都无法想象，当剑锋跳出剑鞘的那一刹那将会是如何霸烈，如何的势不可挡。

"且慢！"就在这最紧张的时刻，来人突然断喝一声，"在王爷出手之前，有一句话不知当不当讲？"

来人选择在这个紧要的当口说话，看似无心，却是有意，此时的李秀树气势正激增至一种鼎盛之时，陡然受来人的影响，气势已泄了一半，这就好比一个正在充气的皮球，眼看就要充至盈满之时，却被针尖捅出一个小眼，那种难受的味道，根本让人无法形容。

“有话就说，有屁就放！”李秀树的心中已然愤怒至极，再也不顾自己的身份与涵养，粗话脱口而出。

来人不以为意，淡淡笑道：“就算是屁，你也要闻上一闻，因为我所说的即使不是至理名言，但关系到王爷您的一世声名，你焉敢大意？”

李秀树冷冷地望向来人，没有说话，来人继续说道：“你既然身为王爷，位高权重，见识不凡，自然应该懂得在这个世上，有所为有所不为的道理，你应该可以看出，你此刻出手，并无胜算，赢了尚且好说，万一不幸输在我的手里，到时只怕你后悔莫及！”

对方虽然是以自己敌人的身份出现，但所言不差，让李秀树的心中有所触动，连他自己也不可否认，他根本就无法揣度对方武功的高深，那么，他就更不能对这一仗的结果作出有把握的预测。

他双目余光瞟向了魔女原丸步，魔女原丸步脸色一凛，顿时会意李秀树的用心，在李秀树仅剩下的这二十七名高手之中，无论是武功，还是资质，魔女原丸步只能算是其中的中流角色，但魔女原丸步擅于用毒，这才是她被李秀树委以重任的原因。

魔女原丸步的毒药之烈以及她用毒的手法，比及中原用毒名家来说未必能高明多少，但是她来自于东瀛列岛，其用毒手法与中原迥然有异，一旦出手，往往能出其不意，起到不可想象的效果。当日，纪空手在夜郎之所以栽到她的手上，便是此因。

然而，魔女原丸步毕竟还有自知之明，对方虽然从未出手，但魔女原丸步已经看出了两者之间的差距，她当然不会用自己的生命来开玩笑，所以，她将自己妖媚的眼神盯注在了崔烈山的脸上。

崔烈山是李秀树麾下的七坛使者之首，其武功之高远在那位死在纪空手之手的张东文之上，两人虽然同为七坛使者，但两人的武功差距却是不可同日而语，面对魔女原丸步含情脉脉的眼神，他当然只能挺身而出，当仁不让地担起这护花使者的美差来。

他两人素有一腿，床上功夫配合默契，所以当他二人同时站出时，一左一右，步履整齐划一，看上去倒也般配。

但真正让人觉得惊奇的是他们相互之间的配合，当两人如大鸟般穿过江面，对来人形成夹击之势时，他们更像是索命的黑白无常。

飞扬的衣裙，激卷的江水，带动起如潮般的杀气，天地刹时间一片静寂。

崔烈山所用的是刀，一把刀身如暗血的长刀，尚未贯注真力，那长刀已散发出一股淡淡的杀意。

三个人都不再说话，用一种最直接的方式展开了他们之间的对话，不论是崔烈山的刀，还是魔女原丸步手中精铜所铸的长箫，一入虚空，都漫卷出一股让人心惊的气势。

不同的兵器从不同的角度出手，带着一股凄惨的色彩，他们的速度远比风声更快，声未至，杀气已至，切入虚空将这迷幻的虚空一分为二，劈成两断，虚空为之而分，拉出一个更广漠而深邃的黑洞，在这黑洞的至深处，乍起一点寒芒。

来人终于出手了，在最需要他出手的时候出手，单凭这霸烈而肃杀无边的气势，已足以让人胆寒。

真正感到心惊的人是李秀树，当寒芒乍起之时，连他也无法看清来人所用的兵器，更让他感到可怕的是，对方在出手前后的那份从容，那种大气，就连自己也未必能做得比他更好。

而无论是魔女原丸步还是崔烈山，他们却丝毫没有感觉到任何的恐惧，因为他们身在其中，已经将自己融入到了对方的杀势之中，随着对方的杀气而流动，根本不以自己的意志而转移。

劲风如同压顶的风暴，随着对方的每一次出手，他们都感觉到仿佛经历了一场暴风雨的洗刷，让人难以负荷其重。

但崔烈山毕竟是崔烈山，他的刀在虚空一荡之间，仿若在虚空爆出一朵美丽而凄艳的罂粟花，色泽灿烂夺目，绽放出缕缕肃杀的气旋，在对方的那一点锋芒四周，飞旋绞动，磨擦出一串串“嗞嗞”作响的电流。

而魔女原丸步的长箫在贯注了劲气之后，在虚空中上下蹿动，蹿动的气流贯入那箫孔之中，发出一种根本不在五音之列的声律，使得这空间更加恐怖。

李秀树的脸上顿现一丝满意之色，平心而论，若是此时身在局中的人是他，他也未必会有必胜的把握，想及此处，他锋锐的眼芒直射向来人的身影，同时那只大手将剑拔出三分，似乎正在等待此人将现的破绽。

但来人手中的那一点寒芒在虚空的速度越来越快，光芒也越来越盛，犹如飞散的琉璃、炸开的烟花，飞舞虚空。

而来人的身影已然化作了一片虚无，暗藏在这灿烂夺目的光芒之后。

“呀……”

突然一声大喝，仿佛来自于天边的一道惊雷，随着这惊雷乍起，那锋芒陡然爆绽数尺，向对方疾劈而去。

“叮……当……”

两声脆响，正是锋芒与长刀和铜箫交击之声，虚空蓦起一道狂飙，两条人影向后跌飞，他们没有死，但模样却非常狼狈，当他们以惊惧的目光望向来人之时，锋芒已不见，而他依然静静地站立于原地，就好像他从来没有出手一般。

风轻扬，浓浓的寒意里面多出的是一种悠然，一份宁静，在这种悠然宁静的氛围之中，显示出来人那种超然于世情之外的霸气，就连李秀树也感到一种发自内心的震憾。

他见过不少的高手，也和不少的高手有过正面的交锋，但是他却很少见过拥有如斯气势之人，这是一种来自于王者的霸气，一种可以颠覆一切的气势，宛如那高山滚下的巨石，已成势不可挡之势，而让李秀树感到心惊的是，在如此霸烈的气势之中，竟然还有一种仿佛来自于苍穹极处的深邃和空灵。

但刚才的一战并未结束，虽然崔烈山和魔女原丸步倒退了几步，但是他们的斗志依然不灭，踏步之间，又互为犄角之势，向来人步步紧逼而去。

他们仿佛并不急于出手，也许他们不是不想，而是不能，当他们的兵器缓缓地划向虚空之时，在莫名之中，他们同时感觉到在这虚空中存着一种沉沉的压力，犹如一堵厚厚的气墙阻挡着他们的兵器向前之势。

长刀与铜箫在虚空中寸进，发出如裂帛般的怪音，明明是空无一物的虚空，又怎会显得那么充实，那么紧密，难道说竟然多出了一种虽然无形，却密度极大的物质？若非如此，又怎能解释眼前这一切玄奇的现象？

崔烈山与魔女原丸步的手心里已满是冷汗，他们显然没有见到过天底下竟然还有这般神奇的武功，来人手中的锋芒虽然已经消失了，可是他们却感觉到这锋芒无处不在，而事实上，他们连这锋芒的来源也无法洞察！

崔烈山与魔女原丸步相视一眼，同时提聚全身的功力，蓦然爆发。

“呼……”

长刀化出了一道如旋涡般的圆弧，就像是一个深邃的涵洞，陡然间吸纳着周边的气流，刀本无声，随着魔女原丸步的长箫出手，那箫音骤起，恰与这长刀构成了一幅十分玄奇的画面。

这一次，就连来人也“咦”了一声，眼里流露出一丝诧异之色，似乎没有想到对方也能使出如此惊人的一招，此招在虚空之内，又仿似在虚空之外，这内外之间已经衍生出万千变化，又仿佛充满了无尽的轮回。

来人的脸上为之一肃，便在此时，他背负着的双手从后至前缓缓划出两个半圆，长袖狂舞，犹如灵蛇，袖中隐藏风雷之声，难道说这袖里另有乾坤？

长刀未至，已是风起云涌，箫音未灭，那铜箫却化为虚无，这一明一暗的两道杀气如闪电般窜入来人所划出的那两个半圆之中，却见长袖嗞嗞而裂，缕缕布条飞射而出，恰似半空中翻飞的蝴蝶。

没有金铁交鸣之声，没有锋锐呼啸而出的声音，就像是进入了一个无声的世界，一切都只是在无声无息之中发生变化。

气流狂涌间，一缕淡淡的幽香，裹夹在那风中，向着迎风的来人疾袭而去。

魔女原丸步的脸上露出一丝得意之色，她为自己所选择的时机而感到得意，在这杀机最浓的时刻，她按动了铜箫中的一个小小机关，而那机关里所藏之毒正是“暗香袭来”。

“暗香袭来”并非是魔女原丸步最为得意的一种毒，她最为擅长的一种毒药名为“蝶舞花间”，这种毒之所以名为“蝶舞花间”，只因她将此毒暗藏于私处之中，与人交合之时，随着淫水的流出，渗透于男人的元阳之中，让人在最激情的时候感受生命最终的结束。

这是一种美，也是一种残酷，在至美之中的残酷，才是真正的残酷。

她只恨此时自己不在床上，所以她的“蝶舞花间”也就没有了用武之地，但是她相信“暗香袭来”已足以让对手倒在她的裙底之下，那结果不是销魂，而是死亡，这岂非也是无情的一种？

就在她最得意的时候，陡然之间，她脸上的笑意为之一滞，仿佛定格在她那俏丽的面容之上，不可否认，她是一位美丽的女人，但这定格了的笑容犹如一种失去了生命的物质，反而在这美丽之上，衬出了一种让人惊魂的恐怖。

她一定是看到了可怕的东西，要不然，她的表情绝不会如此恐怖。

的确，她听到了一声大喝，声如雷动，自来人的口中而起，惊雷过处，那天空中蓦出一道闪电，电芒最盛处，依旧是那一点寒芒。

寒芒爆炸，绽射出耀眼的强光，让方才一切模糊的影像都变得清晰可见，直到此时，每一个人都在心惊之下看到了这寒芒的出处。

飞刀，又见飞刀，这薄如蝉翼的飞刀只有七寸，它握在来人的手中，飞旋于五指之间，劲气狂涌，蓦生裂变，爆生出一道狂飙，将这袭来的幽香尽数倒卷而回。

李秀树的心里“咯噔”了一下，他终于认出了来人，这一次，他并不是凭着高手的直觉，而是清晰地看到了来人脸上那一丝满不在意的笑意，这种充满自信的笑意以及那种无畏，早在夜郎之时，就已经深深地刻在了他的心里，永难忘记。

不错，来人就是纪空手，当他的飞刀再现之时，试问天下间谁可抵御？

若非纪空手，他也不可能在杀气最盛时，发现魔女原丸步的用毒伎俩，一个智者并不意味着从不犯错，而是他从来不犯相同的错误，他总是能从犯下的错误中吸取经验教训，从而杜绝这种类似的错误再度发生。

所以，狂飙乍起，去势之烈，根本不容崔烈山与魔女原丸步躲闪，两人色变之间，已经裹夹在这缕幽香之中，他们都没有想到，这飞刀会是如斯霸烈。是以，在自然而然中，他们都多少吸了一点“暗香袭来”之毒。

只有一点已足以致命，魔女原丸步深知此毒之厉害，在飞退之间，她的手以最快的反应伸向了腰际。

留给她的时间已然不多，最多只有两息的时间，她纵然身怀解药，如果不能在有效的时间内化解此毒，那么就算她是魔女，也依然改变不了她成为女鬼的结局。

她的反应的确很快，而且的确在瞬息之间摸到了解药，然而，她却不能将这解药喂入自己的口中，这只因为对方的飞刀稳稳地扎在了她的手腕，对方的出手速度远比她的反应更快，而且角度之精仿若神仙的手笔，根本不容魔女原丸步有任何闪避的机会。

直到这时，魔女原丸步的脸上才露出了一种莫大的惊惧，原本美丽的脸庞扭曲变形，似乎已深深地闻到了一股死亡的气息。

“呀呀……”

她与崔烈山同时发出了一声近乎绝望的惨呼，身形轰然而倒，此毒发作之快，快得让他们还没有感受到任何的痛苦，就直接已经面对死亡。

天地归于一片静寂，李秀树和他的手下瞪视着眼前发生的一切，几乎都不敢相信自己的眼睛，这种静默几乎维系了半炷香的工夫，直到一阵桨动船行的声音隐隐传来，才将李秀树从一种惊魂的状态下唤醒。

他蓦然回头张望，这才发现刚才还热闹一时的码头上，所停靠的数百艘船舫已悄然远离自己的座船，相距至少在百丈之外，而在自己的大船两端，却紧紧地靠着两只楼船，船上灯影乱动，笙歌四起，丝毫不觉有任何的异样。

李秀树心中一震，整颗心陡然下沉，他蓦然意识到自己仿佛身陷局中，面对这种诡异的场面，他有一种说不出来的失落。

“你是谁？你到底是谁？”李秀树冷冷地望向岸上的纪空手。

“我就是我！你没有必要知道我的名字，你只需知道，我是你的敌人就已经足够了！”纪空手的声音更冷，就像是千年的寒冰，飙射出一股浓浓的杀气。

“能让老夫在同一人手上连吃两次亏的人，你是第一个，所以老夫当然想问个明白！”李秀树的声音虽然很冷，但其中不乏有赞赏之意，他真正的用意，其实是在拖延时间，通过说话，来洞察周边的危机，以期找出自己突围的方向。

他不得不佩服对方所布下的这个妙局，这个杀局之妙，就在对方以惊人的姿态出现，吸引了自己的目光，当己方的人都将注意力全部贯注他与崔烈山和魔女原丸步的恶战之中时，对方却以两只楼船遮挡住自己的视线，在不知不觉中，疏散着周边数百只楼船，使得在这段江面之上，除了自己的座船之外，就只剩下这两只已对自己的座船形成夹击之势的楼船。

对方何以要花费心思来疏散这数百只船舫？李秀树虽然在一时之间无法揣度对方的用意，但他心里明白，这其中一定潜藏着巨大的杀机，当他的眼芒再一次射向纪空手时，以纪空手为参照物，他突然发现自己的座船竟然呈下沉之势。

“不好!”李秀树惊叫了一声，他万万没有想到，对方的下手之狠，大有赶尽杀绝之态，竟然在悄然之间，派人沉入水下，戳漏船底。

他心中虽惊，脸上却依然镇定，并没有流露出一丝慌乱的神情，因为他明白，越是在险境之中，就越需要冷静，唯有如此，他才能真正掌握随时可现的那一线生机。

他的大手缓缓在胸前划过，在不经意之间，他的手形有一种轻微的变化，这看似微不可察的动作，却是他传递自己信息的一种方式，那二十五名高手脸色肃然，已经从他的手形之中得到了准备突围的命令。

这种默契是经过了多年的实战才形成的，对于外人来说，很难从这不经意间的动作中洞察其中的玄机，但是就在这时，纪空手的双掌在空中拍击了三下，当掌声穿透这宁静的夜空，便见这两座楼船之上，突然多出了上百名剽悍的勇士，当头之人正是陈平。

这上百名勇士都是陈氏家族中的精英高手，训练有素，骁勇善战，他们最大的特点不是他们身为暗器世家的子弟，而是对他们的家主的忠心，随时可以用他们自己的生命来捍卫他们家族的声誉，但是让李秀树感到可怕的并不是这些人，而是他们手中所拿的两样东西。

这两样东西十分怪异，在普通人的眼中，大都是生平仅见，然而阅历丰富的李秀树一眼就看出，这两样东西一为水枪，一为火箭，水火本不相容，在这种特定的环境之下同时出现，依然让李秀树感到了深深的震憾。

他似乎已然明白了对方的用心，回头望了望自己身后的那二十五名属下，然而将自己的目光又投射在岸上来人的脸上。

“你究竟想干什么？”李秀树冷冷地道。

“这似乎是一个笑话！”纪空手淡淡而道，“我既然是你的敌人，要做的事就是斩草除根，赶尽杀绝！就像你当日在夜郎时所做的事情一样！”

“你真的以为你能做到赶尽杀绝，你可知道站在你面前的不仅是高丽的王爷，更是北域龟宗当今的宗主，而在他的身后，更是集合了北域龟宗、忍道门和棋道宗府三大势力的精英，当这些人同时爆发所有的能量，你可想过它究竟会有多大？”李秀树非常冷峻，脸上蓦生一股强大的自信。

“我不知道！”纪空手微笑而道，“我根本不想知道，你们爆发出来的能量究竟会有多大，我只知道，只要你们一有妄动，我的手下手中所拿的东西会产生多大的能量！”

“哦？”李秀树重新打量了一下那些楼船上的勇士手中所拿的东西，笑了笑道，“你难道就想靠这两样东西来狙击我吗？只怕你还是低估了我！”

纪空手摇了摇头，一脸肃然：“我的确低估过别人，而且付出了非常惨重的代价，自从那一次之后，我就再也没有低估过任何人，即使他只是江湖上一个三流的角色，因为在我踏足江湖之时，曾有一位先哲对我说过‘江湖险恶’这四个字，更对我说，‘千万不要轻视你的敌人，轻视敌人其实就是在轻视你自己的生命’，如果你知道了这水枪中的东西，你就会明白，他们手中的这两样东西加在一起，会产生出一个多么可怕的结果！”

李秀树怔了一怔，脸上流露出一丝诧异之色：“倒要向阁下请教！”

纪空手缓缓而道：“这水枪所注满的东西，是一种非常奇特的水，这种水的密度远比普通的水密度更大，水质更稠，盛产于匈奴那广阔的土地，那里的土著通常称之为黑油，这种黑油一旦沾上了火，火借油势，油助火力，即使是在这江面之上，也可以凭空腾出数丈火焰，让你的座船在瞬息之间，变成一片火海！”

李秀树哈哈笑了起来，脸上露出狐疑之色：“老夫觉得你所说的就像是一个神话，太让人感到不可思议了，就凭你的这一句话，就能吓倒老夫，那你也实在是太小看我李秀树了！”

纪空手淡淡笑道：“我所说的真是一个神话？”他的大手陡然一挥，便见那楼船之上一人高举水枪，一人高举火箭，擎水枪者手臂向前一推，便见那水枪中喷射出一股黝黑的水流，当它洒在半空之际，那擎火箭的箭手断喝一声，火箭从弦上飙射。

箭上火星刚刚触到那黑油之上，便听“轰”的一声，浓烟滚滚，烈焰几达数丈，犹如一条凶猛的火龙张牙舞爪地扑向李秀树座船的甲板之上，那惊人的火势终于让每一个人为之色变。

李秀树的眼芒一跳，心中顿生一股绝望，直到这时，他才真正意识到自己此时所处的境地竟然是这般险恶，这般可怕，对方所拥有巨大杀伤力远远超出了自己的想象之外，他唯有沉默以对，在静默中思索着逃生的办法。

“就算它是一个神话，那么这个神话也已经显现在王爷你的眼前，你可以想象，当这数十支水枪同时喷射出黑油之时，那会是一个多么可怕的场景！”纪空手脸上的笑在灯影晃动之下，仿佛有几分狰狞。

“你是否想以此来要挟老夫，如果是这样，你的算盘只怕就打错了，在我李秀树这一生之中，从来就没有在敌人面前妥协过，即使是你，也不例外！”李秀树的脸上仿若罩了一层严霜，自有一股傲然之意。

纪空手拍了拍手，微微笑道：“就凭你这一句话，我本想放你一马，但是，对于与你为敌的每一个人来说，放了你就是犯了他今生最大的错误！”

“老夫绝不会乞求于任何一个敌人，如果你有种，是一条顶天立地的汉子，你我之间何不来一场决战，战定胜负，一决生死？”李秀树冷然而道，带着一种挑衅的目光盯着纪空手，犹如一匹好斗的狼。

“这的确是一个有利于你的想法，于我却全然无用，不过，我明知答应你的挑战也许是我作出的一个愚蠢的决定，但是面对你这种武道高手，我仍然忍不住有想一试身手的冲动！”纪空手昂然而道，他虽然站在江岸之上，比及站在座船上的众人，似乎要低了一截，但此时此刻，无论是陈平和他的家将，还是李秀树和他的手下，心中都蓦然生出一种高山仰止的感觉，仿佛在他们的眼里，纪空手已不是人，而是一个活生生的战神。

李秀树几乎不敢相信自己的耳朵，甚至以为自己的听力出现了错觉，神色犹豫了一下，毕竟他所用的只是一种非常低劣的激将法，想不到面对如此聪明的对手，竟然一激就成，然而他转念之间，也霍然想到若是此时自己和对方互换角色，面对对方这样的高手，自己是否也会同对方一样，忍不住想一试身手？

对于每一个武道中人来说，这的确是一个难以抑制的诱惑。

"你无须怀疑我的诚意！"纪空手淡淡而道，"只要你能胜我一招半式，你不仅可以不死，而且可以全身而退，这只是我对强者表现出来的尊敬，你大可放心。"

"所谓刀剑无情，假如不幸得很，我竟然杀了你呢？"李秀树的眼里绽射出一股疯狂的神情，冷然而道。

"那我就只有认命！"纪空手悠然一笑，双手抱拳，"请！就让我领略一下高丽王爷的高招！"

话音一落，天地为之而静，江风依旧在吹，却已吹不进这静默的空间。

纪空手仿佛进入了一个宁静而致远的境界，神情非常的安详，如山岳般静立，任由那江风徐徐吹来，仿佛将那种王者的霸气内敛于心。

李秀树终于踏前一步，步履之大，已然跨在了船头之上，他的剑不知何时握在手里，人在风中，衣袂飘飘，顿生一种沛然不可御之的气势。

在这一刹那间，他看不到天，看不到地，看不到这一泻千里的流水，他的眼中只有一个人，那就是纪空手，他的心中也同样只有一个人，依然是纪空手。

天地之间的一切，仿佛都已经显得不是那么重要了，一切似乎都已经成为随时可以舍弃的身外之物，声名与权势已经变得无比的空洞，胜负与荣辱也成了昨日黄花，尽化一片虚无。

两大高手的对决，自平淡而起，但每一个人都深知这是一个无法平淡的结局。

纪空手显得十分冷静，就如一潭宁静的死水，不起半分波澜，谁也看不出他心里想着什么，更无法揣度他的思维和意识，就像那空洞而宁静的天空，可以看见，但你却永远无法触摸到它的实质。

李秀树的眼芒始终盯在纪空手的身上，眼睛显得非常空洞，神色之间闪过一刹那的迷茫，他的心中陡然一惊，似乎感觉不到纪空手的存在，这种玄之又玄的现象本来是不该出现在他的身上，然而事实上，他的确没有感觉到纪空手这个人，却感觉到一把刀，一把七寸之刀。

当刀现虚空之时，纪空手的人仿佛已经隐藏在这刀芒之后，又抑或是他将自己的生命已经融入了这七寸飞刀之中。

当刀有了生命之后，它就有了思想和灵气，当刀一点一点地在虚空之中寸进时，它就像是一种抽象的意念，嵌入至每一个人的视线，进入到每一个人的心底，甚至侵略到每一个人的思想之中，那种霸气已经不可用任何语言来形容。

李秀树只有缓缓地闭上眼睛，在这一刻，视觉的感官已经失去了它应有的作用，甚至连听力也没有了它固有的敏锐，对于抽象的事物，你只能用心去感受，而这种感觉，根本让人无从捉摸，更无法形容。

要感应出这把刀的动向，李秀树唯有用他那高手的灵觉去捕捉，当纪空手的手没入虚空之时，李秀树就深深地感受到了这一战的艰难，也深深地体会到了纪空手的可怕。

无论从哪一个角度来看，纪空手都是一个让人不可小觑的对手，他的可怕并不在于他武功的级数，而是在于他拥有超人的智慧、无畏的勇气，和满不在乎的心态。

同为顶级高手的李秀树，惊奇地发现眼前的纪空手比之在夜郎时又有不同，这一次当他面对纪空手之时，他的心里竟然多出了一股让人惊悸的压力。

第八十五章　真正舍弃

李秀树的心神为之颤了一颤，也就在此刻，他发现纪空手的眼睛陡然一亮，沉吟之间一种可怕的念头蔓延上他的心头，难道说纪空手的灵觉如此厉害，透过刀气，竟然进入了自己的思想？

这的确是一个非常可怕的假设，至少对李秀树来说的确如此，如果连自己的心理都暴露在敌人的视线之下，那么这一战的胜算几乎为零，他只能接受失败的结局。

李秀树强行压制下自己浮躁的心情，让一切杂念全部排除在自己的思想之中，他需要冷静，一种极端的冷静，唯有如此，他才可以应对这可以进入别人思想中的刀气。

“嗡……”

一声龙吟之响蓦起于他的掌心，当纪空手的刀气给李秀树施加最大的压力、让他难以承受其重之时，李秀树终于出剑了。

剑是一把好剑，在高手的手里，它定将成为一把名剑，剑破虚空之时，空气仿佛全被它撕裂，犹如搅动的乱影，带出冰寒的杀气，使这沉闷的夜空变得更加凄凉。

就在李秀树出剑的一刹那，每一个人都禁不住打了一个冷战。冷！实在是冷！这是一把饮过无数高手鲜血的魔剑，它的本身就代表着一种杀意。

流水为之一滞，连船的下坠之速也顿了一顿，气流涌动中，李秀树的身影首先被自己的剑气吞没，随着身影急剧的旋动，剑气如迷雾般不断地膨胀、扩张，以快逾闪电之势跨越这十丈的空间。

这是李秀树的剑，一剑劈去，江水由此两分，涌出数丈的浪潮直可惊天动地。

面对如此霸烈的一剑，纪空手依旧是不动如山，他的眼神亮若星辰，紧紧地盯住这一剑的气势锋端，当这团剑雾涌至他身前九尺之内，但见一团暗影从他的袖中而生，暗影裂开，乍现出一道耀眼的电芒。

这才是纪空手的刀，刀出，犹如羚羊挂角，未知有始，不知其终，仿佛这一刀本就来自于天地，切入虚空，犹如一道山梁挺立。

纪空手消失了，李秀树也消失了，当这刀气与剑气进入了一种狂野的状态，他们的身影同时消失在这爆裂的强芒之中。

“哧哧……”

一种电火的磨擦，并非是人们想象中的刀剑迸击，这只是刀与剑在虚空中行进时，与空气发出的一种磨擦之声，那电弧带出一种至美的线条，流畅如滔滔江水，连绵不绝，演绎出行云的境界。

空中的一切变得那般诡异，两道玄奇的色彩在空中闪烁流动，在一刹那间，当两道色彩相撞之时，轰然爆裂，飞散出一簇簇动人的礼花，留下最辉煌的一刻，然后消失在这一片暗黑之中。

这惊天动地的裂响似乎将空气都震散毁灭，让观战的每一个人都有一种惊魂的感觉，仿佛他们眼里看到的不是人类的一场决斗，而是神魔进行的一场战争。

江岸上的沙石有如飓风横扫，卷成一片暗云，升至空中时，随之散裂，幻化成一条条肆虐无忌的恶龙。

刀与剑都在虚空中闪耀，在某一时段中交集一处，随之而分，无数的气流狂泻而出，当这一切散至无形，纪空手与李秀树相距三丈而立，相峙不动。

李秀树的剑在手，遥指向纪空手的眉心，那暗红的剑身有一道刺红时隐时现，印在他的脸上，有如冰雕般冷漠而镇定，仿佛不带任何的杂质，将自己的喜怒哀乐尽数融于自己的剑身之中。

而纪空手的神态依然悠闲自若，在自然恬静之下，带出一股莫名的潇洒，仿佛眼前的一切都如烟云，根本不入他的眼眸。

他只是随便地一站，就自然地与天地同为一体，他的神情仿佛不是在与人决战，而是听着大江之水从脚下缓缓流过，心里涌动着一股诗情，一种画意。

李秀树没有进攻，不是不想，而是不能，他找不到对方的任何破绽，所以他只能等待，等待一个可以出手的机会。

他有一种预感，他们的决战也许就像是一道惊雷，或者像惊雷之前的那道闪电，虽然只有一瞬，但那种灿烂夺目的辉煌将永远留在他们的记忆之中，永不磨灭。

在江湖之中，见过李秀树出手的人实在不多，这倒不是因为他这一生中经历的恶战太少，而是那些与他交手之人大多数都已变成一堆白骨，他的武功不仅高深，而且出手狠辣，所以在他的剑下，很少有活口。

但即便如此，没有人不相信李秀树的武功已然跻身一流，在这乱世之中，能够成为一方霸主之人，他的武功又怎会弱于常人？纪空手当然知道李秀树是一个很可怕的对手，在夜郎的那一战，他就已经意识到李秀树是他生命中的一大强敌，所以，他花费了不少时日来研究李秀树的剑道，以期从中找出破绽，找出应对之策。

然而，当他再一次与李秀树面对之时，他却发现李秀树的武功远非自己想象中的那么简单，李秀树的武功给人一种博大精深的感觉，但是你却无法知道他真正的杀招会在何时出现，更不知道他拥有的实力究竟有多么的深不可测。

"你的确很值得我来冒一次险，有你这样的对手，我真的感觉到非常过瘾，有一种棋逢对手的紧张和刺激！"纪空手笑了笑，眼芒直对李秀树的那一点剑锋。

"老夫也有同样的感受，毕竟在这个江湖之上，能有你这副身手的人已然不多了，无论这一战是胜是败，对老夫来说，都将不会留下太多的遗憾！"李秀树报以同样的微笑，淡淡而道。

"我心中一直有一个悬疑，很想知道在韩信与我之间，究竟是他的剑法高明，还是我的刀术更为精妙！"纪空手的眼睛为之一亮，缓缓而道。

李秀树深深地看了他一眼，道："你何以会有这样的问题？"

"我不知道！"纪空手不动声色地道，"也许这只是我的一个直觉！对于韩信其人，我早有耳闻，或许在我和他之间，也有这必然的一战！"

李秀树沉吟了片刻，摇了摇头，道："我无法回答你的这个问题，因为无论是你，还是韩信，你们的武功修为都太让人琢磨不透，如果你真的想得到一个答案，那么老夫可以告诉你，虽然你们在伯仲之间，但是一旦你们展开一场决战，胜出者应是韩信而不是你！"

纪空手怔了一怔，道："何以见得？"

"这只因为他比你更加无情！"李秀树沉声道。

纪空手的心里陡然一沉，如果说一个人是否无情也是争霸天下的一个因素，那么为了争霸天下，自己真的必须做到无情吗？

他无法回答这个问题，他只知道如果让他在天下与红颜、虞姬之间作出一个选择，他绝不会选择天下，因为他已经把红颜和虞姬视作他生命中的一部分。

韩信岂非也是如此，在他的心里，依然没有放下凤影的身影，这是否因为纪空手与韩信都是孤儿，自小感受着世情的悲凉，所以在他们的心里，都渴望着得到男女之间那份挚真的情爱？

就在纪空手尚在沉吟之间，李秀树的身影随之而升，若旋舞半空的苍龙，剑锋直进，托起如海啸般的杀气，向纪空手当头刺入。

他果然等到了一个最佳出手的时机，在他出手之时，他对自己的这一剑充满了自信，剑锋吞吐出七尺青芒，涌动着如烈焰般的战意。

就连纪空手也为之色变，退了一步，在退的同时，他的飞刀从袖中脱手而出。

这一次，他真正做到了舍弃。

空中的刀芒幻生出一连串令人眼花缭乱的图像，当飞刀的速度升至一种极限之时，那刀已不再是刀，而成了一种张牙舞爪的幻兽，用它那血腥的大嘴，去吞噬李秀树那暴闪的青芒。

"叮……"

一声高亢而清脆的震响响彻整个空际，那声波激荡冲涌，仿佛可以震断人的心弦，并冲击着这空中所有的幻象，而李秀树的身影远比这声波更快，突然腾身而起，纵入了冰冷的江水之中。

这一手十分突然，简直超出了纪空手的想象，他似乎没有想到，李秀树会这般的无情，更没有想到李秀树比他更懂得舍弃之道。

他竟然舍弃了自己麾下的二十五名高手而不顾，只顾自己逃生而去，如此之举，就连纪空手也不由感到深深的佩服。

这是李秀树唯一可以逃生的机会，稍纵即逝，根本不容他有任何的迟疑，他以一个高手灵敏的嗅觉捕捉到了这一线生机，因此毫不犹豫地付诸行动，他当然知道，自己这一逃逸，那二十五名属下就必死无疑，但他已顾不得许多，自己的性命才是最为重要的，可见其人之无情已经达到了一种极致，堪称绝情。

但是纪空手并没有追，他的脸上虽然有一丝诧异之色，但并没有任何的后悔，也许李秀树的无情超出了他的想象，但这种结局却在他的意料之中。

当李秀树跳入水中的那一刹那，座船上的那二十五名高手仿佛都惊呆了，半晌才回过神来，而此时，纪空手的那一只大手正由上而下猛然挥动，做出了杀伐的手式。

“动手！”陈平大喝一声，两艘楼船上顿时喷射出数十道流动的火焰，以喷薄之势飞泻而下，尽数倾洒在那已然下沉一半的座船之上。

“轰……”的一声，整个座船在倾刻间燃起熊熊大火，就仿若这大江之上凭空多出了一座火山。

那二十五名高手几乎没有任何的反应，就被这烈焰吞没，浓烟滚滚之中，人影上下蹿动，更有几人披着一身的火焰，跳入江中……

熊熊的烈火在这座船之上肆无忌惮地燃烧着，“噼里啪啦”的爆响连绵不断，那赤红的火光映红了半空，更照亮了这一片原本暗黑的江面。

看着眼前这惨淡的一幕，就连纪空手也感到了一种残酷，然而他别无选择。

当陈平悄然地来到他的身后之时，纪空手轻轻地叹息一声，道：“二十五条人命，就在我轻轻的挥手之间结束，这是否非常残酷？”

陈平道："对于一个争霸天下的人来说，二十五条人命微不足道，所谓一将功成万骨枯，而要成就帝王霸业，也许需要百万具白骨来铺就，所以，你无须内疚，这只是一个开始，当大军东征之时，那才是一场真正的杀戮！"

纪空手忍不住打了一个冷战，道："若是如此，我与项羽、刘邦又有何异？天下的百姓因我而饱受战火的折磨，那我争霸天下岂非变得毫无意义？"

陈平正色道："这是在乱世之中，唯有真正的强者，才能成为这乱世之主，虽然是同样的杀人，但你和项羽、刘邦绝对不同，因为你争霸天下是为了完成五音先生当年的遗愿，更要把先生有关于太平盛世的宏大构想变成现实，为的是大多数人的利益，只此一点，你就已然超越了项羽、刘邦，更因为这是上应天道的义举，所以注定了天下将在你的掌握之中。"

纪空手浑身一震，心中顿时平和了不少，他看着那座船上熊熊燃烧的烈焰，突然说了一句非常奇怪的话，道："依你所见，凭李秀树的武功，能否顺利逃出南郑，回到韩信身边？"

"应该可以！"陈平道，"刚才的那一战中，如果他的对手不是你，只怕他绝不会落入下风，像这样的一个高手，天下间能与之匹敌之人毕竟不多！"

"那么我刚才的演技如何？"纪空手笑了笑。

"不错！"陈平也忍不住笑了起来，"如果不是我事先知道你要故意放走李秀树，我也会被你瞒过，不过我更想知道，你既然想赶尽杀绝，何以又要对李秀树网开一面！"

"因为只有通过他，韩信才可以从高丽王朝中得到大量的兵器和财物，当我们将李秀树身边的精英高手一一铲除之时，他必将元气大伤，再也无法实施对韩信的全面控制，而只有这样，韩信才真正能够为我所用。"纪空手缓缓而道。

"你真的决定利用韩信？"陈平的脸上多出了一股沉重。

"我只是遵照刘邦的意思罢了，他既然精心培植了韩信这股势力，不用岂非可惜，而且我相信，用凤影来要挟韩信，一定可以收到意想不到的奇效!”纪空手微微一笑，“否则，李秀树也绝不会一心想把凤影置于死地!”

“凤影现在何处?”陈平问道。

“她应该就在汉王府花园的小楼里，当这边的事情结束之后，该是我去拜会她的时候!”纪空手淡淡一笑，抬起头来，向汉王府方向望去。

汉王府中，依旧是戒备森严，纪空手站在那幢小楼之前，望着小楼中亮起的那一缕灯火，想象着韩信所钟爱的女人将会是怎样的一个女人。

那一夜，他夜探小楼之时，曾经与凤影有过照面，然而在匆忙之中，他并没有留下太深刻的印象，他了解韩信，正如了解自己一样，能让韩信钟爱的女人不仅美丽，而且一定富有内涵，否则，韩信也不会对这个女人痴迷至斯，钟情至斯。

在他的身后，除了陈平之外，还有樊哙，在两人的簇拥之下，他缓缓地踏上了小楼的台阶。

两名美婢早已迎了出来，跪伏于地:“参见汉王!”

纪空手不由一怔，脸上带着一种诧异之色，仔细地打量着这两名婢女，他惊奇地发现，这两名婢女并非那一夜他所遇上的那两位剑术极高的女子。

“免了吧!”纪空手挥了挥手:“凤姑娘呢?”

两名美婢站将起来，低着头嗫嚅着道:“小姐不知汉王驾临，已然睡了!”

“哦?”纪空手微笑而道，“看来本王来得实在不巧，既然如此，那本王还是改日再来吧!”

他回过头来，与陈平、樊哙二人离开小楼，沿着竹林的小径而出，步入一道长廊之中。

“刚才进入小楼之时，你们是否发现有些异样?”纪空手压低嗓门，悄然问道。

此话一出，陈平、樊哙两人为之一惊，都将目光投射在纪空手的脸上。

“这倒不曾觉得，还请汉王示下!”樊哙沉吟片刻方道。

“其实刚才本王未到小楼之时，曾在不经意间遥望小楼，看见楼中曾有人影晃动，这说明凤姑娘并未歇息，而刚才那两名婢女的神情显得惊慌失措，若非说谎，她们又何必如此？可见其中定有隐情！”纪空手沉声而道。

“事关重大，要不属下这就带人探查一番！”樊哙当即请命道。

纪空手摇了摇头，“此事只宜暗查，不宜明访，你这就回去准备东征事宜，这里的事由本王自己处理即可！”

“可是万一……”樊哙犹豫了一下。

纪空手淡淡一笑，道：“你大可放心，本王做事一向知道分寸，毕竟这里还是本王的汉王府！”

樊哙诺诺连声，当即退去。

看着樊哙的身影隐入夜色之中，纪空手的脸上露出一丝莫名的神情。

“公子既然觉得小楼里的情况有异，何不就让樊哙派人去搜查一番呢？万一凤影有什么不测，岂不有碍公子大计？”陈平压低嗓门道。

纪空手摇了摇头，道：“你还记得在大钟寺时刘邦身中隐性之毒一事吗？”

陈平眼中流露出一股诧异之色：“当然记得！”

“刘邦所中的隐性之毒，是何种毒药并不重要，重要的是以刘邦的聪明和机警，要想在他的身上下毒，无异于难如登天，唯有他真正的心腹可以为之，以此推断，这汉王府中未必就绝对安全，而真正可以让我信任之人，除了你和龙赓之外，就只有一个张良！”纪空手缓缓而道。

“难道公子对他有所怀疑？”陈平望了望樊哙离去的方向，道。

“不仅是他，除了你们之外，这汉王府中的每一个人都值得我去怀疑，我相信在刘邦的周围，一定有一股势力企图在暗中控制他，如果我不能寻出这股势力的源头，那么我将很难得到安宁，更不能放手东征，争霸天下！”纪空手一脸凝重，眉头紧皱，似有一股沉沉的危机感蓦生心头。

“要不然我这就派人进驻汉王府，将这府中的全部人马尽数换掉？”陈平道。

纪空手摇了摇头：“这只会打草惊蛇，在没有找出这股势力的源头之前，我们现在要做的事情就只有等待。”

“那么依公子所见，这股势力的幕后之人会是谁呢?”陈平问道。

“我不知道!”纪空手摇了摇头，“也许只有再探小楼，才能寻找出正确的答案!”

夜，静而深，深得无法测度，静若深闺的处子，那一轮寒月挂在天边，显得异常静默。

有风吹过，更添寂寥，那风中所带出来的寒意，犹如一道宁静的梦境，枝叶“沙沙”地轻响，便仿若梦中人的梦呓。

月色很淡，在月色笼罩之下的汉王府就像是一头蛰伏已久的恶兽，暗黑无边，暗影婆娑。

当纪空手身着一身暗黑的夜行服再次来到小楼时，小楼上灯火依旧，却显得十分宁静，纪空手并没有贸然闯入，而是躲在一团树影中，非常耐心地观察着周边的动静。

他的心里似乎有一种不祥的预兆，这种凶兆的来源在于他感觉到一股沉沉的气息，那种无名的压力让他的神经也为之绷紧。

他十分清楚在这小楼的四周，潜藏着十数名高手，犹如蛛网密布，形成一道道非常严密的防卫，他现在要做的，就是神不知、鬼不觉地从这些人的眼皮底下潜入小楼。

这看上去显得很难，但对纪空手来说，实在是一件很容易的事情，他用几颗石子引开了敌人的视线，然后以他那神奇的见空步幻移身形，攀上瓦面，暗伏在檐角之下。

从楼顶向下俯视，小楼四周的情况一目了然，十分清楚，不过当他提聚功力、释放灵觉时，他却清楚地感应到这楼中有一股不同寻常的气息，似有若无，绝不是普通的高手能够拥有的一种气息。

纪空手的心里不由有一丝诧异，想不到在这小楼之中，竟然还会有如此的高手，这已然超出了他的想象之外，这么说来，这小楼之中的确发生了一种异变，因为，他心里十分清楚，凤影绝对不可能拥有这种气息，楼中的人既然不是凤影，那么会是谁呢?

更让纪空手感到担心的是，如果凤影真的遇上了什么不测，那么，韩信和他的数十万大军不仅不能为他所用，反而会成为他争霸天下的一大劲敌，这当然不是纪空手所愿意看到的。

这使得纪空手不得不更加小心，就在他思忖着如何潜入楼中之时，陡然之间，他的眼里掠过三四条暗影，令他的心不由为之一紧。

这三四条暗影动作非常灵活，显得极是机警，借着小楼四周的花木山石所留下的阴影，一点一点地向小楼逼近，纪空手心惊道："这几人又会是谁？怎么今夜这小楼之中变得如此热闹？"

他的确是感到有几分糊涂，随着李秀树败退南郑之后，南郑的局势应该渐趋明朗才对，但是从他今夜所见，已经证实了这南郑城中至少还有两股势力存在。

从这几个人的身手来看，他们与自己之间的差距并不太大，已足以是江湖上一流高手的级数，这让纪空手在心里迅速有了决断——静观其变，后发制人！

他的耳目迅速充盈至极限，可以将周边十丈范围内的任何动静都毫无遗漏地掌握在他的灵觉之中，就在此时，"嗞……"一声细微得连纪空手都差点无法听到的破空之声自一团树影之中响了起来，紧接而来的是数声闷哼。

纪空手心中一紧，这几条人影显然已动了杀机，开始对小楼周边布防的十数名高手动起手来，他看得非常仔细，这几人所用的凶器竟是一排银针，针尖泛青，显然带有剧毒，一旦射入敌人的身体，足以见血封喉，快得连惨呼声也不能发出，就已经结束了生命。

他们的出手很快，而且非常隐秘，用这种方法解决掉小楼周边的十数名高手，最多用了三息时间，而小楼中的人竟然丝毫不觉楼外有变。

纪空手心里蓦生一股寒意，似乎没有想到对方竟然会在针上淬毒，以这几人的武功和级数，想来并非无名之人，却竟然不顾江湖规矩，以毒制敌，可见他们此行已是早有准备，早存必杀之心。

当这几条人影如大鸟般扑向小楼之时，纪空手不敢再有任何迟疑，手腕一动，飞刀已然在手，随时准备出击。

他现在面临两难选择，因为此时的他仿若坠入一团迷雾之中，根本无法透过眼前的一切去看透事情的本质，更不知道这几条人影与小楼中的那位高手究竟谁是友，谁是敌？在一切尚是未知的情况下，他只有全神贯注、聚精会神，以应付一切异变。

就在这时，更惊人的一幕出现在纪空手的眼前，当这几条人影正要破门而入时，“砰”的一声，小楼的房门裂成了无数碎块，如箭羽般飞泄而出，向这几条人影当头罩去。

这几个人自以为行动隐秘，结合精确无误的计算，应该不难形成袭杀之势，然而他们做梦也没有想到，袭杀不成，他们反而成了被袭杀的目标，对方的惊人一击，一下子把他们的优势完全打破。

这几条人影同时飞退，在退的同时，袖风鼓荡，手臂疾振，漫天飞起一片针影。

纪空手心中一紧，暗道不妙，这几人的飞针手法之妙的确让人无法测度，更令人匪夷所思，就算是他人在局中，也未必能轻松化解这凌厉的杀势，而楼中人此时的处境之险，就连纪空手也为他捏了一把冷汗。

“呼……”

针影疾落间，眼见就要没入那裂开的木纹之中，陡见破门爆开，一条绸带飞舞而出，卷起这片针雨，幻灭虚空，这一手的确很妙，妙就妙在楼中人所用的兵器似乎正是这几个人所用毒针的克星。

听风声舞动，纪空手只觉楼中人的内力虽然阴柔，却十分精深，与这几人对敌，纵然不胜也不至于落到下风，他提着的心刚刚放下一点，却见这几人已然拔出刀剑，互为犄角，向楼中人发出了最凌厉的攻势。

楼中人依然不见，只见一条绸带吞吐于破门内外，如蛇形，如龙舞，变幻着不同的角度，缓疾有度地一一将敌势化解。

那几人似乎没有想到，对手会是如此厉害，一声呼哨，但见这几条人影破壁而入，消失在纪空手的视线之内。

纪空手人在楼顶，侧耳倾听，只听得楼下风雷隐隐，大喝声声，显示出激战正酣，那楼中人武功似乎高得出奇，竟然在这几名高手的夹击之下，依然还能占到上风。

突然之间，兵器破空之声，以及人呼吸的声音，在一刹那间，顿时寂灭，天地一片静默，就仿佛刚才的那一切只是纪空手的幻象、错觉，如此诡异的一幕，就连纪空手也感到不可思议，甚至于不可想象。

然而纪空手却知道，这绝不是自己的错觉，因为他以自己的灵觉非常清晰地捕捉到了这些声象，出现如此惊人的一幕，只能说明此事另有蹊跷，这楼中必然另有古怪。

这显然引起了他的好奇，也勾起了他的兴趣，不管楼里到底发生了什么事情，他都已决定，一定要入楼探个究竟。

不过纪空手毕竟是纪空手，越是对没有把握和未知的事情，他就越是谨慎，越是小心，他并没有选择直接进楼，而是手指轻拈，揭开了脚下的一片青瓦。

灯光从青瓦揭开处透射而出，照在纪空手肃然的脸上，他由此望去，只见楼里的那几个人横躺于地，不知发生了什么事情，竟然一动不动，形如尸体。

这让纪空手感到一种莫名的心惊，更有一连串的悬疑惊现心中，无法揣度，他不再犹豫，整个人翻身下楼，沿破门而进。

他的刀依然在手，每一步踏出都显得十分的沉重，当他踏入门里之时，刚才破门而入的那几人已在脚下，而那未曾露面的楼中人，静坐在一张木椅上，满面泛青，呼吸急促，似有中毒征兆。

纪空手一眼看去，陡然一惊，他惊讶的并不是因为这楼中人竟是一个女子，而是因为她不仅是一个女人，而且是一个风情万种、美艳入骨的少妇，随着急促的呼吸，她胸前那两座肉峰起伏动荡，颤出一种撩人心魂的线条。

“你是谁？何以出现在这座楼之中？”纪空手沉声问道。

那女人的眼里透出一股妩媚的流光，更带着一种惊惧，红唇微张，咿呀了一声。

纪空手怔了一怔：“你说什么？”不由自主又趋前一步。

他似乎没有想到这女子看上去竟会是这般柔弱，单凭她挥舞绸带的手法和内力，已是一流高手，谁想到陡遭惊变之后，再坚强的女人也会露出她女儿家固有的柔弱。

那女人犹豫了一下，缓缓地抬起了头，红唇微张，却又闭上，看上去让人心生怜惜。

纪空手一步跨出，已然到了这女人的身前，他没有犹豫，俯下身去，刚要说话，陡然间只觉得背肌一阵颤动，他的心中蓦生警兆，顿感到有三四道杀气向自己的背心要穴袭杀而来。

这杀气虽然细微，却异常尖锐，破过虚空，虽然无声，但气势之疾快逾电芒，让纪空手的心沉至极底。

但这还不足以对纪空手形成绝杀，他的玄铁龟异力本是吸自于天地精华，融入于他的经脉气血之中，已然与之浑然一体，是以，心生警兆之时，玄铁龟异力陡然爆发，衣裳鼓动，气流狂涌，仿若在他的背上，筑起了一道厚实的气墙。

与此同时，他悍然转身，掌上的飞刀在旋身之际幻生出一道美丽而灿烂的幻弧……

然而幻弧只划到一半，就戛然而止，而纪空手已霍然变色。

纪空手自踏入江湖以来，无论是在别人的传说之中，还是在现实里，他给人的印象总是悠然宁静、不缓不急，仿佛任何事情到了他的手中都已经不是问题，显得那般从容，那般镇定。

从来没有人看到过他的脸上出现过惊惶，但这一次却是一个例外，因为他怎么也没有想到，当他的手划出飞刀的那一刹那，竟然不能动弹。

这只因为他的手腕之上突然多出了一条绸带，如蛇般紧紧缠绕，犹如精钢所铸的手铐。

纪空手的心陡然一沉，就在这时，一股劲力穿破他背上的气墙，直透入他背心的大穴之中，他只觉得经脉中所流动的真气陡然一滞，仿若冰封，整个人就像一尊雕塑，一动不动。

“哈哈哈……”

刚才还是楚楚可怜的女人，爆发出一阵得意的娇笑，随着这女人的笑声，一幅惊人的画面陡现在纪空手的眼中。

如果有人对你说，明明已经死了的人不仅会站起来，而且还走到你的面前，如此荒诞不经的事情，你相信吗？

没有人会相信，只有纪空手是一个例外，因为就在此时，纪空手的确亲眼目睹到这种荒诞不经的事情，也只有在这一刻，纪空手才明白，自己已经掉入了一个别人精心设置的杀局之中。

这的确是一个可怕的杀局，更是煞费苦心，若非如此，又怎能让智计过人的纪空手身陷其中？无论纪空手有多么聪明，无论纪空手有多么精于算计，他终究是人，而不是神，他怎么也不会想到，对方会事先布好这么一个局来对付他，除非是……

事已如此，纪空手反而显得更加冷静，只是冷冷地盯视着眼前的每一个人，眼中没有一丝惧意。

“你到底是谁？”这女人的笑声一止，随之而来的是一声冷冷的质问，“你既然连我都没有认出来，那么你根本不是刘邦！”

纪空手微微一笑，道：“本王若不是刘邦，那会是谁呢？”

那女人缓缓地转到纪空手的眼前，道：“你的确很像刘邦，如果你不露出这个破绽，也许连我也会被你瞒过，不过你千算万算，你都没有算到，我是谁？”

纪空手的心中陡然一惊，脸上不露声色，淡淡而道：“我也很想知道你是谁！”

那女人冷笑一声，道：“我就是吕雉，也是你的夫人，如果你是刘邦的话，你不会连我也不认识吧？”

这的确是一个超出纪空手想象之外的答案，无论纪空手的想像力有多么丰富，他都绝不会想到吕雉不仅到了南郑，而且就在这汉王府中。

纪空手淡淡笑道：“正因为我是刘邦，我才不可能把你当作是我的夫人，因为我的夫人绝对不会在暗中下毒来害我！”

吕雉妩媚一笑，道：“你是真刘邦也好，是假刘邦也罢，对我来说，已经不重要了，一旦我杀了你，这汉王的权柄就将名正言顺地落在我的手中，到时候，与天下诸侯一争天下之人就是我吕雉，而你，只能是变成一具白骨，守着你那三尺黄土！”

纪空手摇了摇头：“我是否听错了，你只是一个女人，就算你把我杀了，你也依然不能登上这汉王之位，因为我麾下的几十万大军个个都是铁血男儿，他们又怎么甘心被一个女人驱使，天下百姓又怎会甘心让一个女人来统治他们！”

“住口！”吕雉厉声喝道，“女人难道不是人？我告诉你，凡是你们男人能够做到的事情，我们女人也一定能够做到，听香榭能跻身于五阀之列，与天下英雄抗衡，难道这一切不是由女人来做到的吗？”

纪空手深深地看了她一眼，平心而论，他对吕雉这种惊人的观点并不反对，事实上，在他的观念和思想中，他对女人从无偏见，然而在当时那个时代，本就是男权至上的时代，许多世俗观念限制了女人能力的发挥。

“我相信，大多男人能做到的事情，你也一定能做到，就算许多男人不能做到的事情，你也同样能够做到，然而，只有我一人相信，远远解决不了问题！”纪空手淡淡一笑。

“所以，这也是我不急着杀你的原因！”吕雉沉声道。

“你想怎么样？”纪空手的脸上露出一丝诧异之色，道。

吕雉淡淡地笑了笑：“我不想怎么样，我只是忽然间想起了一件有趣的事情，在我的家乡，有一种木偶戏，在制成的木偶上系上很多细绳，细绳操纵在人的手里，叫它笑，它就笑；叫它哭，它就哭，十分的精彩，至今想来，依然让我有无穷的回味！”

纪空手道：“可惜的是，我是人，而不是木偶，你纵是能操纵我这个人，却不能操纵我的思想！”

“你错了！”吕雉笑得非常自信，缓缓而道，“我们听香榭既然是女人当家，门中女子自然多于男人，要想在这江湖上拼下立足之地，没有一种绝活绝对不行，所以，你应该听说过有关我们听香榭一些制毒、用毒方面的故事！”

吕雉顿了顿：“要想把一个人制作成可供操纵的木偶，对别人来说，也许很难，但在我们听香榭中，这并非是一件无法企及的事情！”

纪空手相信，这绝不是一种威胁，而且一个事实，因为他眼前的这些人看上去就像是一个个木偶，完全操纵于吕雉手中，神情显得非常木讷，但对吕雉有着绝对的服从。

纪空手突然笑了一笑："我很想知道你们要把我制作成一个听话的木偶需要多长的时间？"

吕雉道："这和每一个人的体质与他的武功修为有关，像你这样的高手，如果使用'生死劫'，慢则三个月，最快也要十五天！"

纪空手沉声道："如果这十五天里，本王就这样失踪了，难道本王的手下就不会有所怀疑吗？"

"这的确是一个难题！"吕雉道，"所以，我会考虑用另外一种方式，一切顺利的话，也许只要三天！"

吕雉拍了拍手，当即上来几个手下，将纪空手抬到了一张大床之上，只听"啪"的一声，机栝声响起，纪空手的眼前顿时一片漆黑。

纪空手的身体一直下沉，估计落下了四五丈的距离，他出于本能地试着运行自己的真气，然而穴位受制，没有一丝的反应，就在他准备放弃努力之时，陡然"砰"的一声，他的人似乎跌在了一个网上，弹了一弹，将他抛在一块冰冷的湿地之上。

他深深地吸了一口气，除了自己的意识之外，他的手脚都已不能动弹，他不知道这是一个怎样的地方，也不知道等着自己的将是一个怎样的结局，面对这未知的一切，他没有去胡思乱想，而是选择了一个最洒脱的方式去面对，那就是——睡觉！

对于每一个人来说，睡觉是最好的休闲方式，而对纪空手来说，他需要一定的时间来理清自己杂乱的思绪，因为，在他的心中有着太多的悬疑。

第八十六章　天外听香

纪空手最想不通的是，自己竟然会在不知不觉之中，陷入了吕雉所布下的杀局，这个杀局也许巧妙，但在他的眼里，并非无迹可寻，关键在于吕雉似乎早就算到了他会在今晚探访小楼，唯有如此，才会让纪空手深陷局中。

难道说，在自己的身边，竟然有吕雉的奸细？

更让纪空手感到心惊的是，吕雉口中所言的“生死劫”会是一种怎样的毒物，何以会让她身边的每一个人都如此服贴，就像是她手中所操纵的木偶一般。

这一切都像是没有答案的问题缠绕在纪空手的心间，令他感到惊诧莫名，当他一觉醒来之时，他的眼睛似乎被一缕阳光所刺痛，令他不知自己身在何处，当他适应了眼前的光线之后，他才发现自己此刻正躺在一张床榻之上，锦衾幽香犹存。

纪空手心中一惊，暗自沉吟：“我这一觉怎么会睡得这么昏沉，我明明记得自己是睡在一片湿地之上，怎么一觉醒来，竟然到了女儿家的闺房！”

纱帐、锦衾、铜镜、幽香……这一切都显示了纪空手此时的确是置身在一个少女的深闺之中。

“难道说我竟然被吕雉藏在了她的闺房之中？”纪空手斟酌了半晌，犹自不敢确定，当他缓缓地将头转了一个方向之后，蓦见窗前伫立着一个婀娜窈窕的身影，那身影中散发着一股淡淡的青春气息，几欲让人陶醉其中。

从背影来看，这少女既有红颜那雍容华贵、美艳不可方物的高贵气质，又有虞姬那流光顾盼、娇柔妩媚的万千风情，当她缓缓地转过螓首之时，纪空手脸上流露出一丝苦笑，因为此人竟然就是吕雉。

“我只希望你控制我的方式不是美人计!”纪空手缓缓而道。

这少女一脸讶然，似乎不明白纪空手说的是什么意思，淡淡笑道：“你肯定是认错人了!”

“我也以为我认错了人，如果是光从背影上来看的话!”纪空手道。

“那么公子认为我会是谁呢?”那少女深深地看了一眼纪空手。

“难道你不是吕雉?”纪空手的眼里露出一丝诧异之色。

“不错！我正是吕雉！莫非在这个世界上还有谁长得和我非常相似?”那少女显得有几分惊奇。

她的回答让纪空手感到惊诧莫名，就仿佛她从来没有见过纪空手一样，自从踏足江湖以来，纪空手所经历的事情实在是太多太多了，其情之诡异、其景之玄奇，的确让人叹为观止。

然而，当他听到眼前的少女说出自己的姓名之时，他依然感到了一丝震惊，他从这少女的眼神之中看到了一种真诚，使他在心里不由对她产生了一股信任的感觉。

他既然相信眼前之人就是吕雉，那么他先前所见的那个女人又会是谁呢?

他仿佛堕入一团迷雾之中，丝毫理不清其中的头绪，当眼前的女人缓缓踱步，来到床前之时，纪空手看到了一双清澈的、不掺任何杂质的大眼睛，那眸子所带出来的纯真就连纪空手看了也怦然心动。

他轻轻地叹息了一声，缓缓地闭上眼睛，就在这时，他的心中一震，因为有一只柔荑轻轻地搭在了自己的手腕之上。

手是佳人之手，让纪空手几疑自己仿佛又回到了红颜、虞姬的身边，一缕淡淡的处子幽香袭入鼻间，纪空手的精神为之一振，比起刚才那种浑身无力，他的整个人似乎多出了一丝生机。

然而真正感到诧异的并不是纪空手，而是眼前这位佳人，她的明眸闪烁，似有一股疑意，沉吟半晌，惊奇道：“中了‘红粉佳人’之毒的人，他的脉息似有若无，应该不显一丝生机才对，然而当我替你把脉之时，却发现你的脉息之中似有一种奇异的力量，可以突破‘红粉佳人’的禁锢，这倒奇了，在我听香榭历代阀主留下的遗著中，根本没有这样的记载，难道说你是一个例外？”

纪空手蓦然心惊，这才知道自己在小楼之中不仅穴道受制，而且在无形之中，被人下毒，听香榭用毒之妙，由此可见一斑。

他的眼芒缓缓凝视在眼前佳人那俏丽的容颜之上，佳人的脸上流露出一股宁静而悠远的笑意，让纪空手感到一种莫测高深的玄奇之感，对方竟能在把脉之间试出自己内力的路数，这本身就说明佳人的年纪不大，但她的武功修为的确不愧为五阀之列，纵是自己也未必是她的敌手。

“我的内力的确不同于常人，甚至连我自己也不知道它的出处，你能发现这一点，就足以证明你才是真正的吕雉，比起那小楼中的吕雉，显得更加高明！”纪空手缓缓而道。

“我当然比她高明！”佳人的脸在不经意间流露出一丝傲意，悠然而道：“因为她只是我的一个替身，不管她多么能干，不管她多么有魄力，她最终只能屈身于我之下，始终难逃我的驾驭。

“这么说来，小楼中发生一切全是在你的操纵之下，那么，我倒想问问，你把我请到这里来的目的何在？”纪空手显得十分平静。

佳人的眼中似有一股迷茫，摇了摇头：“我并不比你清楚多少，当我回到这小楼之中时，你已经躺在了我的床榻之上。”

“难道你对这里所发生的一切都不知情？”纪空手顿时感觉到自己糊涂起来，无论他的心思有多么缜密，阅历有多么丰富，他都无法理清吕雉和她的替身之间到底存在着怎样的关系。

“事实就是如此，我虽然是听香榭这一代的阀主，但在我未修炼成天外听香之前，我的替身吕翥将替我打点听香榭中的一切事务！”吕雉淡淡一笑，“这是我听香榭历代立下的规矩，在每一个阀主的背后，都有一个看似无形的影子，而吕翥就是我吕雉的影子。”

“也就是说下嫁给本王的是吕翥，而不是吕雉，这么说来你们听香榭对与我们问天楼以联姻的方式所达成的全面合作缺乏最起码的诚意，而我刘邦以堂堂问天楼楼主的身份娶回来的妻室竟然是一个替身。”纪空手淡然而道。

吕雉深深地看了他一眼，意味深长地道：“该生气的人应该是刘邦，而不是你，如果我没有猜错，你应该就是这几年来江湖上风头最劲的纪空手。”

纪空手心中一惊，不由地对眼前的佳人刮目相看，微笑而道：“你何以这般肯定？”

吕雉道：“我听香榭自上一代阀主起，就刻意息隐江湖，这几十年来，韬光养晦，就为了等待一个机会，为了在这个机会来临之时，我们能牢牢地将之把握，我们曾经做了大量的工作，可以说，近几十年来，只要在江湖上有过露面的人物，在我听香榭总坛中都有记录，而其中的佼佼者更是我们留意的对象，这当然也包括你纪空手。”

这的确是一个非常宏大而复杂的计划，不仅需要大量的人力财力，更需要一种数十年不遗余力的决心和努力，若非有着远大的抱负，谁又能拥有这种钢铁般的意志？

“你们的目的何在？”纪空手倒吸了一口冷气。

吕雉傲然道：“我们听香榭立榭的宗旨就是要向天下证明，女人绝不是弱者，更不是男人的附庸，只要我们愿意，我们能够做到男人可以做到的一切事情，甚至比男人做得更好。”

纪空手这才明白，听香榭存在于江湖的目的。它所推崇的观念与思想虽然与这个世道格格不入，甚至有些偏激，但在这个男权至上的社会里，依然让纪空手感到几分新奇。

“而我之所以敢认定你是纪空手，而不是刘邦，并不是因为你在形象上露出了破绽，也不是因为你的气质与刘邦的气质有所偏差，而是在我把脉的那一刻，我没有在你的身上发现‘红粉佳人’，这种毒的毒性虽然算不上是毒中的上品，但它一入人体，就如红粉佳人一般在人的体内生根发芽，根本无法用任何手段将它驱出体外。”吕雉冷然而道，她的话十分平静，但听在纪空手的耳朵里，却有一种骇人与恐怖。

“莫非你们也想在我的身上种上‘红粉佳人’，以此来达到控制我的目的?”纪空手道。

吕雉摇了摇头道:“不!我们之所以在刘邦的身上种上‘红粉佳人’,是因为它需要很长的一段时间,让它慢慢地渗入刘邦的体内,唯有这样,才能让刘邦在不知不觉中深受此毒。而你不同,我虽然不能十分明确地知道吕翥将你送到这里来的目的,但是我想这也许和我正在修炼的天外听香有关。”

她话音刚落,便听得门外传来一阵轻重有度的拍手声,门开处,吕翥踏着轻盈的步伐走了进来,她的脸上虽然带着一种迷人娇艳的笑意,但她的目光流盼中分明带着一股冷冷的寒气。吕雉与吕翥实在长得非常相像,在纪空手的眼里,如果真的要让他区分这二人之间的差别的话,只能从这二人之间的气质入手,吕雉的清纯与吕翥的妖媚,形成了一定的差异,还有更重要的一点,就是如果仔细观察,吕翥的年龄显然要比吕雉大上五六岁,显得十分沉稳老练,这或许也是她能作为吕雉的替身,代替吕雉打理听香榭的原因。

吕翥一入门里,便要行参见大礼,吕雉迎上前去,伸手拦住:“你我姐妹之间,何必还要讲究那么多的规矩,还是随意一些的好。”

吕翥一脸凝重地道:“礼不可废,何况属下受阀主重托,身居要职,更该为下人作出表率,属下今日,原是为请罪而来,还请阀主容禀之后,重重责罚才是!”

吕雉神情一愣,道:“你何罪之有?”

“属下未曾禀明阀主,就将此人带入阀主深闺,虽然事急从权,然而毕竟有损阀主清誉,理应受到阀主责罚才对!”吕翥一脸惶恐地道。

吕雉淡淡而道:“我也很想知道你将此人带入我楼中的原因。”

吕翥道:“因为此人不是刘邦。”

吕雉道:“我也知道他不是刘邦,而是纪空手,他易容成刘邦,无非也是为了争霸天下。”

吕翥的脸色变了一变,道:“阀主何以知道他就是纪空手?”

她之所以一脸惊讶,是因为她虽然能断定眼前之人并非刘邦,却无法知道此人是谁,更不知道他易容成刘邦的目的,当她听到吕雉说出“纪空手”这三个字的时候，她的心中蓦然一震，因为纪空手这三个字的确有一定的分量，伴随这三个字而来的总是可以惊动江湖的一段段传奇。

更让她感到心惊的是，她从吕雉的眼神之中看到了一种她从未见过的神情，这种神情她也曾经拥有过，而且至今非常深刻，因为那是少女固有的一种羞涩，其间隐隐带着一种对异性的爱慕。

难道久居深闺的吕雉竟然对纪空手动了春心？这让吕翥感觉到不可思议。

在听香榭中，每一代阀主都是以处子之身登位，直至到死，她们从来没有和任何男人有过肌肤之亲，这听上去就像是一个传统，更是一个规矩，但吕翥深知，听香榭之所以会有这样的规矩，是因为唯有处子之身，才可以将天外听香修炼而成，达到极致之境。

如果吕雉真的是对纪空手动了真心，那么，无论是对吕翥来说，还是对听香榭来说，这无疑是一个灾难，而她也在无心之中成为听香榭的一个罪人。

“我见过他!”吕雉的回答不仅让吕翥感到惊奇，就连纪空手也感到莫名惊诧，因为他对自己的记忆有相当的自信，凡是他见过的人或事，他都很难将之忘记。

“我的确见过他！不仅在登高厅中，而且在霸上的长街上，我都在暗中观察过他，甚至领略到他身为王者的风范，像这样的一个男人，他的确值得我去留意!”吕雉说话的神情非常自然而和谐，就好像在说一件天经地义的事情，有意无意间流露出一种情窦初开的模样。

纪空手心中一荡，分明看到了吕雉眸子里闪动的那道异样的色彩，对他来说，美人固然情重，但在他的心中，已经再也容不下任何人。

“能得到阀主这般评价，对于我纪空手来说，实在是莫大的荣幸，可惜的是，我纪空手早已有了妻室，否则在你我之间，未必就没有一段情缘。”纪空手微笑而道。

“你错了！我的确对你产生了一种好感，然而这种好感并不是你所认为的男女之间的情感，而是一种发乎于自然的感觉，就像是生存于山林之间的走兽飞禽看见异性的时候，所流露出来的表情一样。”吕雉的神情显得非常平淡，笑了笑道。

她自幼修炼天外听香，对于心道的修为虽说未到古井不波的地步，但还不至于轻易对一个男人动心，即使站在她面前的这位男人是当今最优秀的纪空手，也不例外。

这让纪空手感到了一丝尴尬，脸上露出一丝苦涩的笑意："看来我总是自作多情，我甚至忘了我是你们手中要制成的一个木偶。"

吕雉惊奇道："木偶?"她微一沉吟，"噗哧"一声笑出来，那美丽的笑靥就像是一朵盛开的鲜花，纯真中带有万千风情。

纪空手一眼望去，整个人不由呆住，他仿佛从吕雉的笑脸之中看到了红颜和虞姬的影子，眼中蓦闪出一道迷蒙的色彩，依稀有几分失落。

当吕雉的眼神望向吕翥时，吕翥沉声而道："是的！我之所以将他带到阀主这里，是因为刘邦既然已死，我们苦心经营的一统天下的大计就必然受到影响，唯有找到一个合适的替代者，才能将这种影响减小到最低，而此人无疑是最佳的人选。"

吕雉轻点螓首，道："即使你要在他的身上种上'红粉佳人'，你也无须将他带到我的楼中来。"

吕翥忙道："我们若想利用他来控制大汉王朝，在他身上种下'红粉佳人'，显然在时间上有所不及，要想不引起刘邦身边的人怀疑，只有请阀主一试身手，在他的身上种下'天外听香'，这是我们当前唯一可行的方法。"

吕雉没有说话，只是默默地看了纪空手一眼，踱步来到窗前，望向窗外的风景，端详半晌，才低声而道："你可知道我此刻神功未成，若是贸然使用，必将冒极大的风险。"

吕翥的神色一凝，缓缓而道："属下知道，但对我们来说，已别无选择！"

吕雉回过头来，深深地看了她一眼，幽然叹道："你真的认为这样做值得?"

吕翥肃然道："此事关系重大，全凭阀主定夺！"

吕雉沉吟半晌，终于点了点头。

在黑暗之中，纪空手仿若置身于冰窖，感觉到一股透心的冰寒，他只感到自己的意识混沌而迷茫，犹如一只孤魂野鬼，游荡在一个缥缈不定，浑如虚幻的世界之中。

没有天，也没有地，天地的界定在他此刻所置身的空间里已经荡然无存，他甚至感觉不到自己的存在，整个人进入一种失重的状态。

没有时间，也没有空间的设定，仿佛进入了一个无序的虚空，他漫步其中，不知自己始于何处，最终的目的又将归于何处，当他蓦然回首之时，他居然看不见自己的影子，因为这是一个暗黑而无际的世界。

也不知过了多长时间，也不知走了多少路，当他感到自己身心俱疲之时，就在这一刹那间，他眼前暗黑的空际被一道强光撕裂，产生一股巨大的吸纳之力，使他的整个人陷入强光之中。

他的思维陡然间变得清晰起来，就仿佛进入了他记忆中的某个片断，当强光在他眼前消失之际，他已来到了一个闹市的酒楼之上。

那酒楼上堆满了品种不一的佳酿美酒，一张大桌之上，摆放着两樽古色古香的青铜爵器，他身坐其中，把酒痛饮，而在他的对面，所坐之人竟是千杯不醉的高阳酒徒。

此人狂放不羁，嗜酒如命，酒爵在手，宛如丹青大师手中的墨笔，信手涂抹，总成绝佳风景，饮至狂放处，且歌且舞，饮出一段韵律，让纪空手不知不觉地沉醉其中，不能自拔。

放眼窗外，一条大河“哗哗”流过，醉眼朦胧，看上去那河中所流的居然不是水，而是美酒，扑鼻的酒香勾起两人肚中的酒虫，陡然间，高阳酒徒跳将起来，狂呼道：“随我来！”纵身向大河跳入。

纪空手只觉自己头脑一热，摇晃间扑到窗前，正当他向前纵出之时，一道明晃晃的强光电射而来，将他吸纳其中，又到了另外一个世界。

这是一个金光闪烁的世界，遍地黄金，俯身可拾，纪空手一路行去，边走边捡，将一块块黄金丢入自己背上的背囊之中，那背囊仿佛无底，就像人心，永无止境，永远没有满足的一刻。

但纪空手却感到自己的背上越来越沉，整个心也在下坠，终于，他很想将背囊舍弃，可是当他真的这么去做时，却已经没有了一点力气。

那如山般的黄金压得他简直喘不过气来，他想叫，却叫不出；他想喊，也喊不出声来，就在他彷徨无计之时，他只感到自己的脚下一虚，整个人直线下坠，掉入了一个不可见底的深渊之中……

他的身体并没有沾到一丝的水，而是脚踏一叶扁舟，此刻的他，腰间配剑，衣袂飘飘，犹如慷慨激昂的燕赵男儿，放眼岸上，只见春秋战国时那最富盛名的五大刺客曹刿、专褚、豫让、聂政、荆轲，一脸肃然，把酒为他送行。

在高渐离的筑声之中，纪空手唱起了“风萧萧兮易水寒，壮士一去兮不复返”，仿佛当年刺秦的壮士已不是荆轲，而是他自己，那胸中的豪情犹如这滔滔的江水，让他平添一股壮士断腕的勇气和无畏。

然而，他却最终没有到达阿房宫，却来到了周幽王的王宫之中，入鼻所闻，尽是脂粉花香；入目所见，尽是曼妙身影；入耳所听，尽是靡靡之音。褒姒替他宽衣解带，两人同寝一室。

纱帐之中，当褒姒那曼妙的胴体一丝不挂地呈现在纪空手的眼前时，纪空手只觉得呼吸都为之一滞，整个人变得亢奋起来，那完美无瑕的体形和丰满的程度就仿佛是上苍的杰作一般，给人以完美的感觉。

纪空手斜躺在大床之上，从他的角度看过去，正好面对着褒姒的侧面，那高高突起的玉峰幻出一道绝美的弧线，带着一种微微颤动的动态之美，正一点一点地撩拨起纪空手心中的欲火，让他陷身其中，几乎不能自拔。

更让他感到要命的是，当褒姒紧托起她那坚实的玉峰，缓缓地向纪空手的身体紧贴过来之时，那峰顶上粉红娇艳的花蕊已经傲然突起，带着一种挑衅，向他的嘴唇紧偎过来。

她的粉臀就坐在纪空手的腰腹之上，那种温热的感觉已经无法让纪空手自持下去，他开始以一种狂暴而不失有度的动作挑弄起身前的这名艳妇，在那种娴熟的手法之下，不过片刻的工夫，纪空手已感觉到在那女人的私处中，渗出丝丝晶莹的液体，让人不自禁地狂放起来。

他没有再犹豫，将整个头埋入褒姒那深深的乳沟之中，入鼻是淡淡的幽香，仿佛透着一种春情的萌动，让他心旷神怡，亢奋不已。

当纪空手火热的嘴唇在娇嫩的胸峰狂热地游走时，褒姒发出了一阵阵充满激情的娇吟，在纪空手魔掌有力的触摸之下，褒姒的胴体有如一条白蛇疯狂地扭动，那一双修长柔滑的玉腿在纪空手的眼前开而又合，合而又开，亮出一道道绝佳的风景，足以让纪空手感到目瞪口呆。

当纪空手翻身上马之时，便如一个威风凛凛的大将军，驰骋沙场，威风八面，他仿佛进入了一片美丽的山水之间，春意盎然，让人眼花缭乱，纵马而驱，穿过一道夹峙的山峰，进入到一片平滑坚挺的平原，由此而下，留恋在一道谷地之间，但见草木稀疏，溪水潺潺，蚌珠微张闪烁出一道妩媚诱人的洞口。

在身下女人娇躯轻颤、高吟低唱中，纪空手的情欲已达到极致，他感觉到自己的身体几欲爆裂，极需用一种方式去排泄，他傲立的长枪逆水而上，已然进入了这洞口之中。

洞中的道路是这般的崎岖，仿佛是一块未经开发的原始地段，纪空手的心为之一怔，然而并未因此而停止动作，反而以一种狂猛的方式来诠释着男人的激情。

身下的褒姒发出一种痛楚的呻吟，强挺着玉体，承受纪空手给她带来的激烈的冲击，当高潮接二连三出现之时，仿佛已经淹没了她因撕裂产生的痛苦，随之而来的是一种经历着狂风暴雨的满足，性感迷人的褒姒将美丽的胴体完全开放，深入的快乐将她的灵魂带入到一个无所顾忌的境地，神魂颠倒中，她发出一阵狂嘶喘叫，用尽身心去逢迎着这位骑在自己身上的强壮男人。

当两人几乎在同一时刻登上快乐的高峰时，这成熟丰腴的美女浑身发出一阵阵震颤般的痉挛，有如八爪鱼一般缠着纪空手那完美的男性躯体，几乎用尽了她所有的力气。

在这一刹那间，纪空手陡觉有一股暖流以疾射的方式进入了自己的身体，这股暖流是如此的充沛而具有活力，与自己的元阳在片刻之间交融，产生出一道道惊人的能量，进入了自己的丹田之中，有如电流般在他的整个身体飞速流转。

当这种如电流般的能量进入到他的意识之中，他的灵台陡然空灵，一种可怕的念头随之进入了他的思维之中。

“风流淫荡的褒姒怎么还能保持处子之身，难道是……”

纪空手刚刚想到这里，陡觉一股强光进入了自己的思维之中，就如一股强劲的潮水冲刷着自己的所有记忆，他的头几欲爆裂，突然大喝一声，晕了过去。

当纪空手再次醒来之时，他仿佛置身在一个潮湿阴暗的空间，巨石所构筑的墙壁十分冰寒，显示着他此时正被人禁锢在一个深入地下的囚室之中。

然而他丝毫感觉不到一丝的冷，而且思维也异常清晰，一切所发生过的事情就像是一个个片段，在他的脑海中闪过，没有一丝的遗漏，就仿佛他真的曾经穿越时空隧道，进入到那种玄奇神秘的世界。

他并不知道自己此时身在何处，也不知道自己究竟昏睡了多少天，他只是感觉到自己有些累，无论是心还是身体，都有一种经历了性爱风暴所产生的那种疲惫。

他的心中一惊：“难道说在我昏迷的这段时间里，吕雉已经将她的‘天外听香’种入到了我的体内，若非如此，我何以会有这种不适的感觉。”

他深深地吸了一口气，让自己的灵台进入一种空灵的境界，开始捕捉着自己体内那股玄铁龟异力在自己经脉中的流向，让他感到欣慰的是，异力不仅存在，而且比之从前更加充沛，更加具有活力，竟然在有意无意之间，将他所制的穴道冲开，丝毫没有禁锢的感觉。

当他将玄铁龟异力试着运行了大小周天之后，他陡觉自己精神一振，整个人焕发出无限的生机，刚才那种微有不适的感觉已经荡然无存，丝毫不显任何中毒之兆。

这让纪空手感觉一丝惊诧，出现这样的情况，只能是有两种原因，一是天外听香之毒已化为无形，融入了自己的身体，使自己已然变成了一具由别人操纵思想的木偶，而另外一种原因，就是自己根本没有中毒。

这并非是没有可能之事，以纪空手此时的武功修为，已经能够完全洞察到自己身体机能运行的状态，只要有一丝的异样，就很难逃出他灵觉的捕捉，而最终让他确定自己没有中毒的一个原因，就是因为他此刻的思维和意识，都高度清晰，而且根本就不像是有被人操纵的痕迹。

他无法知道到底在自己的身上发生了什么事情，然而，当他发现自己的身体一切正常之时，又让他恢复了应有的自信。

就在这时，一声低微的呻吟打断了他的思绪，纪空手透过暗黑的光线循声望去，不由大吃一惊，因为就在他脚下的一块湿地之上，吕雉满脸红晕，静静地躺着，身上竟然不着一缕，她似乎如海棠春睡，又似已然昏迷，那俏脸之上隐现泪珠，有一种兴奋之后的满足。

入目看到佳人脸上的这种神情，纪空手当然明白，在吕雉的身上，究竟发生了怎样的事情，他的心中一动："莫非自己刚才所经历的并非是一种幻觉，而是真实发生过的事情，那梦中的褒姒其实就是眼前的吕雉！"

他忽然想起了吕雉在小楼中曾经说过的一句话，当吕翥提出要让吕雉用天外听香来为他种毒之时，吕雉曾道"神功未成，贸然使用，必有极大的风险"，这风险究竟又意味着什么呢？

他不知道！

他趋身过去，把住吕雉的脉息，只觉得她的脉息虽乱，却并无大碍，只是暂时的昏迷，当他将自己的玄铁龟异力灌注到吕雉的身体之内，只听"嘤咛"一声，吕雉缓缓地睁开了她那双动人的美眸，她满脸惊惧，当她看清眼前的人竟是纪空手时，突然轻舒了一口气，羞答答地垂下螓首，不敢与纪空手的目光直对。

纪空手看在眼里，心中惊道："莫非我真的对她做出了那种事情？"想到吕雉脸上流露出来的爱慕之情，他几乎可以确定。

这位刚被自己占有了处子之身的美女蜷曲着身体，缓缓地坐了起来，她的手遮挡住自己娇挺耸立的玉峰，一脸柔弱，再也没有了听香榭阀主那固有的矜持，反而是又羞又喜的模样，透出一股少女风情。

这让纪空手怜意大生，缓缓地将手搂向她的腰间。吕雉的身体轻颤，挣扎了一下，已然被纪空手拥入怀中。

“你还痛吗?”纪空手柔声道。

吕雉摇了摇头，旋即又含羞点头。

“你能告诉我到底发生了什么事情吗?”纪空手的脸上露出了一丝迷茫，突然间微微一笑，“除了你和我之间发生的事情之外!”

吕雉的脸上一红，缓缓地抬起头，轻叹一声：“这也许就是我强行使用天外听香造成的结果，我怎么也没有想到，在你的身上会有一种不同寻常的异力，完全不受我的驾驭，当我对你施法之时，不仅不能制人，反而受制，这也许就是报应!”

“这又何尝不是一段情缘呢?”纪空手将她的身体搂得更紧，悠然而道。

“也许吧!”吕雉幽然一叹，“人道是，天下的男儿没有人可以闯过酒色财气这四关，而我的天外听香无非就是将中毒者带入酒色财气这四种幻境之中，只要中毒者毅力稍差，陷入其中，就会为我所制，我却万万没有想到，你竟然能连闯四关，以至于连我也深受其害，为你所乘!”

纪空手淡淡一笑，道：“酒色财气又岂是男人可以闯过的关口，我岂不是最终也陷入了‘情’之一字之中，但让我真正感到心惊的是，这里明明是一个地牢，何以你也会出现在这里?”

吕雉抬起头来，环顾四周，倾听了一下动静，脸色陡然一变：“这正是我小楼下的一个密室，知道的人除了我之外，就只有吕翥，难道……”

纪空手微一沉吟，似乎明白了其中的奥妙，脸色凝重：“这的确很有可能，以吕翥的聪明和才干，她绝不会甘居于人下，替身做久了，当她享受到身为阀主的那种荣耀和威仪之后，食髓知味，欲罢不能，心中难免会不起野心，或许，她将我送到你的小楼之中，让你以天外听香来为我种毒，这本身就是一个阴谋。”

吕雉缓缓地低下了头，心中显得十分难过，有点不敢相信吕翥竟然会背叛自己，甚至想取而代之，她之所以选吕翥作为自己的替身，不仅是因为吕翥的能力，而且还因为吕翥本就是她的亲姐妹。

无论从能力上，还是从年龄上，在当年听香榭选择阀主之际，吕翥都远比吕雉更有优势，然而最终的结果却是吕雉胜出，这只因为作为姐姐的吕翥被当时的听香榭阀主紫飞烟以联姻的方式下嫁给刘邦，根本已不是处子之身，也就无法担当起阀主的重任。

这其实是吕翥当年心中的一个痛，身为妹妹的吕雉当然知道姐姐的这份心思，所以在她成为听香榭阀主之后，以修炼天外听香为名，隐居幕后，却让吕翥以吕雉之名掌管听香榭内外的一切事务。

然而令吕雉万万没有想到的是，为了这地位与权力，吕翥竟然不顾手足之情，设计来陷害自己，这令吕雉感到了人情的冷漠，更看到了人性丑陋的一面，因为她心里非常清楚，只要自己失去了处子之身后，那么她就永远无法修炼成天外听香。

“有人来了!”纪空手在她的耳边轻轻地说了一句，她抬起头来，心中一震，因为她从脚步之声中已然听出了来者是谁。

“很好！你们终于醒了，并没有让我等得太久!”从他们头顶的一个天窗之上，传来吕翥冷冷的声音。

“你究竟想干什么?”纪空手朗声道，他所问的也正是吕雉心中所想的。

“我不想干什么，我只是想拿回我当年失去的东西!”吕翥冷漠地道，“我隐忍了多年，甚至与刘邦生了一儿一女，其实只是在等今天这个机会!”

“权势对你来说真的就这么重要吗?”吕雉悠然叹道。

“在很小的时候，我就有着很强的征服欲，越是得不到的东西，我就越是想千方百计地得到它，当年，紫飞烟将我们带入听香榭，我看着她极度张狂之态，就曾经在心里暗暗地对自己说，‘总有一天，我也会和你一样，成为这个世界上最优秀、最骄傲的女人。’从此之后，这就成了我毕生追求的梦想，我发誓一定要实现它，直到有一天，当紫飞烟要我嫁给刘邦之时，我才感到这个理想在我心中已经破灭!”吕翥近乎咬牙切齿地道，“所以我恨！恨我为什么要比你大，恨这听香榭为什么要立下只有处子才可以登位阀主的规矩，更恨那紫飞烟，她何以要将我带回这听香榭之中，让我领略到权势这美妙的东西，我几乎失去了身为女人应该拥有的一切东西，当它们一离开我之时，我就对天发誓，不管用什么手段，不管针对什么人，总有一天，我会把这些已经失去的东西尽数找回，甚至是连本带利地一并找回。”

纪空手与吕雉听着吕翥这番长篇大论，只感到心中涌出一种深深的寒意，他们无法了解此时吕翥究竟怀着一种什么样的心态，但他们心中清楚，此时的吕翥拥有的是一种扭曲变形的心理。

“所以，你为了找回当年失去的东西，甚至不惜舍弃自己的儿女，自己的胞妹，甚至不惜舍弃自己的感情，你想过没有，这么做是否真的值得？”吕雉淡淡而道。

“这是没有办法的事情！”吕翥的声音极冷，冷如千年寒冰，“在很早的时候，我就懂得要想得到就要舍弃，在得与失之间，永远不可能达到一个合谐的统一，它们永远只能相对！”

“既然如此，你为什么还要把我们关在这里，你完全可以杀了我们，一了白了，又何必和我们多说这些废话？”纪空手见这个女人完全不可理喻，摇了摇头，冷然道。

“我不杀你们，因为在你们的身上，还有我需要得到的东西。”吕翥冷哼一声，淡淡而道，“只要你们能很好地和我合作，我不仅可以保全你们的性命，而且可以废去你们的武功，将你们送到一个世外桃源，好好地过你们的下半辈子。”

“你莫非还想让我成为一个你所操纵的木偶？”纪空手沉声道。

“没有了天外听香，没有谁可以将你制成一个听话的木偶，我所说的合作是希望你依然能以刘邦的身份出现，完全受我的驾驭！”吕翥傲然道。

“我是不是听错了？”纪空手不屑地道。

“你没有听错，而且你也别无选择，因为不仅是为了眼前这个女人，你还得为你的妻儿着想。”吕翥看似平淡的一句话，却引起了纪空手心中莫大的震惊。

他深深地吸了一口气，让自己渐渐地冷静下来，这才一字一句地道：“她们在哪里？我只有看到了她们，才会考虑我们之间的合作！”

吕翥得意地笑了起来，道：“我就知道你不是一个无情之人，你也不可能成为真正的刘邦，因为刘邦的无情远远不是你能拥有的，如果你真的想和我合作，你必须还要替我做一件事情，那就是说服你眼前的这个女人，让她将附骨之蛆的解毒方法交出来。”

纪空手心中一惊，根本不知这附骨之蛆又是一种怎样的毒物，他只是缓缓地摇了摇头，道：“我虽然不是一个无情之人，但也不是一个自作多情的情种，我自认为自己没有你所说的那种神通。”

吕雉抬起头来，深深地看了纪空手一眼，没有说话。

“你有没有这种神通，只有我知道，因为我是过来人，我知道她对你的这份感情。”吕翥淡淡而道。

纪空手浑身一震，目光与吕雉的眼芒交汇一处，似乎从中读到了一种哀怨。

就在这时，他感到自己的大手被一只柔荑紧握。

“哈哈哈……”一阵狂笑从吕翥的口中发出，回荡在这地牢之中，嗡嗡作响，笑声方止，陡听吕翥冷冷而道，“我希望当我再来的时候，你可以给我一个明确的答案。”

吕翥的离去使得这地牢蓦然静寂。

纪空手紧拥着吕雉的胴体，没有说话，只是深深地看着她，良久方道：“我本无心，你也无意，但命运却将我们连在了一起，这也许就是缘分吧！”

吕雉幽然叹道：“其实当我在登高厅中第一次暗中看见你的时候，我就有一种预感，预感到你我之间必定会有某种关系发生，但我怎么也没有想到，我们竟会以这样的方式结合在一起，这和我梦中的故事大相径庭。”

“梦中的故事？”纪空手不觉有几分诧异，“难道你的梦里也有我？”

吕雉柔声道：“这并不奇怪，因为你的确是一个可以让任何女人痴迷的男子，也许你算不上英俊，也谈不上潇洒，但在你的身上，有一种与生俱来、自然而然流露出来的阳刚之气，更有一种不怕天，不怕地，凡事都满不在乎的超然气质，而这正是每一个少女所最爱的！”

吕雉的柔荑轻轻地揉捏着纪空手的手，温情地道：“我也不例外，因为我也是情窦初开的少女！”

吕雉的话让纪空手心生一种涌动的激情，似乎没有想到，身为听香榭阀主的她，竟然会对自己流露真情，虽然他们是以一种无奈的方式结合在一起，但纪空手却没有从吕雉的话里听到一丝的怨意，反而似有无尽的欢喜。

“这么说来，你岂非今生今世都要跟定我了？”纪空手的嘴唇轻贴在吕雉的耳珠之上，悄然而道。

第八十七章　附骨之蛆

吕雉嗔了他一眼，满脸飞红："莫非你不情愿?"

纪空手笑道："拥美人在怀，乃是大丈夫平生最得意之事，我又怎会不情愿呢？何况在我怀中所坐的不是一般的女人，而是名动天下的听香榭阀主，这虽非危言耸听，也足以骇人听闻!"

吕雉轻打了他一下，俏脸紧贴在他厚实的胸前："在你看来，我这听香榭阀主，比及红颜，比及虞姬，是否逊色了不少?"

纪空手微微而笑，道："这要看你指的是哪一方面了。"

吕雉的俏脸更红，娇嗔道："你就会欺负人家!"

纪空手哈哈一笑，道："你与她们不分上下，各有各的好，在我的心中，你们都同样的重要，如果非要在你们之间分出一个高下来，那么只有在这件事情上，你还有所欠缺!"

看到纪空手说得一本正经，吕雉抬起头来，一脸关切地道："在哪件事情上?"

纪空手嘻嘻笑道："就是这件事情!"

他没有说出究竟是一件什么事情，但他的手已经说明了问题，在纪空手那双大手的侵袭之下，吕雉禁不住发出一阵诱人的娇吟，面对玉体横陈的佳人，纪空手展开温情的攻势。

当吕雉感到纪空手火热的嘴唇印到自己娇嫩的胸脯上时，她发出了一声轻哼，娇躯轻颤，有一种自然而然的反应从心头而生，她从纪空手那狂暴而不失温情的动作之中，深深感受到这个男人对自己的真诚。

没有一个女人会不为爱人对自己的真诚而感到骄傲，吕雉也不例外，她完全放弃了女儿家固有的矜持，满心欢喜地捧住纪空手的头，让他的嘴唇吻在自己的胴体之上，自上而下地游走。

那种温热酥麻的感觉，就像一串串电流冲击着吕雉的全身，给她带来无尽的快乐，当纪空手用老到而激情的方式一点一点地将吕雉的情欲挑动至高潮时，吕雉的玉腿在开合之间如一把剪刀轻轻地缠在了纪空手的腰腹之间。

在不经意之间，当纪空手灼热的目光抬头而望时，正与吕雉那顾盼流光的眼神交汇，吕雉羞得脸上飞出两片火烧云，“嗯——”了一声，抬起玉手，竟欲将纪空手的眼睛遮挡。

“你既然已是我的人了，又何必如此羞涩，须知这是人伦之道，但凡男女，发乎于情，就无须止乎于礼，一切自然就好！”纪空手轻轻地推开她的柔荑，理直气壮地道。

“你道谁都像你这样厚脸皮！”吕雉白了他一眼。

纪空手嘻嘻一笑：“我哪是什么厚脸皮，根本就是没脸皮，只要能拥佳人入怀，我还管他脸皮不脸皮！”

吕雉伸入两根纤纤玉指，挡在他的嘴唇之上，柔声道：“在人家的心中，一直以为你纪大公子是正人君子，想不到你做起这种事来却是一个泼皮无赖！”

纪空手轻咬了一下她的玉指，嘻嘻一笑：“我本就是一个无赖，又何必去装什么君子，在这个世道上，做君子实在太累，哪里有我做个无赖这么逍遥自在！”

吕雉一脸肃然，道：“你虽然口口声声自称自己是一个无赖，但在我的眼中，你远比君子可爱，因为你就算是一个无赖，也是一个有正义感的无赖，敢于担负起责任的无赖，像你这种无赖，比及这芸芸众生中的谦谦君子，已有云泥之别！”

说到这里，她情不自禁地凑过螓首，深深地在纪空手的嘴唇上吻了一下，美目中流露出一股近乎迷恋的深情，直到这时，纪空手才知道吕雉对自己的感情已是出自一片真心，更为美人那浓浓的爱意所迷醉。

他不再犹豫，终于翻上佳人那柔滑的玉体，进入到那片他曾经开发过的湿地……

情热之中，吕雉突然感到纪空手那身下的巨物似有一丝疲软，正当她心中莫名之时，却听到一个如蚊蚋般的声音钻入自己的耳里：“上面有人正在偷听！”

吕雉心中一惊，满带疑惑地静下心来，屏气倾听，果然头顶之上传来一阵似有若无的呼吸，这呼吸中带着一阵急促，显然偷听者已经动情。

纪空手以束气凝声的方式道：“如果我们要想离开这地牢，现在就有一个绝好的机会，你只要照着我的吩咐去做，就不愁敌人不坠入我的圈套之中！”

他一字一句地将自己的计划告诉给吕雉，吕雉依旧在低哼轻吟着，却已将纪空手的计划毫无遗漏地记在脑海之中。

当一切激情归于沉寂之后，此时的吕雉整个娇躯近乎软瘫下来，只有那对浑圆高挺的乳峰颤颤巍巍，随着呼吸在急骤地起伏，那张鲜红的小嘴不住张合，吐气如兰，那迷离的星眸如雨如丝，潮红的粉颊就像是熟透的樱桃，那般的撩人，那般的可爱。

良久之后，吕雉才轻吐一口气：“这真是要命啊！我觉得全身发软，已经没有了一丝力气！”

纪空手惊奇道：“这可不像是从听香榭阀主口中说出的话，你能位列于五阀之中，武功修为纵算不能惊世骇俗，也不至于如此不济！”

吕雉轻叹道：“爱郎有所不知，我听香榭虽然以用毒闻名，但对于武功一道，也有其独特之处，这天外听香看似是一种毒药的名字，其实它与问天楼的有容乃大、入世阁的百无一忌、知音亭的无妄咒，以及流云斋的流云道真气并称为当世五大奇功，练到极致处，就算是与绝世高手一战，也未必就落于下风。然而，它最大的弊病就是唯有处子之身方可修炼，一旦被人破去处子元阴，那么不管你修炼到第几层，你都和常人无异！”

纪空手惊道：“如此说来，我们岂不是死定了，我虽然功力未失，然而穴道受制，此时也只有任人摆布的份！”

吕雉苦笑道：“也许我们只有照着吕翥的话去做，才能活命，因为我实在太了解她了，她是一个不达目的势不罢休的女人!”

纪空手道：“你的意思是说，只有交出附骨之蛆的解毒方法，我们或许还有一线生机?”

吕雉点了点头，没有说话。

纪空手问道：“这附骨之蛆究竟是一种怎样的毒物，何以吕翥对它这般看重?”

吕雉缓缓而道：“你可曾听说苗疆的蛊，这种蛊一旦种入人的体内，就如生根发芽一般难以消除，当种蛊者以一种独特的方式驱动蛊虫，那么受蛊者就将生不如死，唯有任他摆布，还有一种更高明的种蛊方式，甚至可以操纵人的意识和思维!”

“这岂不是很可怕?”纪空手悚然心惊。

吕雉淡淡而道：“而附骨之蛆就是类似于这种蛊，却又远比这种蛊可怕，当它进入到了人的体内之后，不仅可以操纵人的意识和思维，而且可以磨灭人的意志和尊严。只是培植这种附骨之蛆不仅艰难，而且煞费苦心，也难以有很高的成活率，所以在我们听香榭中，将它看得弥足珍贵，当年为了争霸天下，我曾经在江淮七帮每个首领身上都种下了这种毒物!”

纪空手恍然大悟：“怪不得那一夜我夜探小楼之时，吕翥就事先设好了一个杀局在等着我，原来竟是樊哙在暗中通风报信!”

吕雉道：“我之所以在江淮七帮的头领身上种下附骨之蛆，是因为这江淮七帮中的高手虽然不多，但他们子弟遍及天下，混杂于三教九流之中，能量之大，绝非是你我可以想象的，刘邦当年能够以十万大军抢在项羽数十万大军之前进入关中，江淮七帮功不可没，一旦汉军东征，他们的作用自然就显现出来。”

纪空手道：“怪不得吕翥要得到这附骨之蛆的解毒方法，如此一来，她就可以操纵江淮七帮，而江淮七帮又是汉军的根本，操纵了江淮七帮无疑就是操纵了数十万大汉军队!”

“对!”吕雉道，“如果再把你炼制成可供她操纵的木偶，那么她就可以藏身幕后，争霸天下!”

“想不到她竟是一个如此富有野心的女人!”纪空手倒吸了一口冷气，

"那这么说来，我们岂非是别无选择了?"

吕雉微微一笑，突然压低声音道："也许我不交出这附骨之蛆的解毒方法，一样可以离开这地牢，你可知道这地牢是谁设计的吗?"

纪空手的脸上带出一丝欣喜："难道是你?"

"不错！正是小女子!"吕雉的鼻子皱了一皱，俏皮道。

纪空手跳将起来："既然如此，你还不快点说出这逃生之法，待在这地牢之中，早晚会把我憋死。"

吕雉蜷曲着身子，倚在墙壁之上，缓缓而道："这地牢的设计原理是根据阴阳五行而定，按照正常的排序，五行为金、木、水、火、土，而我所用的排序是土、火、水、木、金，这种排序的方式在阴阳家的眼中叫作倒五行，而这个地牢就是按照倒五行的原理设计的，你只要测算出此时你所面对的方位，找出'木'之所在，那么，我们就可以脱困而去!"

纪空手听得头都大了，叫了起来："这未免也太玄奥了，对于我这个无赖来说，哪里懂得这般高深的学问。"

吕雉莞尔一笑，道："其实这也没什么，只是你不肯学罢了，你现在站起来，照着我说的话去做就行了。"

纪空手站将起来，道："那么就请阀主下令吧!"

吕雉一掩小嘴，笑道："你现在正对的方向乃是火之所在，左脚踏出，右脚微倾，向左划出一小段半弧，然后向前直走，触摸到石壁之时，那就是'木'之所在！你只需要用常人所拥有的力量，猛然撞击，就可将它推出一条缝隙，缝隙之中有一个机栝按扭，你只要按动它，就会出现一条通往外界的地道!"

纪空手闻言之下，刚要踏步而前，陡听得头顶上一声娇叱，那天窗上方的一块石壁缓缓而动，一条人影如鬼魅般飘进地牢，正挡在纪空手的身前，透过地牢暗黑的光线，纪空手一眼就认出，来人正是吕翥。

"我早就算定你们不会甘心受我要挟，所以我并未远去，又回转过来，若非如此，我也不能发现你们的伎俩。"吕翥冷然而道。

纪空手脸色一变，惊道："难道你真的不顾你和吕雉的姐妹之情，一定要将她赶尽杀绝吗?"

吕翥冷哼一声："我的眼里已经没有姐妹，只有这个天下，谁要阻挡我夺取这个天下，谁就是我的敌人，这是我做人的原则！"

纪空手道："这岂非太过无情，如此做人，真正是无趣至极，简直与猪狗无异！"

吕翥的脸色陡然一沉，仿佛罩了一层严霜，道："你敢骂我？"

纪空手淡淡一笑："你既已算定我已是要死之人，还有什么是我不敢的，无非就是一死，难道我还会怕了你？"

面对纪空手怡然不惧的言辞，吕翥气极而笑，缓缓地抬起手来，手在虚空之中划出一道曼妙的弧线，拍在纪空手头顶，但又突然停住。

"你真的以为我不敢杀你？没有你，我一样可以找到刘邦的替身，一样可以去问鼎天下！"吕翥冷然道。

纪空手显得十分平静，感受着头顶上那手中发出的杀气，一脸无畏："我相信你能做到这一点，不过，不是今生，而是来世。"

此话一出，纪空手的身形陡然起动，以电芒之势绕转至吕翥的身后，而与此同时，吕雉那曼妙的玉体也从地上弹射而起，两人一前一后，正好对吕翥形成了一个十分完美的夹击之势。

这足以让吕翥为之色变，倏然心惊。

静！实在是静！

刹那之间，这地牢犹如鬼域，静得落针可闻！

吕翥此时心中仿若翻起滔天巨浪，那种骇意，那种恐慌已经无法用任何语言来形容，她的眼睛仿佛看见了这世界上最不可思议的事情，那原本俏丽的脸上，早已扭曲变形，活似女鬼般恐怖！

"你……你……"吕翥惊叫了一声，戛然停住，没有再说下去，因为她知道，此时此刻最重要的就是要保持冷静，唯有如此，她或许还可以挽回这局势。

"我什么？"纪空手在她的背后"哧"地一笑，"你应该把这句话说完，否则以我愚钝的思维很难理解你话中的意思，不过，从你的表情来看，我知道你现在最想问的问题就是明明两个武功尽失的人，何以在眨眼之间便成了你强劲的敌人。”

吕翥深深地吸了一口气，道：“是的！你的确很了解我，其实刚才真正应该和你共享床第之乐的人不应是她，而应该是我，我们才是真正的一对！”

吕雉啐了她一口，满脸飞红。

纪空手笑了起来：“其实我第一眼看到你的时候，的确有那种动情的感觉，就像是一条发情的公狗看见了一条发情的母狗一样，它甚至不需要任何感情的基础，随时可做，就像是在发泄心中的兽欲，不过，理智却告诉我，我是人，而不是真的公狗，虽然在某种意义上来说，我拥有与它相同的东西和本领，但我只与我所爱的人来共享这鱼水之欢，而不是像你这样的母狗！”

吕翥没有回头，但她的声音之冷，有一种从骨子里透出来的寒意，道：“骂得好！”

“我绝不是骂你！”纪空手冷然而道，“我只是说出实话而已，你不仅是一条发情的母狗，而且是一条疯狂的母狗，你所做的一切，包括你的思想，无一不是十分疯狂和危险，像你这样的无情之人，你也许只有暴尸荒野一个下场！”

吕翥的牙齿咬得“咯咯”直响，道：“你骂得的确痛快，我只恨自己刚才在小楼之中为什么不将你碎尸万断，将你的肉丢去喂狗！”

“你没有这个机会了！”纪空手淡淡一笑，“你只要不笨，就应该看出此时此刻你的处境！”

“既然你这么自信，料定我必死，那么在我临死之前，我是否可以向你提出几个问题？”吕翥的脸上露出一丝沮丧之色，似乎接受了眼前的命运。

“当然可以！”纪空手笑了笑，“我始终觉得死本就是一件残酷的事情，如果让一个人糊里糊涂地死，那实在是一件十分残酷的事情，我虽然是一个无赖，也会觉得于心不忍。”

吕翥缓缓地平息了一下自己躁动的情绪，然后抬起头来，盯向吕雉：“我第一个问题不是问你，而是问她！因为我很想知道你修炼天外听香却被破去了处子之身，怎么还能保持武功不失？这简直让人不可思议，除非是你们之间根本就没有做过那种事情!”

“这个问题你不应该问我，你还得问他，因为连我自己也不知道原因。”吕雉俏脸一红，缓缓地低下了头，看着吕翥狼狈不堪的样子，她实在是有些于心不忍。

纪空手沉吟半晌，这才缓缓而道：“这也许就是天意，她的武功之所以能够不失，我想和我体内的某种异力有关，我至今也搞不清楚这股异力来自于何处，但正是这股异力，使我成为一名高手，站在了当世江湖的最峰端。”

吕翥半晌没有说话，似乎接受了纪空手的这种解释，轻轻地叹息了一声之后，道：“这么说来，你受了红粉佳人之毒，背上的几处大穴也被重手法点击，却能安然无恙，这也全拜你身上的这股异力所赐?”

“不错!”纪空手淡淡而道，“这股异力与人体所修炼的真气有着实质性的不同，所以用对付常人所用的毒和点穴手法，只能对我起到暂时的效用，却不能持久，你真正的机会就只有在小楼之中!”

吕翥的脸色变了一变，心中想必已是十分懊悔，她千算万算，都没有算到纪空手身上会有这种异力，这莫非就是天意?

在这个世界上，有很多事情的发生都是不以人的意志而转移的，也无法用任何的理由来解释它的存在，正因如此，所以人们总是将它归之于天意，就仿佛在这天地之间，冥冥中有一双大手在左右着人的命运，这岂非正是人类的可悲之处。

当吕翥缓缓地转过头来，用一种冰寒的眼芒射向纪空手时，纪空手的脸上依然是那么的平静，淡淡而道：“我只是一个无赖，自小生长于市井之中，我所关心的只是一日三餐的饥饱，四季的冷暖，对于天下是由男人统治，还是由女人来统治，这样沉重的话题其实并不是我所关心的，男人也好，女人也好，只要能对得住这天下的百姓，谁坐这个天下都无可厚非！所以，你本没有错，你错就错在不择手段地去争霸天下，甚至连自己的胞妹也不放过，这般的无情和禽兽又有何异?”

纪空手的思绪仿佛又回到了过去，冷冷而道：“当年大王庄一役，我最好的一个朋友曾经在我的背上刺出了令我痛心的一剑，这一剑是谁刺出我都不会伤心，唯有是他才会让我铭记一生一世，因为我把他当作我最好的朋友，我相信他，甚至超过了相信我自己，像这样的一个人居然背叛了我，那么他注定是我今生最大的一个敌人，不管他做出了什么事情，都不可能再赢得我的原谅！”

他的目光冷冷地望向吕翥：“而你对吕雉所做出的事情和此人又有何异，所以，即使你是吕雉的胞姐，我也绝不会放过你，因为像你这样的人已经不值得我去同情！”

纪空手缓缓地吸了一口气，手腕一抖，浑身的骨节为之震响，杀气已然贯出眉间。

“你真的要我死？”吕翥笑了笑，她的脸上显得非常平静，丝毫没有一点人之将死的悲状。

“这毋庸置疑！”纪空手断然道。

“只怕未必！”当吕翥说出第一个字的时候，她的整个人突然向后飞退；当她说出第二个字的时候，她的手中已经多出了一段红绸，如游龙般在虚空中漫舞；当她说出第三个字时，那红绸已如一条长蛇紧紧地缠上吕雉的颈项……这句话说完，她已经不再是将死之人，角色在刹那间互换，她又找回了她刚才的那种张狂之色，这只因为她的手中已经多出了吕雉这样一个人质。

这一切快如电闪，整个动作如行云流水，就像是一个设计好的程序，快而不乱，一环紧扣一环，根本不容对手有任何的反应，即使连纪空手和吕雉这样的高手，也无法躲过吕翥精密的算计。

她能如此轻易地得手，只因为她和吕雉是同胞姐妹，在这个世界上，最了解吕雉的人就是她了，所以，她非常清楚吕雉的软肋，而这就是吕雉过于看重亲情，眼见自己的胞姐就要死在自己爱人的手中，她的心境绝对不会平静。

算准了这一点，吕翥心里明白，这才是她绝处逢生的机会。

她没有辜负这个机会，所以，她又重新把握住了自己的命运。

“我说过你杀不了我的！”吕翥近乎神经质地笑了起来。

纪空手的脸色已然变得铁青，他怎么也没有想到，一只煮熟的鸭子竟然飞了，这种失算自他踏入江湖以来极为罕见，而偏偏却让他和吕雉遇上了。

“如果你认为用吕雉就可以要挟于我，那你就错了！”纪空手一脸肃然，冷然而道，“毕竟我和她相识未久，她还不值得我去为她放弃做人的原则！”

他此话一出，吕雉的脸色一变，霍然抬头，整个人几欲悲痛欲绝，她怎么也没有想到，纪空手居然会说出如此绝情的话来。

“我绝不相信你会这么无情！”吕翥深深地看了纪空手一眼，道，“如果她真的不能要挟于你，那么她的死也就不足惜了！”

她紧握红绸的手缓缓地向两边拉动，力道也为之增大，吕雉的脸被红绸勒得通红，呼吸显得非常急促，几欲窒息一般。

“且慢！”纪空手再也无法视若无睹，断然喝道，“你赢了，我承认自己无法做到无情。”

吕翥得意地笑了起来，笑得忘乎所以，笑得异常张狂，这只因为她深知人性的弱点。

面对吕翥如此嚣张的样子，纪空手唯有苦笑，他可以为了自己所爱的女人付出自己的生命，他当然做不到看着所爱的女人在自己的眼前死去，有的时候，他真的恨自己做不到真正的无情。

他用一种深情的目光缓缓地盯注在吕雉的脸上，一字一句地道：“我只想告诉你，能和自己心爱的女人死在一起，我绝不后悔！”

吕雉的眼眸中闪出一种喜悦的神情，点了点头：“我也一样，可惜的是我们还死不了！”

她的这句话说完，这地牢之中蓦起一道狂风，这风竟然来自于缠绕在其颈项的红绸，她的整个人陡然旋转起来，就像是一架迎风的风车。

这风中所带出的杀机，犹如秋风扫落叶般无情，那张狂的杀意充斥了地牢的整个空间，所带来的压力足以让每一个人为之窒息。

“天外听香！”吕翥惊叫一声，整张脸变得煞白，她实在没有想到，破去了处子之身的吕雉不仅武功未失，反而练成了这听香榭的镇阀神功。

她的心陡然下沉，仿佛落进了一个无底的深渊，一股深深的绝望涌上了她的心头，恐惧如潮水漫卷至她的全身。

就连纪空手也被劲风逼到墙角，目睹着这惊人的一幕，心中也惊骇不已。

“轰……”

一声爆响炸起，震得这地牢抖动不已，气旋飞旋间，那一条红绸裂成碎片，如同秋天的红叶飘落，撒满一地。

而吕翥的人被劲风席卷，直撞向那厚实的石壁……

“砰……”

那石壁之上顿时溅满了一片红白相间的秽物，红的是血，白的是脑浆，绘制成一幅凄美的图案，留在那石壁之上，显得异常残忍而恐怖。

当这一切渐渐消寂，纪空手的眼中闪现出一丝迷惑，似乎不敢相信，这是吕雉的出手，他却不知当一个女人全身心地投入到一段感情之中时，这个女人随时可以为她所爱的人付出一切，包括她的思想，她的观念。

当吕雉穿上吕翥的衣裳与纪空手跳出地牢之时，他们面对的是一条狭长的地道，烛火摇曳间，暗影晃动，显得静寂无边，但纪空手已经感觉到了涌动在这地道之中的杀气。

他一步步地向前趋进，展开灵觉，去感应这暗黑之中的危机，未行七步，他的身形如旋风般旋转而起，一声轻啸，手掌如锋刃般穿越虚空，向一团暗影击拍而去。

那团暗影里竟然发出两声低低的惊呼，暗影乍分，却是两名剑手，他们无疑是吕翥的死党，刚才地牢中发出的偌大动静已经引起了他们的警觉，可是当他们看到纪空手之时，脸上依然出现了一股惊异和震憾。

这两人当然都是高手，绝不会就这样束手待毙，虽然他们深切地感受到纪空手这掌中所逼射而出的凌厉杀气，和那种几乎让他们窒息的层层压力，但是，这依然摧毁不了他们的自信。

然而，这种自信并没有维系多长的时间，就在他们准备出剑时，这地道中的形势似乎陡然起了变化。

这变化来自于纪空手的掌，他的掌斜出之时，五指分开，劲气从指尖飙射而出，犹如那满天飞洒的剑雨，那惊人的指力如水银泻地般漫入虚空，将这段空间里所有的空气完全绞裂至无形，这漫漫空中所剩下的只有那浓重的杀机和压力。

他们绝对想不到一个穴道受制、身中奇毒的人居然还能有如此可怕的功力，这怪不得他们，毕竟像纪空手这样的人，百年不遇。

他们同样想不到，他们藏身之处其实早已经被纪空手所捕捉，甚至包括他们的气息和举动都毫无疏漏，所以当纪空手出手之时，已经将对手的一切计算把握得异常清晰和准确，甚至包括他们的心理。

“当……当……”

两声爆响之后，纪空手的身体在虚空中一闪而退，整个人显得优雅而从容，而在他的面前，那两名剑手连剑都未出，就已然倒地，在他们的眉心之间，无一例外的都多了一个洞——血洞！

纪空手的眼神仿佛多出了一丝怜惜和无奈，淡淡而道：“我本不想杀人，可惜的是，我已别无选择！”

吕雉轻轻地叹息了一声，道：“我虽为听香榭阀主，然而直到今天，我才真的知道，人在江湖，身不由已这一句话真正的含义，其实有的时候，杀人并非出于本性，在这乱世，在这江湖，只要你想生存下去，你就必须要去杀人，否则的话，等着你的永远是被杀的命运！”

纪空手淡淡而道：“其实这就是乱世中生存的法则，汰弱留强，胜者为王！”

吕雉轻轻地牵起纪空手的手，道：“然而不管是在乱世，还是在盛世，始终不变的是男女之间的那种至真的情爱！”

纪空手的心中流动着一种感动，缓缓地搂住吕雉的纤腰，没有说话，只是大踏步地向前而行。

他的每一步踏出，都砰然有声，显得气势非凡，他知道在这段地道之中，还有六七名敌人躲在暗处，正在等待机会向他发动袭击，然而他却丝毫不惧。

一股浓烈的杀机已经迷漫了整个地道，当纪空手踏出三步之后，他只能驻足，因为他无法找到这股气息的源头，这杀气似有若无，仿佛在刹那之间全部收敛，就像是在这个地道中根本就不存在这股气息，然而只有纪空手自己知道，他的灵觉曾经清晰地触摸到了那种杀气的存在。

虽然纪空手无法知道对方究竟是谁，也不知道他们的藏身之处，但那种敌意和杀机已经引起了纪空手的警觉。

他唯有向前，无论前进的道路有多么艰难，他从不回避，他选择的方式就是面对。

纪空手的神经如弓弦般绷紧，随时作好了应变的准备，从表面上看，他显得洒脱从容，仿若闲庭信步，然而只有他自己清楚，机会总是留给有准备的人，只有在身心都准备好的情况之下，才可以抓住那一线稍纵即逝的胜算。

"哧……"

一声轻响，似有若无，如落针之音在这空间中生起，顿时引起了纪空手的注意，他只退了一步，便听得"轰"地一响，在他前方的地面突然爆裂，泥石就像是流星雨般带着锐啸向他飞涌而来。

敌人竟然来自于地下，便若是一个从地狱跳蹿出来的魔鬼，带着一团凌厉无匹的杀气，隐藏在这片泥土之后，直取纪空手的咽喉。

纪空手的目光如电闪般一亮，他的飞刀已然不在，但他还有手，当他学会了舍弃之道时，在他的心中，他的手虽然不是刀，却与刀有着同样的锋刃。

"呀……"

一声大喝之中，纪空手挥掌直拍，强大的劲力在他的掌心中爆发，犹如狂潮般将这股泥土倒卷而回，就连那隐藏中的杀气也被掌力截成两段。

他根本没有看清楚对方是谁，也不想看清楚对方是谁，他只感受着对方的杀气来临。

拥有如此浓重的杀气和霸道的兵器，通常都只有刀，因为刀是兵器一霸，而这握刀之人的功力显然十分高深，否则他不可能在纪空手掌击之下，依然做出向前的迎击。

可惜的是，他遇上的是纪空手，纪空手对刀的理解已经远远超出了武道的范畴，否则他也不可能跳出刀境，将之舍弃。

“当……”

纪空手的手掌以不可思议的速度从对方的杀气之中切入，以精准的角度抹向那柄刀锋，掌刀交击中，一股浑厚而沉重的力道从刀身流泻而出，如电流般传入纪空手的手心，使得他有一种麻木的感觉，更有一种说不出的难受。

这只能说明对方的强大，然而纪空手依然无畏，因为他明白在这种情况之下，对方让他难受三分，他施加给对手的感觉就是十分难受。

对方陡然一惊，似乎没有想到，纪空手以空手对敌，犹能如此霸烈，不过他却没有任何的犹豫，身子向前俯冲，贴地而来，刀芒竟然向着纪空手的脚背平削而来。

这有点像是存在江湖已久的地趟刀，而此人的刀法，虽然类似于地趟刀，但精妙的变化却远在地趟刀之上，用之于这狭窄的地道，无疑是适合的一种攻击方法。

纪空手只有退，在退的同时，双掌连连拍击，那掌中爆发出的无与伦比的气势立即牵动了地道中所有的空气和泥土，形成一条狂野无匹的暗影，在这虚空之中，扭曲成一道诡异的图画。

穿透着画面的，是纪空手的那一双眼睛，这眼睛在暗黑之中亮得就像野狼的眸子，放出一种亢奋而清晰的光芒，去捕捉着这暗影之后的杀机。

“呀……”

对方在翻滚之中连劈数刀，眼见一刀斩出，正要削向纪空手的脚踝之时，陡然之间，他的眼前蓦现惊人的一幕。

他明明看见纪空手的脚踝就在眼前，然而当他的刀只近脚踝三寸之时，那脚竟然凭空不见，就好像它从来就没有存在过一般，令他心中不由自主地怔了一怔。

这一怔之下，只不过是刹那的时间，但对于纪空手来说，已经足够了，他的脚再现虚空时，已从一个死角中暴闪而出，一排腿影幻生，扰乱着这虚空的视线，就在对方还在感到莫名惊诧时，他的胸前已然中了一腿，心脉震碎，血管爆裂，当场倒地。

然而涌动在这地道之中的杀气并未因此而灭，反而更浓，更烈，当纪空手进到一个相对空旷的地厅之时，从这地厅的四角闪出四条人影，以无比狂野之势向纪空手夹击而来，四把长刀带动起四股疯狂的气旋，漫过虚空，无论是从出手的角度，还是速度，甚至于这四人之间的配合，都显示出这四人不凡的功力，以及那种必杀的气势。

“变天劫!”

纪空手的身后蓦起一道娇呼，声自吕雉的口中而出，带着一种惊奇和紧张。

纪空手心神一凛，能让吕雉感到紧张的东西，当然是一种非常可怕的东西，虽然从这四人中的每一个人来看，他都无所畏惧，但这四把刀同时杀入虚空，却给人有一种异常诡异的感觉。

的确！十分的诡异！当刀进入到纪空手的三丈范围之时，那刀速明显地减缓，犹如蜗牛爬行，一点一点地寸进，然而那刀中所带出来的劲气，已经幻变成一道道气墙，犹如山岳将倾，缓缓推移而来。

这四人中，每一个人的脸上都露出一丝凶狠、疯狂的笑意，更有一种发自内心的得意，因为他们心里非常明白，当他们的阵势已然形成，脚步到位之时，不管对手是谁，都很难从这变天劫中全身而退。

唯有此时，纪空手人在阵中，才感觉到这变天劫的可怕，也许这变天劫变不了天，但却能改变这虚空中的一切，那看上去相对宁静的空间，涌动出足以让人窒息的暗流。

这四人的配合已然妙到毫巅，步伐的灵活足以弥补他们稍显不足的功力，而在攻防之间，又有很强的互补，看上去就浑如一个整体，使得纪空手也蓦然心惊。

他只恨自己此时手中没有那七寸飞刀，倘若有刀在手，他可以在这四人中选择一个突破，借此破阵，而当他两手空空之时，他就唯有等待，等待吕雉的出手。

事实上在吕雉惊呼的刹那，她的身形就已然动了，然而只动了一下，她就戛然停住，因为在她的面前，突然多出了两条暗淡的光影，暗影是刀，分袭而来。

这两名刀手的武功显然是这帮人中的最强者，他们的任务就是袭击变天劫外围的敌人，应付一切惊变，所以当吕雉甫动，他们也动，犹如山梁般隔断了吕雉前进的道路。

吕雉明白变天劫的可怕之处，眼见爱郎深陷其中，心中不由惶急，她知道时间多过去一分，爱郎所遭受的危险也就多增加一分，所以她没有犹豫。

长袖鼓动，在劲气的充盈之下，犹如两颗划过暗黑之夜的流星，漫入虚空，疾卷刀锋而去。

她本不想杀人，但是为了爱郎的生死，她连自己的伤亡也在所不惜，因为她心中的爱，激起了她蜇伏已久的杀机，那两个刀手眼中闪出一股惊骇，那是因为此时的吕雉已不再像是一个女人，而像是一尊煞神，那本该流光顾盼的眼眸泛起的却是浓浓的血色。

“哧……”

刀锋被长袖卷上的那一刻，蓦生一种雾化的声音，那两名刀手只觉得手心一热，一股电击的感觉直透心中，有一股无法摆脱的难受和苦痛，令他们的心中充满着无穷的惊悸。

唯有天外听香才有如此霸烈的气势，也唯有天外听香才可以在一击之间将两大高手的夹击粉碎瓦解。其实，这天外听香是一种意境，是一种可以深入人心的意境，它总是在无形之中进入人的思维，产生出非常抽象的幻觉，比如喜、怒、哀、乐，这远比实质的东西更加可怕，更能深刻人心。

“哇……哇……”

两声闷哼，和着两道血雾喷出，那两名刀手身形一震之下，整个人腾空而起，向后跌飞，直坠向那变天劫的中心。

这闷哼之中带着一种绝望的情绪弥漫虚空，似乎感受到了那种恐怖的死亡气息，因为他们知道，随着他们的进入，将引发这变天劫最惊人的一幕。

“轰……”

一声震响，山崩地裂，沙走石飞，血肉横绽，虚空在刹那间变得喧嚣狂乱，犹如横掠大地的风暴在凄号，在这每一寸空间中，都充盈着爆炸性的力道，似欲撕裂这虚空中的所有物质。

一切都显得那么不真实，就像是游离于思想之外的一种幻觉。

就连纪空手也为之色变，不过，他没有犹豫，在这爆炸蓦起的刹那，他的手掌犹如屠夫手中的砍刀，直切在一名刀手的颈项之间，血光一洒，头颅旋飞空中。

变天劫为之而破!

第八十八章　异功天成

烟尘散灭，地道又归于宁静，但吕雉的脸上依然还是惊魂不定，眼睛直直地盯着纪空手，半天没有说话。

纪空手回过头来，深深地吸了口气，眼中流露出一丝诧异，道：“你怎么了?”

吕雉并没有说话，只是快走几步，扑在纪空手的怀里，带着一阵哭腔道：“我好怕!”

纪空手顿时明白了她的心迹，心中好生感动，轻轻地拍了一下她的香肩，柔声道：“你根本就无须为我担心，有句古话道，好人活不长，祸害一千年。像我这样的无赖，就算活不到一千年，满打满算，也有百年好活!”

吕雉的胸脯不住地起伏，“哧”地笑道：“你就会插科打浑，逗人开心，你知道刚才那一刻我有多么的担心，那变天劫本是我听香榭中的三大绝阵之一，一旦发动，受困之人不死即伤，难以全身而退。”

纪空手微微一笑，道：“你说得这么凶险，其实刚才我在阵中之时，并没有感觉到像你说的那么可怕，我已经将自己浑身的功力提聚，只要他们敢进入到我七尺范围，真正不能全身而退的也许就是他们!”

吕雉摇了摇头，白了他一眼：“你太小看我们听香榭了，如果你真的这么做了，你只会和这变天劫同归于尽。”

“那岂不是又要让你伤心了!”纪空手嘻嘻一笑。

吕雉幽然叹道：“虽然我们相识未久，但不知为什么，每当我和你在一起的时候，我总是好开心好欢喜，就好像我们已经认识了多年一样，在我的记忆之中，从来就没有任何人值得我去牵挂，而唯有对你，我总是有一种道不清、说不明的感情，刚才的那一刻，我只有一个念头，那就是你若死，我也不要活了！”

纪空手心神一凛，将她拥入怀中，沉声道：“美人恩重，叫我如何消受得起？”

吕雉柔声道：“但愿你不要嫌弃吕雉，吕雉就心满意足了，吕雉此身，唯君消受！”

纪空手心中一荡，吻在吕雉那娇艳欲滴的红唇之上，长吻之中，他的鼻尖闻到了一种淡淡的女儿幽香，让他蓦然想到什么，道：“吕翥临死之时说了一句话，你是否还记得？”

吕雉点了点头：“她说的是天外听香！”

纪空手的眼中闪出一丝诧异，道：“难道你在无意之中已经练成了天外听香？若非如此，她看到你施展武功之时就不会叫出这四个字了！”

吕雉的脸上也闪出一股莫名的神情，摇了摇头：“我也不知道，自从我和你有了那种事情之后，我总觉得自己的身体有了明显的变化，难道说这和你体内的异力有关？”

纪空手闻言，心中顿生一股玄奇之感，总觉得所发生的一切太匪夷所思。

“难道说这个世界上真的有什么天意不成？难道说我真的是先生所说的那位应运而生的乱世之主？若非如此，何以我总是能在绝境之中蓦现生机，更能化险为夷？”纪空手暗自忖道。

他无法找出答案，也不想找出答案。

走出地道，只见眼前现出一片偌大的花园，花木丛丛，环绕在一片假山流水之中，而地道的出口，就设在一方岩石之下。

纪空手为之一惊，他突然发现这并非汉王府中的花园，而是五芳斋。

此时夜色渐暗，华灯初上，从花园前方的楼台之间传来阵阵笙歌管弦之乐，谁又曾想在这歌舞升平的景象之下，刚刚才经历了一场大的屠杀。

“吕翥的确是一个聪明的人，她能将你们听香榭的总坛设在烟花之地，其心智就已经高人一等，谁也不会想到，身为听香榭阀主的吕雉竟然会藏匿在这种地方!”纪空手由衷地感叹道。

说者无心，听者有意。吕雉的俏脸微微一红，辩白道：“我还以为这是一个官宦人家的花园，她如此欺瞒于我，当真是该死!”

纪空手笑了一笑：“这又何妨？想当初我在淮阴之时，倒是这种地方的常客，只不过不是喝花酒、找姑娘，而是一时技痒，顺手牵羊，施展我的妙手空空之绝技!”

“哎呀!”吕雉叫了起来道，“莫非你‘空手’之名就是由此而得来的?”

她这一说，就连纪空手也不好意思地笑了起来，大手一挥：“英雄莫问出处，就算我是个妙手空空儿，也是个神偷大盗，因为我这个小偷不偷人钱财，专偷少女芳心，这么算来，你也该是一件赃物!”

吕雉笑得花枝招展，半晌方歇，深深地看了他一眼，道：“你岂止是偷人芳心，这不过是你的雕虫小技，你真正的绝技是要盗得这天下而归，从古至今，普天之下，第一神偷之名非你莫属!”

“哈哈哈……”纪空手大笑三声，平添一股豪气，笑声骤起于花树之间，惊起一群寒鸦飞去。

经过地道一战，吕翥的死终于让吕雉从幕后走上了前台，行使她听香榭阀主的威仪，并以汉王后的身份进入汉王府中，名正言顺地相伴在纪空手左右。

樊哙和七帮弟子虽然觉得有几分诧异，然而有了附骨之蛆的震慑，使得他们无人敢多说一句话，而那些听香榭的弟子，明知吕翥只是吕雉的替身，见到阀主亲临主事，心中高兴还来不及，谁又去想其中的蹊跷?

一切都在顺利中进行，一如纪空手的想象，然而眼看东征在即，纪空手的心上却有一块石头始终放不下来，那就是——虞姬母子的安危以及凤影的下落。

此时的汉王府中，灯火通明，热闹喧天，随着远赴上庸的十万大军回归南郑，有关湖底神迹的消息不胫而走，迅速传遍了巴、蜀、汉中三郡，但凡是汉王子民，无不群情振奋，奔走相告，结合到江湖上流传甚广的刘邦乃赤帝之子的传说，没有人会对这湖底神迹提出质疑，而是坚信此时的刘邦虽然偏居于蛮荒之地，但有一日，必将逐鹿中原，一统这乱世天下。

而与此同时，陈平代表夜郎王出访南郑，不仅带来了数百万两黄金，而且还带来了可供二十万大军装备使用的锋锐兵器（这些黄金和兵器来源于登龙图宝藏，被纪空手的洞殿人马取出之后，一部分运至齐国，由车侯、扶沧海用来扶植田横，而另一部分，则由红颜派人将之送往夜郎，然后由夜郎王的名义借陈平之手，送往南郑，几度易手之后，这宝藏最终归于纪空手所用），这些东西正是大汉军队急需之物，所以运抵兵营之后，顿时引起大军轰动，数十万将士斗志空前高涨，为即将开始的东征奠定了坚实的基础。

而今夜的汉王府内，名义上是为了宴请陈平，实际上却是纪空手召集群臣，商议东征事宜。

在王府花园的御事台前，数百名精兵列队而站，百步之内不容有任何闲杂人等走近，戒备森严，犹如铁桶一般，而在台上，上百盏大红灯笼高挂，亮如白昼，聚集了大汉王朝最重要的九名人物，除了张良与陈平之外，余者全是刘邦在位时的心腹重臣。

这是纪空手以刘邦的身份第一次在群臣面前亮相，他深知，要想不让任何人引起怀疑，这首次见面至关重要，在座的诸位都是这天下中最精明的人物，只要自己稍有破绽，就很可能泄露天机，功败垂成，为了预防万一，他甚至将陈平带来的家族高手尽数埋伏于花园之中，以防不测。

而且为了突出自己身为汉王的威仪，起到震慑群臣的作用，他故意在群臣之后登上御事台，双手背负，踱步而来。

随着他的到来，群臣无不肃立一旁，屏声息气，唯恐打扰了他的思绪，等到纪空手缓缓地入座之后，说了声“请坐”，群臣方敢依序落座。

纪空手双目电光隐现，冷冷地从每一个人的脸上扫过，这九人之中，张良、陈平除外，萧何、曹参、樊哙这三人都是纪空手的旧识，而另外四人都是汉军将领，纪空手虽然从未谋面，但他们的大名早已如雷贯耳，乃是周勃、刘贾、孔熙、夏侯婴，这四人追随刘邦已久，骁勇善战，战功显赫，刘邦得以登上今日汉王之位，这几人功不可没。

当群臣坐定之后，纪空手环视众人一眼，然后将目光盯注在张良身上，看见张良微微点头，这才放下心来，淡淡一笑，道："虽然上庸之行，本王空手而归，然而今日，陈平受夜郎王之命特意送来黄金与兵器，以资我军东征，也算是解了本王燃眉之急！"

陈平站将起来道："这是我夜郎国理所应当的本分，只是在微臣临行之前，我王再三嘱咐，希望汉王不要忘记了当日的夜郎之约。"

纪空手示意陈平坐下，沉声道："这是当然，本王自起事之初，能够走到今日这一步，全仗对'信誉'二字十分看重，人无信而不立，治国也无非如此，我岂能失信于你们大王！"

"如此最好！"陈平微笑而道。

"不过，本王还有一事相求，不知你们大王是否允准？"纪空手道。

陈平一脸惊诧道："若是汉王要向我国借兵，此事只怕难以答应，毕竟我夜郎乃是蛮荒小国，又有漏卧、大理等国虎视眈眈，一旦兵力北上，势必造成国境空虚。"

纪空手摆了摆手，道："本王的确是想向你们大王借兵，不过，本王但求一将，不求千军！"

"哦？"陈平惊奇道，"不知汉王所求之人是谁？"

纪空手笑了笑："远在天边，近在眼前！"

陈平一脸惶恐道："陈平有何德何能，怎能蒙汉王如此看重？"

纪空手深深地看了他一眼，道："你无须自谦，本王既然认为你是一个难得的人才，当然就有用你之道！"

他顿了顿，道："本王已经修书一封，用八百里加急送呈你们大王，估算三天之后必有回音，你只需安心追随于我，倘若东征有成，异日封侯拜相，你定名列其中！"

"如此多谢汉王！"陈平抬起头来，慷慨激昂道。

纪空手安抚了他几句，转头望向张良，刚才的那一幕只是他与陈平唱的一出双簧，唯有如此，才能让陈平名正言顺地追随自己左右，接下来，就应该看张良的了。

张良缓缓站起来，踱步离开座席，先向纪空手行了个礼，然后双手抱拳，与众人打了个招呼，这才沉声道："今日汉王召集各位，想必大家心中也隐隐猜到了些什么，不错！今日的聚会就是为了东征大计，各位都是我大汉的栋梁之材，不妨各抒已见，共商国事！"

萧何首先站了起来："东征自然是势在必行，但所谓三军未动，粮草先行，我巴、蜀、汉中三郡乃是苦寒之地，民间贫弱，官库空虚，以我之能，只能保证我数十万大军半年用度，就算加上夜郎国送来的数百万两黄金，即使精打细算，也未必能维持太长的时间，所以这东征之战，只能速战速决，一旦战事拖得太长，后勤军备就难以维系！"

萧何乃汉之丞相，他之所以能受到刘邦如此重用，就在于他深谙经济之道，扶持农工，鼓励商业，对于治理国家有其独特的一套，如果连他也这么说的话，可见此时的大汉国力的确贫乏。

张良微微一笑，道："萧丞相所言俱是实话，若是以巴、蜀、汉中三郡的人力财力来支持东征，那么东征未行，就已然败了，还不如安守南郑，何况我们的对手乃是西楚霸王项羽，战事一起，必将是一场持久之战，没有三五年的工夫，根本不可能结束，所以，我们只有另辟蹊径，才能完成整个东征大业！"

萧何闻言一怔，惊奇道："子房的算计谋略一向是我所敬仰的，然而治理国家毕竟与行军打仗不同，巴、蜀、汉中三郡乃是我大汉立国之本，只有三郡稳定，才能使东征进行下去，退一万步来说，万一东征有失，那么至少我们还有一个退守之地，倘若让我为了东征而搜刮民间，这杀鸡取卵之举，请恕萧何不为！"

张良道："我所说的另辟蹊径，并非是要在巴、蜀、汉中三郡上打主意，而是目标直指关中地区，关中富甲天下，民间殷富，以一地之财力可以抵其他地方十郡之财力，而最重要的一点，就是我军进入关中，可以名正言顺，因为当年汉王与项羽约定，谁先入关中，谁就在关中称王，而项羽最终却失信于汉王，这足以让我们东征师出有名。"

萧何的眼睛陡然一亮，拍掌道："若能得到关中，以我萧何的能力，别说东征只打三五年，就是打个十年八年又有何妨？"

曹参的眉间却闪现出一丝隐忧，道："攻下关中，谈何容易，项羽三分关中，封章邯为雍王，坐镇废丘；封司马欣为塞王，坐镇栎阳；封董翳为翟王，坐镇高奴。这三王都是秦朝旧将，手握重兵，根基深厚，只怕攻入关中，就要花费数年时间，哪里还谈得上和项羽的西楚军正面作战。”

纪空手站了起来，沉声道：“你可知道，当年本王退出关中，进入巴、蜀、汉中三郡之时，何以要烧毁栈道？”

曹参愕然道：“烧掉栈道无非是向项羽明志，我大汉军队志不在天下！”

纪空手微笑而道：“既然志不在天下，何以本王今日还要率部东征，本王烧掉栈道只是迷惑项羽之举，其实我军若要出师关中，不必经过栈道也行，从陈仓有一条不为人知的小路，虽然艰险难行，却可以直达关中，深入其腹地！”

他此言一出，周勃、刘贾等一干将领无不为之一振，神情顿时亢奋起来，将目光盯注在纪空手的脸上。

“你们也许都不知道，当年退出关中时，我受命于汉王，曾经在关中秘密安插了一批耳目，通过这批耳目，关中的情况已无一遗漏地掌握在我们的手中，只要我们的行动迅速、隐蔽，那么最多在三个月之内，我大汉军队就可以完全占领关中，几乎可以不用吹灰之力！”张良微微笑道。

樊哙、周勃、刘贾等人纷纷站起，道：“既然如此，那还等什么！我们这就回营准备，明日即可动身启程，直夺关中！”

纪空手摇了摇头道：“此事还不能太急，因为本王还要等待一个时机，那就是等待田横攻下城阳的消息，唯有如此，才可以将项羽的数十万大军拖留在齐国境内，让他无力派兵增援关中。”

城阳，当项羽的数十万大军刚刚撤出、还师西楚之时，田横率领着数万旧部，离开琅琊郡，向城阳逼近。

此时的城阳城中，西楚守将任石，率领着八千将士还在巩固城防，他做梦也想不到，项羽前脚刚走，田横后脚就跟了上来，用兵之神速根本让人措不及防，然而让任石奇怪的是，当田横的大军只距城阳不过百里之时，却突然没有了消息。

这的确是一件十分奇怪的事情，毕竟对方有数万之众，就算要玩失踪，又谈何容易？这让任石的心头仿佛悬了一块大石，根本无法测度对方的用意，他唯有严令属下加强戒备，不敢有半点的懈怠。

带着沉重的心情，他回到了城守府，连美婢送上的晚膳也无心享用，一个人静静地坐在书房之中，考虑着是否要向项羽禀告城阳此刻的军情，他之所以这般顾虑重重，实在是不想在项羽面前自讨没趣，毕竟项羽离开城阳还没几天，此时若是报上军情，项羽未必就能相信，然而倘若知情不报，万一城阳失守，自己就是罪人一个。

就在他面临两难选择之时，门外突然响起一阵敲门声，令他心生无名之火。

他进房之前，已经严令下人不准打扰，却想不到还是有人这般不识趣，这让他蓦感烦躁不已。

“滚进来!”他大骂一声，门外却突然没有了动静。

这让任石心生警兆，似乎感到了一种危机的存在，他本就是流云斋有数的高手，也是项府十三大家将之一，阅历之丰富，触觉之敏锐，纵观江湖也不多见，这使他得逃过无数劫难。

他屏住呼吸，侧耳倾听，并没有发现什么异样，然而，这并未让他放松警惕，他缓缓地站起身来，顺手提起了他手边的一把长剑，向门边逼去。

等他小心翼翼地开门来看，门外哪里有半个人影，倒是远处的厢房里有几个人影在晃动，一看便知是他府中的奴婢。

“难道是我听错了?”任石摇了摇头，苦笑了一下，这并非没有可能，此时此刻他的神经绷得太紧了，实在是因为大战在即的消息让他感到了那种紧张的氛围。

任石重新关上了门，回到座位，想了一想，决定还是提笔修书，向项羽禀报军情，就在他刚刚写了两三个字时，陡听门外再次响起敲门声，这一次，任石毫不犹豫提剑向外冲去，可是门开处依然不见半个人影。

这让他感到莫名心惊，等他再一次关上门时，蓦然回头，却见在自己的座位上，已经多出了一个人影!

这的确是一件非常恐怖的事情，就算是曾经杀人无数的任石，也吓了一跳，几疑自己见到了鬼魂，然而这种惊慌并未在他的脸上停留多久，因为，他听到了对方那悠长而沉稳的呼吸声。

只要对方是人，就不足以让任石恐惧，他对自己手中的剑从来就很有自信。

“你是谁?”任石冷冷地道，他的眉间已然贯满杀气，虽然他非常清楚，对方能够在自己毫无察觉的情况下进入房间，功力自然不凡，可是，他还是起了必杀之心。

那人不答反问：“你就是任石?”

任石冷哼了一声，道：“你明知道是我，还敢找上门来，可见你的胆子实在不小!”

那人的脸上似有一丝不屑之意，淡淡笑道：“你算个什么东西，要找你随时都可以找，何必还要看胆量大小!”

任石气极反笑，手中的骨节一阵爆响，道：“我的确不算一个什么东西，我手中的剑更算不了什么，若是你有胆量，不妨就和我比试比试!”

“好!”那人只说了一个字，声落人起，一片刀芒已然如潮涌至。

任石心中一惊，没有想到此人说打就打，没有丝毫征兆，仓促之间，他的脚步一滑，连退数尺，手中的剑斜出虚空，封锁对方刀芒的来路。

“当……”

刀剑悍然碰击，形成强势气流，将这房内的家什物件卷向四壁，而两人的身形只晃动了一下，便又交织在一起。

任石只感到手中一麻，被对方强大的劲气一振，手中的长剑几欲脱手，他强定心神，在刹那间提聚全身的功力，蓦然在手心中爆发。

剑尖一颤，如鲜花绽放，幻出一道诡异的色彩，直罩向对方的刀芒，剑未至，锐利的剑气疾荡空中，已然将这段空间压迫得紧密无缝。

那人的眼中似有一股惊奇，轻“咦”了一声，旋身一扭，转换了一个角度，陡然间，双手互握刀柄，以一种最简单的方式由上而下将刀劈出。

这动作之拙劣，犹如山间伐木的樵夫，刀锋所指，却能将这虚空一破两断，夹杂着隐隐风雷之声，有高山滚石般势不可挡的气势。

这种刀法的确是闻所未闻，它的精妙之处就在于它将这拙劣的动作稍加变化，使得出手的角度略有改变，却能平添出不可一世的霸气。

“你就是田横?”任石满脸惊悸，惊呼道，他从来没有见过田横，可是此人刀中的霸气让他的心中蓦然产生出一种直觉。

“嘿嘿……”

那人冷哼两声，傲然而道：“不错！正是区区在下!”

此人的确就是田横，在他率领数万将士赶赴城阳的途中，他采纳了车侯和扶沧海的建议，那就是为了保全自己的实力，改强行攻城为偷袭，这虽然略显得有点冒险，也显得不那么光明正大，但所谓兵不厌诈，这无疑是田横此时可以选择的最正确的方法。

所以，他和扶沧海率领那三千神兵营战士抢在天黑之时，越墙入城，目标直指任石的城守府，只要能将任石击杀，城阳守军便群龙无首，自然会不战而溃。

事实也正如他们所料，几乎是在神不知鬼不觉的情况下，他们就在片刻之间完全控制了整个城守府，此时的任石就像一只困兽，陷入田横他们所布下的罗网之中，这其实只是以其人之道还治于其人之身，项羽用兵，就最爱在大战将即之时，派杀手行刺对方将领，而此刻田横只不过是如法效仿，居然也一试奏效。

此刻任石心中的惊骇已无法用语言来形容，他已明白，当田横出现在自己的城守府之时，他就已经大势已去，而他现在唯一的悬念，就是能否在田横的长刀之下全身而退。

对于这一点，他还是有自己的自信，因为他手中的这把剑曾经击杀过无数的高手，而他的自信正是建立于这个基础之上。

“呼……”

在避过田横惊天动地的三刀之后，他开始了反击，他的剑从一个匪夷所思的角度刺出，划出一道半弧，就在弧光最强之时，那凛凛的剑锋破入虚空，直刺田横握刀的手腕。

他无疑是一个高手，他以剑的灵动，来应对刀的霸气，只此一点，就证明了他对剑道的理解远胜于常人，然而就在此时，惊人的一幕陡现。

田横手中的刀有如风车般滚动，刀只有一面刃锋，但在他的手中使来，却飙射出万千寒芒，带着一种狂野的气势，直劈向任石剑身的中心。

“咔嚓……”

那精钢所铸的长剑为之而断，而田横手中也只剩下了一柄断刀，刀虽断，而刀气不断，带动着那截断的刀锋，如闪电般直射向任石的眉心。

无论任石的想象力是如何的丰富，无论他的判断力是如此的正确，他都绝对没有想到，田横竟然会以断刀制敌，这绝非是田横应变奇快，而是因为他本来就是有意为之。

“哧……”

就在仼石还没有感到恐惧的刹那，那刀芒自他的眉心而入，竟然将他的头颅一分两半，血如喷泉涌出，直冲房顶，击得那青瓦也“嗡嗡”直响。

田横缓缓地步出房门，门外早已伫立着两条人影，透过暗黑的夜色，可以看到这两人正是扶沧海与车侯。

“一切俱已搞定！”扶沧海看着田横满是血迹的脸，微微一笑，“我们未伤一兵一卒，就将城阳完全控制在我们的手中，相信不到三五日的时间，城阳失守的消息就会传到项羽的耳中！”

田横非常信任地望着他：“接下来我们应该怎么做？”

扶沧海胸有成竹地道：“我们就在城阳休整三天，三日之后，退出城阳！”

田横心中一惊，道：“我们何必对城阳先取后弃呢？这岂非是多此一举！”

扶沧海摇了摇头，道：“不！唯有如此，我们才可以将项羽牢牢地拖在齐国境内，坚定刘邦与韩信出兵伐楚的决心，要不然我们又何必攻占城阳，以我们的数万人马，安能与数十万西楚军为敌！”

田横沉吟片刻，霍然明白了扶沧海的战略意图，在他的心里，他不得不佩服扶沧海此计之妙远胜自己，因为无论怎样，他都不可能想出这种以数万人马来吸引西楚军主力的妙方来。

“如果项羽看出了我们的意图，不为所动，那我们又该如何？”田横想到了另一种可能。

扶沧海显得非常沉着，道：“没有这种可能，他一定会回到城阳，因为他是战无不胜的西楚霸王，他容不下在他的这一生中，出现‘失败’这两个字！”

“你何以为会这般自信？”田横心服了。

扶沧海道：“这就叫知已知彼，百战不殆，如果我们不能了解项羽的性格为人，我们根本就无法把这场战争进行下去，毕竟，双方的实力实在是太悬殊了，只有等到刘邦与韩信同时出兵，那么这争霸天下的序幕便会就此拉开！”

当第一缕阳光照进窗前，纪空手就醒了过来，他伸手一摸，却发现床的另一边已然是空空如也。

当他睁开眼睛时，才发现吕雉已经坐在了铜镜前，正在轻抹淡妆。听到身后的动静之后，她回过头来，嫣然一笑，眼神里似有一种神秘的气息。

“这是否就是人们所说的女为悦已者容？”纪空手伸了个懒腰，充满爱意地道。

吕雉似笑非笑地道：“你岂止是我的悦已者，早已是我的如意郎君，莫非你还想赖账不成？”

纪空手笑了起来，道：“我虽然是一个无赖，唯独这种账我从来不赖，我倒是恨不得它多多益善！”

“对于你这一点癖好，我倒是十分清楚，所以你现在赶快起床，等一下我带你去一个地方，有人自会找你算账！”吕雉的眼中闪出一丝笑意。

“莫非是有了虞姬母子的消息？”纪空手心中打了一个激灵，跳将起来道。

吕雉显得十分神秘，摇了摇头，道：“现在可不能说，等到了地头之上，你自然会心知肚明。”

纪空手不由诧异起来，心中暗道：“如果不是虞姬母子，会是谁呢？难道是娜丹？”

这的确是除了虞姬母子之外最有可能的人选，娜丹身为苗疆公主，对于中蛊之术当然不是外行，而听香榭精于制毒用毒，两者之间有着必然的联系，保不准娜丹就是吕雉的闺中密友也说不定。

他之所以有这样的推测，是因为娜丹那充满野性的个性，当日她可以离开苗疆，来到夜郎，今日就未必不能从苗疆来到南郑，想起娜丹对自己的深情和那份恩义，纪空手有些迫不及待了。

踏马南郑城郊，进入到一个庄园之中，在一座小楼前停下，吕雉带着一种神秘的笑意道："我先进去，你在这里等着，待会儿我自会叫人来引你进去。"

纪空手惊奇道："何必如此麻烦呢？我随你一道进去吧！"

吕雉笑道："你若是想见这个人，就一定要有点耐心，否则的话，她可不会见你！"

纪空手感觉自己就像是一颗任人摆布的棋子，苦笑着挥挥手，让吕雉去了。

幸好这园中的风景不错，使得纪空手并不寂寞，自他踏足江湖以来，四处奔波，难得有这般的悠闲，今日遇上了这种机会，倒也不想放过，而是静下心来，尽情享受。

眼前的花树葱茏，那枝叶上晶莹的露珠闪烁着一种金黄的色彩，为这美丽的清晨增添了一种优雅和生动，树下有一簇傲梅已然绽放，那淡淡的幽香渗入鼻间，让纪空手有一种怡情山水的感觉。

唯一让人感觉不太舒服的是，在这美丽的风景之中，依稀可以感觉到森严的戒备，这看似宁静的庄园，一旦有敌人踏入，就会马上变成一个杀机漫天的空间。

水从假山间流出，缓疾有度，那种悠然的感觉让纪空手心中变得十分宁静，他仿佛从这流水中看到了自己，那种随遇而安的心态有一股恬静，与世无争，正是纪空手一生所追求的那种理想的境界。

他很容易把自己融入这大自然山水之间，这只因为他像这水，无论经历多少艰难险阻，他总能在曲折迂回中不折不挠，始终如一地向目的地前进。

他有时候又像这山，有山的刚毅，任凭风暴吹打，他总能傲立于这天地之间，更有一种大山的包容和灵气。

所以在一刹那间，他忘了自己，将自己置身于这世外，去寻求着自己思想的放飞。

一阵悠扬的笛音从小楼缓缓而起，显得是那般的安详和恬静，似乎在阐述着自然之道，又似那女儿的相思，丝丝缕缕，让人陷入到一个温馨甜美的世界，不能自拔。

纪空手有一种说不出来的感觉，只觉得记忆有如闪电般划过脑海，他想到了红颜，想到了虞姬，想到了吕雉和娜丹，他总觉得男女之间的事情就是这般的微妙，他们本不相识，却总是能在一个偶然的机会里相遇，然而将自己的一生一世毫无保留地托负给对方，仿佛上天真的有一双命运之手，你若有情，纵是相隔万里，终有相会之期；你若无情，纵是相距咫尺，也如陌路行人。

那笛音很轻，似是从遥远的苍穹深处传来，又似从这地底的极处流出，那种玄妙让纪空手感到有几分诧异，随着这笛音渗入到自己的心中，他渐渐地进入到这音韵的美妙之境。

终于，一阵轻盈的脚步声将他从这超然的音律中拉了回来，他猛一激灵，蓦然回首，却见一张笑脸出现在傲梅之上，正是红颜。

纪空手的心中一阵狂喜，但他的脸却显得十分平静，他只是深深地看着红颜，一步一步地走将过去，牵起了她的柔荑。

“笛音很美，就像这流水，伊人在对岸的一方，总是让我孤独地在这里翘首以盼！”纪空手随口说出了他家乡俚曲中的一句歌词，其实正是他此时心里的写照。

红颜的美眸中流淌着一种感动，深深地体会到了纪空手对自己的深情，其实爱一个人本就不必开口，情到深处，已在不言之中。

“我想你再也不会孤独了，不仅有我、虞姬，你还有吕雉，这一生一世没有什么东西可以再让我们分离！”红颜悠然而道。

“你莫非是在怪我多情？”纪空手脸上露出一丝尴尬，望着红颜道。

红颜淡淡一笑，道：“你若不多情，你就不是纪空手，我又怎会怪你呢？能成为你生命中的一部分，我已经十分的满足，我又何必在乎太多的东西！”

纪空手没有说话，只是紧紧地将红颜拥在了怀里，他的眼神里似有一股专注，那专注中带出一丝柔情。

良久良久，纪空手才从这种温情中跳出，似乎想到了什么，道：“你怎么会出现在这里？”

“因为我答应过你，我一定要替你找回虞姬母子，所以我就来了。”红颜淡淡笑道，“想不到见不着虞姬母子，我却看到了吕雉，当我看着她没有拔出腰间之剑，却朝我嫣然一笑时，我就已经知道，她已经是你的女人。”

纪空手脸上露出一丝惊诧，道：“我仿佛在听一个神话！”

“不是神话，这只是女人独有的一种直觉！”红颜微笑道，“其实当吕雉对我说，要带我去见一个人的时候，我的心里就已经知道，这个人就一定是你。”

她的话似乎显得非常平静，但就在这平静的话语之中，却无处不透露出她对纪空手的那份深情。

纪空手拥着红颜向小楼走去，拾阶而上，门开处，吕雉已悄然站在门边，冲着纪空手皱了皱鼻子，道：“这是不是一份惊喜？”

纪空手笑了起来，道：“我不知道这是不是一种惊喜，然而在此时此刻，我有一种回家的感觉，从来没有感觉到这么的温馨。”

吕雉道：“一个完整的家，还应该有孩子，我现就带你去，你会看到一个更大的惊喜！”

纪空手已然明白这惊喜将会是什么，他虽然还没有看见自己的孩子，却已经感受到了自己的生命在延续，他的心中涌出一种感动，而这种感动与他见到红颜时的那种感动不同，更多的是一种成熟，是一种关爱，更是一种不可推卸的责任。

他只是感激地看了吕雉一眼，然后与红颜紧随着吕雉步入小楼，未走几步，他的心中一颤，分明听到了一个婴儿“咯咯”的笑声，笑声是那么的无邪，那么的天真。

吕雉和红颜已然伫立不动，让纪空手一个人继续向前，当他踏上小楼之时，眼前蓦现一幅温馨的场面。

虞姬风韵依旧，凭栏而坐，她的怀中紧拥着一个粉琢玉雕般的婴儿，她的脸上洋溢着一种无限的爱意，那爱是无私的，仿佛可以为了这怀中的生命献出自己的一切，当她的纤指轻点在那婴儿的鼻尖之上，婴儿那灿烂的笑容不仅感染了她，也感染了这小楼中的一切。

纪空手深深地吸了一口气，感觉到天是那么的湛蓝，阳光是那么的灿烂，他缓缓向前，脚步轻盈，生怕惊动了沉浸于这温馨之中的母子。

虞姬没有抬头，却柔声而道："不管发生了什么事情，我始终坚信，你一定会来，你可以舍弃一切，却舍不下我和孩子！"

纪空手微笑而道："不错！我的确是无法舍弃，因为我可以舍弃一切，却无法舍弃我自己的生命，在我的心中，我早已把你和孩子当作我生命中的一部分！"

第八十九章　无计可施

纪空手的声音很轻，生怕惊动了孩子那灿烂的笑脸，他只是悄然地来到虞姬的身边，大手轻抚在虞姬香肩之上，轻拍了两下，顺着虞姬那柔滑而乌黑的发梢，去窥望这个曾经在心里想象过千百遍的孩子。

这孩子的确很美，美得就像是虞姬的翻版，如果说在他的身上还能找出一点纪空手的影子，就只有那一双滴溜溜转动的、乌黑的眼睛。

“这小家伙叫什么？”纪空手忍不住笑了起来，问道。

虞姬回过头来，白了他一眼：“他的名字当然得由他的父亲来取，你想好了吗？”

就在这时，红颜与吕雉也走上楼来，听说要给这小家伙取名，大家的兴致顿时高了起来，你一言我一语，竟然在片刻之间说出了十几个名字。

纪空手深深地看着虞姬怀中的孩子，沉吟半晌，悠然而道：“我早已想好了他的名字，他姓纪，就叫他纪无施吧！”

他此言一出，三大美女无不皱眉，异口同声道：“纪无施？好难听的名字，乍然一听，还以为是无计可施，这可不行！”

纪空手凭栏而站，双眼望向蓝天之上那悠悠的白云，沉声道：“我之所以给他取这个名字，是因为我希望他这一生不要太聪明，聪明其实是一种累，当你看破世情，能够预知自己人生中的每一步时，这样的生活岂非无趣得很？”

他似是有感而发，又似在总结自己，但他的脸上分明有一种沧桑和萧索，更有一种疲惫和倦意。

千里之外的淮阴城，已处在一种战备状态下，大街上随时可见列队而过的军士，一座座军营驻扎在城郊之外，军旗飘飘，马嘶声声，显得异常紧张，却又井井有条。

在淮阴府中，却洋溢着一种与外面的紧张绝然不同的宁静。

韩信独自坐在书房之中，在他面前的书案之上，放着一张锦笺，从锦笺的表面来看，已是汗迹斑斑，略呈米黄，显然已被韩信翻看多次，也显示着此时他的心境并不平衡。

这是一封来自于汉王刘邦的密信，信中所言乃是密议双方出兵的约定日程，对于韩信来说，这是一个很难决定的选择。

此时他的江淮军已然极具规模，从最初的数万人，达到今天的二十万之众，这中间所付出的心血，只有韩信自己知道，所以他不想贸然行事，他相信在自己的调教之下，这二十万人已成精锐之师，更是他争霸天下的本钱，他希望选择一个恰当的时机，进入到争霸天下的行列，而不是像现在这样，受人摆布。

然而，他的心中还有一个更大的结，而这个结就是凤影。

这是一个无法解开的心结，对于韩信来说，那更是自己感情的全部寄托，他曾经试着想过要忘掉凤影，为此他整日泡在酒中，夜夜踏入那烟花之地，等到酒冷人去之时，他却发现自己的心里更是空虚，更是无法控制自己对凤影那至真至诚的相思。

所以他明白，他不能舍弃天下，也无法舍弃凤影，正因为要让他在这两者之间作出选择，他才会感受到一种艰难。

他心里非常清楚，刘邦东进已是势在必行，此时的项羽被田横的数万兵马牢牢地拖在齐国境内，要想争霸天下，这无疑是一个最佳的时机，但无论是刘邦，还是他自己，都视对方是一种威胁，都想踩着对方的肩膀夺得这个天下。

对于韩信来说，既然刘邦东进已是势在必行，那么他此时最佳的选择就应该是观望，然而，因为凤影，他唯有放弃这种选择。

一阵脚步声在门外响起，将韩信从沉思中惊醒，他略微迟疑，已然听出了门外之人是李秀树。

此时的李秀树经过了夜郎和南郑之战后，他的实力已然锐减，手下的精英高手损失大半，在韩信的眼中，他已不足为患，但是韩信毕竟是韩信，他在表面上依然对李秀树十分尊敬，言听计从，这只因为他还必须要仰仗李秀树背后的王国高丽。

这是韩信必走的一步棋，他此时所在的江淮各郡中，还没有足够的财力来支付他二十万大军的用度军需，更缺铜少铁，难以保证军队对兵器的需求，而高丽王国偏安一隅，财力丰厚，更盛产铜铁，只要获得他们的支持，江淮军就完全能够保证自己的战力。

所以，他没有犹豫，起身迎出门外，将李秀树恭迎至书房，双手递上了刘邦的锦笺，道："王爷来得正是时候，本候正为此事烦心，想找个人商议商议！"

李秀树接过锦笺，仔细地看了一遍，整个人顿时亢奋起来。

他无法不激动，因为他从高丽不远千里来到淮阴，就是为了等待这样的一个机会。为了这个机会，高丽王国几尽倾国之力，扶植起韩信这二十万大军；为了这个机会，他远赴夜郎、南郑，几乎命丧他人之手；为了这个机会，他损失了他所率领的三大江湖组织中的大半精英，当他眼见这个机会终于降临到自己的面前时，他才觉得自己所付出的一切终于开始有了回报。

他深深地吸了一口气，平缓了一下自己激动的心情，将锦笺还到韩信的手中，沉声道："照候爷的意思，应当如何处理此事？"

韩信笑了笑道："摆在我们面前只有两条路，不进则退，进则出兵伐楚，争霸天下；退则坐地观望，按兵不动。这进路虽然凶险，然而凶险之中总是蕴藏着真正的机会；而退路虽然可以保存实力，却也能错失夺取天下的最好时机，这虽然是两条不同的道路，却各有利弊，让人同样难以选择，这也是我难以下定决心的原因！"

他的分析不无道理，就连李秀树听了，心中也难以决断，犹豫了片刻，道："有一句话老夫不知当讲不当讲，然而藏在心中，如鲠在喉，让老夫不吐不快！"

"王爷但讲无妨！"韩信显得十分的谦恭。

李秀树道："所谓养兵千日，用在一时，侯爷可知要供给二十万大军每日所需，我高丽王国虽然财力丰厚，但毕竟地小物稀，土贫山瘠，全仰仗这数十年来国运亨通，历经太平盛世，才有了一定的积蓄，所以老夫并不想看着这二十万大军无谓地消耗我高丽王国的国力，江淮军若要争霸天下，就必须做到自给自足！"

韩信并不因此而恼怒，不动声色地道："王爷所说的话虽然刺耳，却出自一片至诚，也是我一直在考虑的一个问题，我倒不是担心这二十万大军的每日用度无法保证，大军所到之处，自可向民间索取，攻下一城，掠过一地，总能维系我江淮军十天半月的用度所需，而是在想，区区二十万大军还不足以去和项羽、刘邦这两大势力争霸天下，你我若想成功，就必须壮大声势，兵力至少要达到五十万以上才有实力与项、刘二人抗衡下去！"

李秀树的眼睛陡然一亮，沉声道："侯爷何必担心兵力不足，你可知道此刻在我高丽国中的数十万高丽将士，早已是士气高涨，蓄势待发，大军已经压至齐国边境，只要侯爷率这二十万江淮军北上，我们就可以对整个齐国形成夹击之势，一旦齐国为我所得，那么高丽、齐国、江淮各郡就已然连成一片，可以成为我们争霸天下的根本之地！"

韩信摇了摇头，淡淡而道："王爷的构想的确很有诱惑力，然而放在今日，却并非是明智之举，此时的齐国正是天下祸乱的中心，项羽挟数十万西楚军，纵横其中，以刘邦的才智尚且懂得避之，我们不避反进，与引火烧身又有何异？所以北进齐国，虽是早晚之事，却不是我们现在应该可以考虑的问题！"

李秀树闻言，沉吟半晌，不得不承认韩信的这一番话颇有道理，正是结合了天下大势而得出的一个精辟论断，细细想来，如果真的是照自己所言，让江淮军北上齐国，虽然在战略上对高丽王国有着切身利益，但面临与项羽正面为敌的风险，这未尝不是得不偿失。

"那么照侯爷来看，出兵既是大势所趋，而我们的主攻方向将会在哪里？"

不知不觉中，李秀树的思绪开始围绕着韩信的思路转动，表面上看，似乎是韩信在向李秀树求计，而事实上这种谈话已经开始围绕着韩信继续下去。

韩信微微笑道：“用兵的策略在于权变，而权变又分三种，所谓权变，其最根本的东西就蕴含在一个故事之中!”

李秀树怔了一怔：“一个故事?”

“是的!”韩信淡淡笑道，“王爷可曾听说过田忌赛马的故事，数百年前，也是在齐国，有一位叫田忌的宰相，他经常与齐王赌马，屡战屡败，不得其法。突然有一天，他手下有个名叫孙膑的谋臣，站了出来道，‘我有一计，可以让相爷在赌马之上赢了大王。’田忌大喜，向他求计，孙膑道，‘用你的下等马，同对方的上等马比赛；用你的上等马，与对方的中等马比赛；然后再用你的中等马，同对方的下等马比赛，三场之中，我们故意放弃一场取胜的机会，却能从容地赢得另外两场的胜利，从总体上来看，我们得胜的次数，就自然比失败的次数多，这样相爷就可以赢得整个比赛的胜利!’”

李秀树惊奇道：“此乃赛马之道，和用兵似乎没有太大的关系，侯爷何以会想到这样的一个故事?”

韩信沉声道：“赛马之道与用兵之道，其实并没有太大的分别，马分三等，士兵也同样可分上、中、下三等，所以在用兵的策略上，也自然会出现三种权变，而所谓三种权变，就是用放弃一次胜利的办法来达到三次交锋总的胜利的目的，或许说，就是赢得整个战役!”

李秀树似乎无法理解韩信话中的深奥玄理，目光直直地盯在韩信那刚毅而沉稳的脸上，眼中带出一股疑惑。

韩信缓缓地站将起来，踱步于房中，胸有成竹道：“两军对垒，如果你选择攻击对方坚固的地方，那么对方相对薄弱的地方也就变得坚固了；如果你攻击对方相对薄弱的地方，那么对方坚固的地方也就自然变得薄弱，当今天下，敢称作精锐之师的唯有项羽的西楚军主力，如果我们一开始就选择与之作战，那么，我们未及北上，就已经在战略上有所失算!”

李秀树听得暗暗心惊，问道：“然而我们既然争霸天下，终究会与项羽一战，这是无法避免的事实!”

“不错！”韩信点了点头，“我们当然最终会和项羽有一场决战，但却不是现在，时势不同，它所造就的结果也就自然不同，当时机成熟之时，项羽也就不会显现得如现在这般可怕！”

他顿了顿，道：“当年始皇一统六国，他顾忌的强敌就是楚国，而蜀国最为偏僻，最为弱小，根本不足为患，大秦却最先攻灭了它，而将强楚留到了最后，无非也是同样的道理，所以，我们最终出兵的方向只能先打击西楚的外围。”

李秀树极是佩服地道：“那么侯爷决定在何日起兵？”

韩信淡淡一笑，眼中闪过一丝诡异之色，道：“要想不成为项羽主攻的目的，我们就只有等待，等到刘邦攻占关中之后，就将是我们起兵北上之时！”

他很聪明，他在进退之间选择了一个中庸之道，因为他心里明白，全然进攻，或是全然观望，都不是这乱世之中的生存之道，唯有如此，他才可以在既保存自己实力的情况之下，又不错失争霸天下的良机。

大汉元年的一个冬日，南郑。

汉王府前的校兵场上，数十万大军列队而立，旌旗猎猎，矛戟如林，数十万人的目光同时聚焦在阅兵台上的那一点之上。

纪空手双手背负，意气风发，卓然而立于台前，他伟岸的身躯就像是一座巍然不动的山岳，傲然挺立于这广袤的天地之间。

他的神情里有一股自信，更有一股霸气，当他雄立在这数十万人之上时，他已明白，自己已从一个江湖进入到了另一个江湖，而这个江湖就是天下，在他亲手制造了两个不同版本的神话之后，他不仅完成了自己角色的转换，更将自己在百姓和将士心中的声望推向一个极致。

他所面临的将是一个他从未涉足过的领域，然而，他没有惊悸，而是无畏地面对，没有丝毫的担心，因为他十分清楚，五音先生生前为他奠定了坚实的基础，无论是张良、陈平，还是龙赓，他们都是人中豪杰，盖世奇才，足以面对任何危机。

更何况，在他的身边，还有萧何、曹参、樊哙等人，这些人的才干和能力足以让他们独当一面，有了他们的襄助，他才能最终步入这争霸天下的行列。

三声炮响之后，“砰——”的一声，阅兵台两端置放的两个高达数丈的青铜巨鼎陡然冲出团团烈焰，浓烟滚滚，如苍龙跃空，向那广袤的空际飞腾而去。

整个校兵场顿时寂静无声，数十万人同聚一起，竟然没有发出一丝声音，无不被纪空手此时的威仪所震慑。

当纪空手那森冷的寒芒缓缓地在众人头顶的空间横扫而过时，他的脸上没有任何的表情，他所看到的是一张张战意正浓的脸，每一张脸上都分明带着一种意欲征服一切的杀气。

他深深地吸了一口气，气沉丹田之后，这才舒缓吐声：“数年之前，本王只是沛县城中的一个小吏，从来没有梦想过会像今天这般站在众人面前，去感受这种大场面给我带来的激情和豪迈，然而，当这种看似不可实现的梦想正一步一步地变为现实时，蓦然回首，本王只记起了当年陈胜王说过的那句话——王侯将相，宁有种乎？”

他顿了一顿，陡然提高了声量：“是的！谁也不是天生就注定能成为王侯将相，谁也不是天生就注定该是穷人乞丐，所谓谋事在人，成事在天，只要你们放手打拼，谁也保不准你们之中就不会出现将来的王侯将相，开国元勋，而此时此刻，就有这样的一个机会放在你们的面前，本王很想知道，你们是甘居于巴、蜀、汉中这等弹丸之地苦守一生，还是愿意追随本王东征而去，去叱咤风云，问鼎天下！”

他的声音浑厚而悠远，犹如深山古刹中的暮鼓晨钟，宁静中带出天马行空的意境，深深地进入了每一个人的心中，莫名之中，仿佛每一个人的心里都涌动出一股激情，一种感动，使得他们无不有一种呐喊的冲动。

“汉王至尊，一统天下！”千百万人同时呐喊，欢呼声如潮水般涨退起落，整个南郑城的上空仿佛响起一道惊雷，久久萦绕不去，气氛热烈，几近极点。

也只有在这时，纪空手的脸上在不经意间流露出一丝落寞，其间的味道也只他自己才能明白！

热烈的气氛一直延续到南郑的大街小巷，当纪空手的王驾在众多的护卫的簇拥之下，行至长街之时，长街两边的人流犹如过江之鲫，摩肩接踵，有如过节一般。

在王驾之中，纪空手面对张良，微笑而道：“今日校场阅兵，声势之大，定将传遍南郑市井，也许用不了三五日的时间，这消息就将传到章邯的耳中。”

章邯乃大秦旧将，受降于项羽，被项羽封为雍王，建都废丘，与大汉比邻，乃是大汉军队此时东征的首要目标，纪空手此时提起他来，自然是有关东征事宜。

张良淡淡笑道：“此次东征，我军若要顺利攻下关中，只有一个要诀，那就是以迅雷不及掩耳之势，速战速决，如果我所料不差，此时樊哙的先锋军已然抵达故道县城，等到章邯探知我校场阅兵的消息之时，只怕樊哙已然攻下陈仓。”

纪空手道：“子房何以这般自信?”

张良一脸肃然，道：“我的自信从来都是建立在精心谋划、苦心经营之上，这明修栈道，暗度陈仓之计，早在刘邦受封汉王之时，就已经着手准备了，此时用来，才能不缓不急，从容自如!”

纪空手心生佩服，道：“子房不愧为天生的兵道家，怪不得当日在霸上之时，刘邦只和你相见一面，就对你如此重用，他想必知道，他所见到的人，乃是当世百年不遇的军事奇才，这可真是得子房者得天下!”

张良脸上难得红了一红，摆了摆手：“公子将我抬得太高了，让人好生不习惯，只怕摔下来时，会跌得惨不忍睹!”

两人相视而笑，过了半晌，张良的神情似有一股神往，悠然而道：“当年我从师先生，先生曾对我言，所谓兵者，做人必须低调，这不是兵者的清高，而是兵者应有的本分，无论你是一个多么杰出、多么优秀的兵者，你终归是出谋划策者，因此，你永远是大军之中的配角，只能藏身于统帅的幕后，当你的锋芒胜过你所襄助的统帅时，你不仅不是一个合格的兵者，反而成了祸乱之源。”

纪空手道："在你我之间，应该不存在这种问题，因为我们之间不是王侯与辅臣的关系，而是朋友！"

说到这两个字的时候，纪空手的眼中闪现出一丝异样的色彩，眸子里涌动着一股真诚，虽然他曾经被自己最好的朋友出卖，但是他坚信，在这世上，终究有友情存在。

张良深深地被纪空手的真情所感动，半晌没有说一句话，然而就在这时，王驾蓦然一震，竟然停了下来。

这似乎是一件不可思议的事情，意味着这长街之上，一定发生了什么意外，然而纪空手的脸上并没有一丝的惊讶，反而淡淡一笑，似乎这一切早在他的意料之中。

长街之上，数千王驾护卫已然停住，围观的人群也停止了喧哗，他们的目光在刹那之间同时望向了前方，似乎看到了一件令人惊诧的事情。

的确，就在百步之外的十字街口的一座高楼之上，一条人影脚踏青瓦，卓然而立，眸子里射出森寒的眼芒，向下俯望，衣袂飘飘中，他手中的长刀横在胸前，气势沉凝，如高山岳峙，有一种说不出来的霸气。

在护卫之中，萧何、曹参等一干将领俱在其中，当他们看清此人的面容之时，无不倒吸了一口冷气，暗呼道："天哪！他终于出现了！"

能让萧何、曹参为之色变的人，这普天之下唯有纪空手，但人在王驾之中的纪空手，又怎会在眨眼之间站到那高楼之上，这其中的玄机有谁知道？

"刘邦！出来！"一声大喝从高楼响起，犹如一道惊雷乍起在半空之中，那"隆隆"之声震得瓦砾也为之战栗。

王驾的帘门随着这声响而动，一点一点地向上带起，当纪空手以刘邦的面目出现在这帘门之后时，就连张良也感觉到了一种困惑，分不清这二人之中到底谁才是真的纪空手。

"昔日在霸上一战，你已是本王的手下败将，想不到数年未见，你依旧阴魂不散，重新找上门来，当真是活得不耐烦了！"那王驾之中的纪空手声音显得非常平静，但那平缓的语调如洪钟般可以及远，一时间响彻整条长街。

“生死对于我来说已不重要，我只想在今日对你我之间的恩怨作一个了断，你敢应战吗?”那高楼之上的纪空手一脸无畏，傲然而道。

“以本王的身份地位，若要想了断你我之间的恩怨，根本无须亲自动手，只要大手一挥，这里成千上万的勇士便可以在顷刻之间将你剁成肉酱，然而，我佩服你的勇气，更敬重你是个英雄，所以，本王不想假手于他人，只想将你我的命运交付于天，让天来决定我们的生死，让天来决断我们之间的是非!”那王驾之中的纪空手淡淡而道。

此言一出，整条长街为之而动，引起了百姓和将士的一阵欢呼，因为在他们的心中，刘邦既然秉承天意来到这乱世，自然是无所不能，没有人可以构成对他的威胁，但在那些深深地知道刘邦与纪空手之间恩怨的人心中，非常清楚，如果说在这个世界上，刘邦还有一个对手的话，那么这个人就一定会是纪空手。

这是一个毋庸置疑的事实，自纪空手踏入江湖之后，他的每一次出现，都会伴随着一段传奇的诞生，而这一次，又将是个怎样的结局?

也许只有此时身在王驾之中的纪空手心里明白，这一战他将必胜，因为这本是他导演的一部戏，无论对方有多么形似自己，甚至于神似自己，他都绝不会是纪空手——他只能是龙赓。

对于纪空手来说，这是势在必行的一出戏，因为无论他的易形术有多么的成功，无论他的模仿能力有多么的出色，他都不可能将自己完全克隆成一个刘邦，多少都会留下一点破绽，这点破绽在别人的眼中算不了什么，但纪空手却知道，它却可能随时成为自己致命的隐患。

要想弥补这点破绽，唯一的办法就只有让纪空手和刘邦同时出现在众人的面前，只有这样，才可以消除一些人心中的怀疑，使得他这取而代之的计划趋于圆满。

长街为之而静，当纪空手踏出王驾之时，这天地仿佛都为之定格，他那慑人的目光如锋刃般透向虚空，直凝前方，似乎完全漠视这四周的人群，进入他眼眸之中的只有龙赓那傲然的身影。

“砰砰”之声响起，随着纪空手踏步而前，长街之上顿时响起了一阵惊人的脚步声，他的步伐其实非常的轻盈，却举轻若重，犹如一座山岳缓缓地移动。

没有人看到他腾空的动作，也没有看到他的身影从这虚空中划过，然而在刹那之间，他的身影已然伫立在那高楼之上，相对龙赓三丈而立。

风乍起，吹动衣袂飘飘，犹如幻灭不定的阴影，长街的每一个人看到这一幕时，心中都顿生一种玄奇之美，他们明明知道这高楼不过在百步之外，然而在刹那之间，仿佛已成了一块世人无法步入的天地。

当纪空手与龙赓的眼芒在虚空中一错而过时，一个声音缓缓地在纪空手的耳边响起："我突然间改变了主意，因为我始终觉得，当一战的成败被人为地事先锁定之时，这无疑是对武道的一种亵渎。"

纪空手的心里一惊，缓缓地望向龙赓那肃然的脸，束气凝声道："你将如何？"

龙赓的脸上没有任何的表情，道："我必将全力以赴，所以，你要小心了！"

纪空手中的眼中闪现一丝笑意，淡淡而道："对于朋友，我无法做到全力以赴，这对我来说岂不是太不公平了！"

龙赓的眼中也同样地闪现出一丝淡淡的笑意，道："那我们就以三招为限，在这三招之中，我以你的刀法，你以我的剑法，来一较高低！"

他顿了一顿，道："我真的很想知道，你是否真的学会了舍弃，做到了心中无刀！"

纪空手心中顿时涌出一种感动，似乎明白了龙赓的用意，他无非是要让自己知道，这是一个乱世，也是一个江湖，当你置身其中时，你就只能用自己的拳头说话，舍此之外，别无他法。

纪空手没有说话，只是"铮"的一声，拔出了其腰间三尺青锋之剑，剑出长鞘，犹如龙吟，直冲向头顶之上的乱流云层，而龙赓的大手空空如也，缓缓地向虚空探出，不知在什么时候，他的五指之间突然多出了一把刀，一把唯有七寸的飞刀，飞刀在他的指间急剧地旋转，那森森的寒芒，在虚空中构筑了一个圆！

圆是这个世界上不显锋锐的东西，没有强弱疏密之分，所以总是显得无懈可击，当圆到极处时，它更是一种完美，而龙赓此时无疑是将这种完美推向了一个极致。

就连纪空手也感到了一种莫名心惊，直到此刻他才知道，龙赓的悟性之高的确是这百年之中难遇的奇才，他完全是以自身的禀性和后天的努力去超越前人，一步一步地登上那剑道的极巅。

纪空手深深地吸了一口气，让自己的心静到极处，因为他明白，在这三招之内，只要他出现任何的疏忽，他就有可能死在龙赓的剑下，即使他们是朋友，也不例外，这也许就是作为一个剑手毕生所追求的道！

在陡然之间，纪空手觉得自己所面临的是一场在武者之间进行的求道之战，道本无情，这一战自然无情，这只因为当龙赓在他的面前不经意地一战时，自他的周身便涌现出一股沛然不可御之的霸杀之气，肃杀无边的气势便如这刀芒构筑的圆，让人无可揣度，更无从入手。

龙赓的眉间似有一股悠然，仿若在高山之巅仰望苍穹，看风云变幻，意欲悟出其中的玄理，他的飞刀依然在指间转动，依然在划着圆弧，似乎根本没有出手的意思，然而，纪空手却知道，随着飞刀转动的速度越来越慢，那无形的杀气已将侵入了自己的七尺范围。

如此奇异的出手方式让纪空手的心里感到了一丝莫名的惊悸，这气机虽然无形，但它所带出来的实质，犹如大山将倾，有一种势不可挡之势，让人有一种无法悍动的感觉。

高楼上的气息突然变得沉闷起来，就像是暴风雨将临的前兆，所有旁观者的脸色无不为之一变，似乎在百步之外，已经感受到了这种惊人的变化。

而身在局中的纪空手已然将身外的一切置之度外，心如古井，不生一丝波澜，去感受着对方给自己施加的无穷压力。

当这种压力升至极限之时，纪空手缓缓地抬起头来，他手中的剑以一种奇慢的速度一点一点地对准了那圆的中心。

三丈的距离，对于这两人来说，实在是算不了什么距离，然而在这一刻间，时间与空间的概念已然模糊，他们的眼里只有那刀那剑。

剑已出，不知什么时候，已然横亘在这广阔的虚空，犹如一道厚实的山梁，如此简单的一剑，既然出自于纪空手之中，就连龙赓的眼中也蓦闪一丝诧异。

这一丝诧异只闪现出一瞬的时间，然而这点时间已足以让纪空手的剑跨过这三丈的距离，刚才还是那么简单的一剑，突然间切入虚空，使得整个空间里，到处充满着这一剑的幻影，这一剑的风情，就连纪空手本身也仿佛融入了这幻影风情之中，化作了一道无形的锋芒。

龙赓的眉锋一扬，似乎没有想到纪空手会用诡道之术来演绎这第一剑，然而他微一沉吟，却为之释然，因为对于以智计名满天下的纪空手来说，智慧已成了他的招牌，更成了他生命中的一部分，这二者之间根本不能分开。

沉吟的同时，他的刀陡然一立，那漫动的圆仿佛突然下沉，周围的空气好像是被什么东西一下子抽开了般，在他与纪空手之间，形成了一个无底的黑洞，那巨大的吸纳之力仿佛可以摧毁这空间中的一切。

纪空手几欲站立不稳，直此这紧要关头，他的心里出奇的冷静，面对这诡异的一切，丝毫无忌，体内所存在的玄铁龟异力在刹那之间提聚至极限，而他的眼神是那般的明亮，犹如那月夜之下的寒星，在幻变莫测的局势之下，洞察着龙赓出手的每一个细节，测度他最有可能出现的每一个变化。

他甚至感受到了生，感受到了死，他突然明白，何以龙赓会以三招为限，因为在这三招之间，连龙赓自己也无法控制自己的出手，这求道之战本就只有看破了生死之后，才能如从涅磐中重生的火凤凰一般，登上那剑道的极处。

这无疑也是生死对决的一刻，当纪空手感到了这种沉沉的危机感和无穷的压力时，他也同时感到了自己的潜能如灵蛇般在体内不断游移，不断变化，以裂变的形式完成了一次又一次的提聚和运行。

“呼……”

纪空手有若惊涛骇浪的剑势一触黑洞的边缘，便为之飞散，星星点点，在有无之间化作了一股散漫，这散漫好似流水，又若行云，越过这黑洞的上空，飞袭向龙赓那静立不动的身躯。

“叮……”

刀影骤起，寒芒森然，刀出虚空，就像是天边那幻变无穷的流云，在悠然中透出一股深沉的力量，刀剑未触之际，这空中已骤响一阵惊天动地的裂帛之声，而刀剑相交的那一刻，天地却骤然无声。

这如此玄奥的一幕，看得长街众人无不胆战心惊，若非他们亲眼目睹，他们还以为这是传说中的神鬼之战。

“这是第一招!”纪空手紧紧地盯住龙赓那近在咫尺的眼睛，淡淡而道。

“好!”龙赓只说了一个字，两人的身影蓦然乍飞，分立三丈而站，就在众人以为这又将是一个漫长的等待之时，突然从纪空手的口中响起一股龙吟般的长啸，那声起之时，细不可闻，仿似在九天之外遥不可及，霎时间，又若那隆隆风雷，响彻了这整个空间。

观者无不掩耳避走，如潮退般开始退去，萧何、曹参都以为这是纪空手将要出手的先兆，然而只有龙赓心里清楚，其实纪空手已然出手，他的声音带动起这数丈内的所有气流，急疾旋转，有如一股股如刀剑般的锐锋，向龙赓所站之地滚滚而去。

龙赓此时就好像置身在一团飓风的中心，脸色肃然，一阵铁青，不敢有任何的动作，他不动尚可，只要贸然行动，这气流中所带出的强势压力，就会将他的肉身挤压着粉碎。

他似乎已全无退路，难道说像这样一位几达剑道极巅的高手，竟然会因为求道而毙命于斯?

他亮刀而出，唯有划圆，那圆弧从最初的一点慢慢扩大，竟然将他的肉身内敛其中，在这一刹那之间，整个空间出现一种动静的对比，有一种玄得不能再玄的感觉，令观者不无心惊。

这是两人交锋的第二招，也是根本没有任何接触的一招，他们相距三丈，始终还是那三丈，然而他们感受到的凶险却远比刀剑相触更可怕，无论是纪空手，还是龙赓，此刻的他们都仿若置身于在一种气流旋涡的中心，那从四面八方涌来的压力，就像暴风雨般狂泻而来，让他们几乎难以承受其重。

天地为之一静，而这一静只存在于刹那之间，突然间，两人同时大喝，那气流崩散，杀气漫天，整个虚空乱到极处。

也就在此时，剑出，刀出，都以一种玄奇而曼妙的轨迹出现，就像天上划过的两颗流星。

“轰……”

刀剑尚距三丈，却引发了一阵惊天的爆炸声，身起之时，在这虚空中陡然出现了一团亮丽无比的气团，是那么的惊心动魄，是那么的刻骨铭心，就像是一幅绝美的画面，永远存留在每一个人的记忆之中。

每一个人的脸上都充满了惊讶与震憾，似乎根本就不会相信在这个世上还会有如此可怕的武功，无论是攻者，还是防者，他们都将攻防之道演绎到一种致极处，仿佛再难有人超越。

纪空手的身影随着那圆弧急旋，越旋越快，刹那之间，他的整个人也在狂旋中突然涌入了那团耀眼的气芒之中。

一道强光爆盛于这虚空，就像是一朵圣洁的莲花绽放空中，而此时，幻象俱灭，出现在人们视线之中的依然是纪空手与龙赓那两道傲立的身影。

纪空手的衣袍尽鼓，呼呼生动，衣袂尽飘，眼眸之中耀动着狂野的战意，他的剑依然在飞舞。而龙赓此时的刀却突然凝固于虚空不动，没有一丝的征兆，更没有一丝的声息，甚至让人无法感觉到他的刀是何时变得这般的宁静。

也只有在这时，纪空手的眼神才感到了一种湿润，他终于明白了龙赓的用心。

这的确是求道的一战，龙赓此举却是为了让纪空手以一种独特的方式去领悟武道的至境，他知道这一战十分的凶险，所以他选择了守的一方，而让纪空手尽情的演绎那剑术的精华，唯有如此，他才可以保证让纪空手毫发无伤，他这么做是将生的希望留给了纪空手，而却让自己去面对死亡的威胁，像这样的人他的确是无愧于“朋友”这个称号。

所幸的是，纪空手本就是一个重情重义的真汉子，即使他明知这三招之内不能留情，面对朋友，他依然无法做到无情，所以，这终究是一场胜负未决、未分生死的一战。

这是一个双方都可以接受的结局，但在观者眼中，却根本看不到这一战谁胜谁负，更无法看出，这一战为何就如此地结束了！

当龙赓一步一步地向后退去之时，数千名将士已然张弓持矛，一步一步地围了上来，那阵形之密，犹如铁桶般坚固。

“退下！”纪空手猛然一挥手，“本王早已说过，这是我与他之间的一战，绝不假手于他人，谁若出手，就是与我刘邦为敌！”

他此话一出，数千将士无不僵立当场，不敢越雷池半步。

眼看龙赓的身影消失在自己的视线范围之内，纪空手这才大笑了三声，从高楼之上飘然而下，逸入王驾之中，沉声道：“起驾回府！”

即使是数百年之后，这一战在武林中始终是一个不解之迷，谁也无法断定，这一战究竟是谁胜谁负，更无法理解，生怀杀父之仇的刘邦何以会在占尽优势的情况下放走纪空手，也就是在这一战之后，名满天下的纪空手从此消隐江湖，江湖之上再也没有他的任何消息。

然而，有关纪空手的一个个故事，就像是不朽的传奇，流传于这江湖之上，更激励了一代又一代的血性男儿，为了自己的理想，去打拼，去奋斗！

夜色沉沉，在故道县通往陈仓的山路之上，一条火龙在山林间蜿蜒起伏，行动疾速，长达数里的队伍竟然没有一丝生息，只有那哗哗的脚步声，惊起林间的宿鸟“噗噗”地向天空飞去。

在队伍的中间，有一标铁骑，马行路上，并没有发出应有的“嘚嘚”之声，每一匹马的马蹄上都被厚厚地裹上了一层绒布，在马嘴之上，都用一根粗索紧紧地箍牢，不容骏马有任何嘶声发出。

赤红的火光照在樊哙刚毅的脸上，显得是那么镇定和严肃，望着眼前这数万将士，井井有条地向前开拔。

他的眉尖没有显露一丝的得意，心里反而有一种紧张和赎罪的感觉，作为汉王刘邦所倚重的重臣，他自起事之初，就紧紧追随刘邦的军队，从内心上来说，他已经将刘邦当作了自己效忠的主人，然而，每当他想到自己的体内被听香榭种下的附骨之蛆时，他又不得不背叛刘邦，做出一些违心之事。

这种矛盾使他的心始终在一种痛苦的煎熬之中，不能自拔，自那一夜他将刘邦即将进入小楼的消息透露给吕雉之后，他就深深地沉浸在自责之中，所幸的是，刘邦最终安然无恙，全身而退，这多少减轻了他内心的歉意。

更让他感到奇怪的是，一向与刘邦为敌的吕雉竟然改变了态度，一心一意地做起了汉王后来，他当然无法知道这其中的内幕，更不知道吕翥只是吕雉的化身，而他所效忠的刘邦竟然是纪空手，他一直以为刘邦会为此事报复于他，然而，刘邦好像居然忘记了这件事情一样，不仅只字未提，还一如从前，依然认命他为东征的先锋大将军，这让樊哙有一种士为知己者死的感动。

他所率领的先锋军，早在七天之前就已经从南郑悄然出发，当他的军队抵达故道县城时，故道县城仿若一座不设防的城池，兵不血刃，就在片刻之间，被他拿下，然而，他不敢稍作停留，只留下一千军士把守城池，安抚百姓，而他率领先锋大军继续向陈仓挺进。

陈仓是汉中与关中交界的一座重镇，一向是兵家必争之地，在张良的东征计划中，它以地势的险要占据着非常重要的地位，一旦攻下陈仓，则关中大地已经无险可守，夺取关中便是指日可待的事情。

当樊哙的先锋军抵达至仅距陈仓三十里地的山丘之时，一骑快马从队伍的后面急急赶来，追至樊哙身前，一名大汉信使翻身下马，禀道："樊将军，属下受汉王之命送来一封八百里加急，请将军览阅!"

樊哙心中微微一怔，心中甚奇，因为他此时行军打仗的路线早已制定，他正是不折不扣地遵照计划执行，此时汉王来信，肯定是情况有变。

"递上来!"

樊哙一手接过信囊，仔细看阅之后，脸上不由一片肃然。

此信乃汉王亲笔，只有寥寥十二个大字，上书道："攻占陈仓，不宜强攻，只能智取!"

樊哙冷冷地看了一眼那名信使，道："除了这封信外，汉王是否还有什么吩咐?"

那名信使抬起头道："汉王没有什么吩咐，只是我退出来时，张先生再三嘱咐我，要将军攻下陈仓之后，立马封锁消息，不得有任何风声走漏！"

樊哙心中一惊，虽然他不明白汉王与张良此举有何用意，但他从汉王与张良的态度上看出，此事显然事关重大，不容他有半点闪失，他现在唯一要考虑的问题，就是如何智取陈仓。

他缓缓地回过头来，命令身后的随从道："传令下去，队伍停止前进，注意隐蔽，原地待命！"

"通知各部将领，在一炷香时间之内，火速赶到本将军的马首之前！"

当随从领命而去之后，樊哙的手伸入袖中，又摸到了他那把七寸飞刀，他明白，又该到这把刀饮血的时候了！

第九十章　汉军东征

陈仓的清晨十分的宁静，偶有几声鸡鸣之声，惊破这片宁静，使得这小城略有几分闹意。

石驯带着自己的亲兵卫队踏步在城头之上，进行着他每天例行的巡视，他之所以能被章邯看重，选派到这军事要地来做城守，不仅是因为他和章邯同为入世阁的弟子，而且他的骁勇善战在原来的大秦军队中一向闻名，当章邯受降于项羽，封为雍王之后，他也成了雍王军队中不可或缺的重要将领。

守卫陈仓的城守部队，只有区区五千人，在别人眼中，这并不算是一股强大的军力，但在石驯的眼里，这五千人马足够可以保证陈仓不失，因为他深知，陈仓作为阻塞汉军东征的要塞，本就有着一夫当关，万夫莫开的险峻。

“本将听说近日汉军已有东征的迹象，你派出打探消息的人是否已经回来？”

石驯所问之人正是他手下的一位幕僚，这位幕僚一向被石驯派出负责关注汉军的动向，所以当他一听石驯问起，赶忙趋身答道：“禀报将军，属下派出了三拨人马，潜入南郑，至今还没有消息传来，依属下所见，估计汉军东征时日尚早，否则他们必有消息道来！”

“你敢肯定？”石驯的眼芒冷冷地扫在这位幕僚的脸上。

这位幕僚一脸惶恐，道：“就算不能肯定，料来也八九不离十吧，何况在陈仓之前，还有故道，一旦有汉军东征的消息，我们必能事先得知！”

石驯沉吟半晌，摇了摇头：“我听说从南郑到关中的栈道要想修复，至少还要半年时间，如果汉军此时东征，就必然从故道、陈仓这条线路进入我关中大地，所以我们绝不能掉以轻心，必须严加防范，严查出入城池的每一个人，一旦有疑，宁可错杀，绝不放过！”

他的眉尖贯出一股杀气，似乎在他的眼里，杀一个人无异于屠鸡宰狗那般容易，这并不奇怪，因为在他这一生戎马生涯中所杀之人，纵不过千，也有八百。

“既然如此，将军何不关闭城门！”那位幕僚的脸上闪现出一股不解之意。

石驯傲然道：“敌军未见，本将军关闭城门，岂不让天下人笑我胆小怕事？你传令下去，就照本将的命令行事，不得有误！”

他正要步下城楼，耳骨莫名一震，似乎依稀从城池的前方传来一阵“嘚嘚”的马蹄之声，其声之疾，让人蓦然心惊。

他霍然回头，登高眺望，瞥见前方一片荒原之上，一支数百人的马队正朝着城门狂奔而来，从那歪斜的军旗上所打的旗号来看，竟然是故道县的守军。

“难道故道已经失守？汉军果然东征了？”石驯的心里“咯噔”一下，急令手下紧关城门，以防不测。

就这一会儿工夫，那数百人的马队，已然涌至城门门前，马嘶狂起，铁蹄扬尘，那数百人俱是一脸风尘，隐带惊惧，整个场面乱至极处。

“快开城门！汉军就要追杀来了！”城下有人呼叫道。

一声呼起，百人响应，那声潮显得是那么急促，那么紧张，每个人都如惊弓之鸟，神情是那么慌乱。

石驯的脸色陡然一沉，狠狠地盯了一眼他身边的那位幕僚，然后将头探出城墙的垛口，冷冷地看着城下喧闹的场面。

“你们的姚将军现在何处？怎么不见他的人影？”石驯环视了一圈道。

城下有人叫道：“哪里还有什么姚将军，早已被那个叫樊哙的人一刀杀了，我们若非见机跑得快，只怕也跟着他进了阴曹地府！”

伴着这声音而起的又是一阵叫骂声，石驯的眉头皱了一皱，道：“姚将军既已不在，本将又凭什么来认定你们就是故道的守军！”

城下有人骂道："凭什么？就凭老子这一身的伤疤，流出的这一身血，难道你们还想看着老子被人追杀不成！"

石驯正想问个仔细，陡听得耳边又传来一阵惊天动地的响声，在荒原的尽头处，扬起漫天尘土，那马蹄声犹如隐隐风雷，从天的那头向城池迅速逼进，城下的人蓦然慌乱起来，惊呼尖叫，犹如乱群的野马。

石驯不敢再有犹豫，如果这城下之人的确是故道守军，自己不开城门，他们必将会死在汉军手中，万一此事传到章邯耳中，一旦追究起来，自己的罪责可就大了。

他决定还是先开城门！

毕竟这城下之人只有数百，不足于对他的五千守军构成太大的威胁，万一有变，他可以在顷刻之间控制住整个局势，于是，当他下发命令、军士一切准备就绪之后，厚重的城门"吱呀"一声，终于开了。

等到这群乱军刚刚踏入城门，那汉军已然如旋风般逼至城下，虽然敌军有数万之众，但石驯却丝毫不惊，因为他相信，以陈仓险峻的地势，足以将他们挡在城门之外。

那数百军士进入城门之后，闹呼声依然传入石驯的耳中，石驯皱了皱眉，道："这些将士进入城来，怎么还不能安静？替我传令下去，若是再有人出声喧哗，杀无赦！"

他的话音刚落，陡听城外响起三声炮响，汉军竟然开始了攻城。

"呼呼……"

一排紧接着一排的箭影如黑云压城般扑射而来，便在此时，一名军士爬上城楼道："禀告将军，那些故道守军聚集在城门附近，不听使唤，闹着要登上城楼，为死去的兄弟报仇！"

石驯冷笑一声："荒唐！这几百人能顶个屁用，我五千大军也只能坚守，不敢出击，何必还要多他这几百人来凑热闹！"

那名军士道："属下也再三劝说，可是他们就是不听，吵着非要来见将军不可！"

石驯的脸上顿生一股怒意，在大军压境之际，这些人竟然如此无礼取闹，这不仅让他生气，也引起了他心中的一丝警觉，他踱步至城墙内缘，探头向下俯望。

便在这时，一道耀眼的寒芒蓦闪虚空，没有一丝预兆，不知从何处而来，却以一种玄奇曼妙的轨迹直逼向石驯的眉间，这寒芒来得如此突然，犹如一道强光直射入石驯的眼眸之中，令他的视线在一刹那间变得模糊不清。

他的心头陡然一惊，已然感到了这寒芒中所带出来的森森杀气，所幸的是，他还有手；所幸的是，他的手正按在腰间的剑柄之上，所以当寒芒一现时，他的剑已没入虚空。

“叮……”一声，他完全是以一种直觉去感应这道寒芒的来势，在间不容发之际，他的剑锋接触到这道寒芒的实体，直觉到手臂一振，一股强大的劲气如电流般由手背流入自己的胸膛，令他的呼吸为之一滞。

他的眼睛虽不能见，听力却变得十分清晰，直觉到寒芒虽然在剑锋一击之下，却依然存在着一股活力，那旋动的气流竟然绕了一个圈，向自己的背心迫来。

这令石驯感到了一种震惊，虽然他看不到这道寒芒究意是由哪种兵器发出，但这兵器突入虚空的角度、力道，以及运行的轨迹，都妙到毫巅，只要有一点拿捏不准，就不可能有这样惊人的效果。

更让他感到惊骇的是，这仅仅只是一个开始，他本已模糊的视线又被一道强光刺入，迎面而来的是一道比先前那道寒芒更急、更烈的杀气，这种角度之妙正好与先前的那道寒芒互为犄角，无论石驯从哪个方向闪走避让，似乎都很难逃过这一劫难。

然而石驯就是石驯，他的心里虽惊，却并没有失去应有的冷静和镇定，大喝一声，提聚在掌心的劲气蓦然爆发，不是向外，而是向内，产生出一股如旋涡般的内敛之力，顺手将紧距自己数尺的那位幕僚抓在手中，替他挨了这前方的寒芒。

而与此同时，他的脚紧紧地吸在地上，整个身体硬生生地向前扑出，躲过背上的那道寒芒之后，他的身体如风车般一旋，重新站立在城楼之上。

当他完成了这一系列的动作，就连视力也恢复如初时，他陡然看见在自己身前，已然站立了一条身影，这挺立的身影就像是一株迎风的苍松，浑身透发出一股慑人的霸气，在他食指与拇指之间，正牢牢地夹住了一柄七寸飞刀。

直到这时，石驯才发现自己堕入到敌人早已设计好的圈套之中，他的心为之下沉，沉至无底。

“你就是樊哙？”石驯近乎咬牙切齿地道。

“不错！正是区区在下！”樊哙沉声道，面对石驯，他并没有任何轻松的感觉，反而感到了对方的可怕，因为能躲过他两把飞刀的人，在这个世界上确实不多，石驯无疑是其中之一。

石驯的心里惊了一惊，对于这位汉军中的将领，他早有所闻，更知道他在从军之前原本就是乌雀门的门主，其功力自然不容小觑，所以，他深深地吸了一口气，将手中的长剑，直指向樊哙的眉心。

“看来在两军对垒之前，你我之间注定会先有一战！”石驯冷然道。

樊哙冷哼一声：“希望你不会让我失望！”

石驯道：“这一句话也正是我心中想说的！”

樊哙冷笑道：“既然如此，何必再说，且看我这一刀！”

他的两个手指微微一动，那飞刀顿时如一只翻飞的蝴蝶，闪动在他的指间之上，奇怪的是，这飞刀的转动并非是由慢至快，却是由疾到缓，当它终于停住在樊哙的指尖上时，便听他一声大喝，飞刀随声而起，就像是一道疾走在风雷之前的闪电。

整个虚空气流涌动，就像是一道幕布随着寒芒的进入，突然之间被撕开了一条口子，高速运动的飞刀与这空气急剧地磨擦，迸撞出丝丝火花，电射向石驯的咽喉。

石驯的脸色为之一变，剑锋一弹而起，直对准那火花最盛处划空而去。

“轰……”

刀剑蓦然相击，迸裂成道道气流，石驯的身影为之一晃，还未喘过气来，却见樊哙的手中又蓦现一把飞刀，以相同的方式电射而来。

谁也说不清樊哙的身上到底藏有多少把飞刀，但给石驯的感觉似乎是永无休止，他一连用他的剑锋弹拨开九把飞刀的攻势。

就在这时，却见樊哙腿手并用，在双指发出飞刀的同时，脚尖一弹，竟然从他的靴中发出了一道寒芒。

这才是真正致命的一刀！十分的隐蔽，十分的突然，就好像那前面的九把飞刀都只是一种铺垫，而这一刀，才是真正的高潮。

当石驯体会到这种高潮的来临时，他似乎已经闻到了一股沉沉的死亡气息，在一刹那之间，他突然明白了什么叫作真正的绝望，在他行将倒下的那一刻间，他似乎听到了一阵呐喊之声，如海啸般袭来，震入他的耳鼓……

陈仓为之而破！

这座曾经被石驯认为是一夫当关，万夫莫开的军事要塞，就这样被人破了，也许，石驯在死的时候都不会明白，在这个世界上，本就没有不破的城池，当你认为这个城池固若金汤，无法攻破时，它其实就已经离沦陷不远。

当章邯接到陈仓告急的急报之时，他正从爱妾的芙蓉帐中缓缓起身，过度的放纵给他的身心带来一丝倦意，即使爱妾那粉白的胴体如八爪鱼般再度缠上来时，他也已提不起半点兴致。

"这是不可能的事情！会不会是石驯的误报？"章邯感到极为不可思议，虽然在他的心中，汉军的东征已经无法避免，然而，他绝不相信汉军会有如此神速。

送来急报之人乃是章邯的心腹大将独孤残，他接到急报之时，也以为是石驯的误报，当他再三向信使盘问之后，他才确定，陈仓的确是面临着数万汉军的强攻。

谁都清楚，陈仓不仅是雍国的屏障，也是关中的屏障，一旦陈仓被破，这关中将无险可守，所以，独孤残不敢有半点耽搁，夜闯雍王府，将章邯从温柔乡中叫起，禀明此事。

"现在当务之急，只怕只有派兵增援一途，舍此别无办法！"独孤残道。

章邯沉吟片刻，道："派谁前去增援为好？"

独孤残想了想，道："能否保住陈仓，关系到我雍国的平安大计，此事重大，恐怕只有大王亲自领兵前往，才是上策！”

章邯没有犹豫，当即下令，招集人马，三更接到急报，五更时分，他已经率领十万大军，出了废丘，火速赶往陈仓。

从废丘到陈仓，只有两百里路途，地势一路平坦，大军行进疾速，当天刚刚擦黑时分，章邯率部已经直抵陈仓城下。

陈仓城上，出奇的静，静得有一点反常，章邯看在眼中，心中悚然一惊，似乎生出了一丝不祥的预感。

“难道说陈仓已经失守？”章邯心中暗道，他曾经是大秦王朝中的一代名将，唯一的失败，就是败在了西楚霸王项羽的手中，那一战虽然败得很惨，但对他来说，未尝不是因祸得福，他并没有死抱着忠于大秦的想法，而是见风使舵，投降了项羽，为自己赢得了雍王的封号。

一个能够见机行事的人，他的头脑当然聪明，更何况他自己本身就是数十万大军的统帅，自然可以预见到这种危机的存在，所以，他并没有急着让自己的军队接近陈仓，而是将大军停驻在一个距陈仓不远的山丘之后，将独孤残召到了自己的身边。

“此时的陈仓城中情形并不明朗，若是我大军贸然进入，恐怕有全军覆没之虞，所以为了保险起见，你带几人趁着夜色，逸入城中，将城中的情况打探明白！”章邯叮嘱道。

“大王未必也太过小心了吧？虽然陈仓城中只有五千守军，但借地势之利，足可以抵挡住汉军的五万人马，以石驯的统军才能，就算不能退敌，坚守个十天半月，似乎不在话下！”独孤残道。

章邯摇了摇头，显得十分老练：“所谓不怕一万，只怕万一，我十万大军停驻于此，进可攻，退可守，足可以与汉军的五万人马相拼，而一旦陈仓有失，而本王又率兵贸然进入，城中的地势狭窄，就无法显示出我兵力的优势！”

独孤残听得连连点头，领命而去。

章邯望着他的背影消失在这层层的夜色之中，抬起头来，眺望那不远处的陈仓，但见那点点灯火闪烁在一片暗黑之中，让他根本无法测度那暗黑中的吉凶祸福。

其实对今日的局面，他早有预料，当项羽率领西楚军北上伐齐之时，他就算定刘邦早晚有一天会率兵东征，他一直认为，数十万大军要想从汉中进入到关中地区，没有栈道是很难使之成为现实的，如果要从陈仓这条山路进入关中，大军所需的时间必然漫长，等到汉军抵达陈仓之时，他早已有了准备。

可是他万万没有想到，这五万汉军竟然如神兵天降，说来就来，居然在神不知鬼不觉的情况下，直抵陈仓，只此一点，已经让他领教了刘邦用兵的厉害。

然而章邯依然无惧，他对自己依然充满着自信，在他这一生的军旅生涯中，他只败给了一个人，那就是从来不败的项羽，而在他的心中，项羽已不是一个人，而是一个神，一个从来不败的战神，他无法想象，一个人怎么会永远不败呢？是人，终归就有弱点，有弱点就终归有破绽，而破绽恰恰是一个人失败的开始，然而，项羽在他的心中仿佛就没有任何弱点，所以败在项羽的手上，他心中丝毫无憾。

在这个世上，有了一个项羽已经让章邯感到了不可思议，他绝不相信刘邦也是一个没有弱点的人，虽然刘邦的崛起本身就是一个不朽的传奇，但章邯认为，刘邦能够成为今日的汉王，更多的是借助着一种机遇，而不是实力，他相信自己完全可以与刘邦一战。

风，带着一股渗入骨子里的寒意，徐徐地吹来，让章邯从深思中清醒，他蓦然回首，审视着背后这十万大军所形成的暗影。

十万人聚在一起，竟然没有发出一丝声响，如此严明的军纪，就连章邯也不得不佩服自己。

时间在等待中一点点地过去，章邯的心中突然多出了一股焦虑，在他的料想之中，如果一切顺利，此时此刻独孤残应该发出他们事先约定好的信号，然而，这漫漫夜空之中，却依旧是一片暗黑，没有一点动静。

他相信独孤残，就像相信自己一样，他之所以将独孤残视作心腹，是因为他从来没有将独孤残视作自己的属下，而是把他当作自己最好的朋友，所以独孤残才敢夜闯雍王府，把他从爱妾的芙蓉帐中叫醒。

还是在二十年前，他就与独孤残在同一个锅里吃饭，同一个帐篷中睡觉，在战火中共浴生死，踏着一堆堆的白骨，走上了飞黄腾达之路，作为赵高入世阁中的骨干，他们也以各自超然的武功跻身于天下一流高手的行列，这也是他将独孤残派出陈仓打探消息的原因。

正是他为独孤残感到担心的时候，突然“哧”地一响，响彻于这夜空之中，一束耀眼的礼花闪耀在这暗黑的虚空，就像是一束罂粟花，显得是那么的娇艳，又带出一分诡异。

章邯的心神为之一震，霍然站将起来，大手一挥：“三军听令，随本王直进陈仓！”

军令一下，三军俱动，十万人马整齐划一，如潮水般直向陈仓涌去！

章邯当先一骑，走在队伍的最前方，当他仅距陈仓不过里许时，他已然看到了那洞开的城门。

章邯的心中不由的生出一种庆幸，只要陈仓未失，他就还有机会，还可将关中的土地牢牢地掌握在自己的手中。

此时的城墙之上，亮起了一排排的灯火，那火光忽闪忽现，透射在那飘动的大旗之上，分明是一个“石”字，这似乎表明陈仓依然还在石驯的掌握之中。

当距城门还有百步之时，章邯陡然勒马，似乎感到了一种挥之不去的杀气，他无法解释自己的心里何以会有这样的感应，但他却清晰地觉察到这股杀气的存在，他猛然挥手，止住了大军前进的脚步。

正当他在犹豫之间，一条人影从城中飞遁而出，脚步略有虚浮，但丝毫不影响他的速度。

章邯放眼望去，不由吃了一惊，等那人到了近前，他惊问道：“这是怎么一回事情?”

来人正是独孤残，他手抚胸前，似乎遭受了一记重创，喘息道：“快退！我们中计了!”

章邯霍然色变，刚要发出指令，便听得数声炮响震耳，从四面八方同时发出一种惊天的呐喊，从声音听来，对方何止五万人马，当在数十万之间。

随着呐喊声起，成千上万的火把同时燃起，在这荒原之上，形成一排排的光点，照得半边天空一片通红，浑如血色一般。

在明晃晃的火光映照之下，章邯的脸上透出一股惊惧，能调动如此庞大的军力，投入到一个战场之上，除了刘邦，还会有谁呢？

章邯的整个人仿若置身梦中，目睹着的这一切，就仿佛发生在梦幻中一般，大汉数十万军队竟然没有通过栈道，而是从故道、陈仓的这条山路进入关中，这的确让人感到不可思议。

面对着敌人的重重包围，章邯的思维在高速的运转当中，审时度势，希望能从中找到一个突破口，然而要想在瞬息之间，从这混乱的局面中理出一点头绪，未免有些强人所难，章邯唯有下令大军严阵以待，力拼死战，以求搏得一线生机。

独孤残的声音里似乎带着一股哭腔，惊道："陈仓早在三天之前就已失守，石驯也已阵亡，我们面对的不是樊哙的数万先锋军，而是汉王刘邦的东征主力!"

章邯深深地吸了一口气，脸上的肌肉抽搐了一下，变得异常冷静，冷然道："此时再说这些，已然迟了，对于本王来说，遇上这样的场面也不是第一次了，我们只有冷静以对，然后见机行事，或许可以保证我们全身而退!"

他的镇定感染到了独孤残，同时也感染到了他身边将士的情绪，这十万大军竟然没有因为这场突变而出现一丝的混乱，反而显得井然有序，斗志高昂。

就在此时，汉军之中发出一阵惊天的欢呼，在陈仓的城楼之上，一条身影成为全场注目的焦点。

章邯的眉锋一跳，从闪耀而出的火光之中辨出，此人正是汉王刘邦。

"雍王久违了！昔日鸿门一别，想不到你我今天竟会以这种方式相见，这实在是叫人不敢相信!"纪空手的话低沉有力，透过这暗黑的虚空，传得很远很远，仿佛一直在这夜空中回荡。

章邯人在马上，仰起头来，冷然喝道："本王倒不觉得有任何意外，当年西楚霸王将你分封到巴、蜀、汉中三郡称王，就是算定你日后必反，所以，这一战不可避免，只是早晚的事情!"

纪空手冷然一笑，道："本王东征，乃是替天行道，哪里谈得上'反叛'二字，说起这两个字来，倒勾起了本王的一段记忆，今日的雍王岂非正是当年大秦的名将，你背秦而投靠项羽，才是真正的不忠之臣！"

章邯的脸色不由地红了一红，道："想不到汉王如此伶牙俐齿，这等口才不是本王可以比得了的，就不知道汉王带兵的手段是否能如你的口才这般厉害！"

纪空手淡淡笑道："此时此刻，已足以证明一切，只要本王大手一挥，你这十万人顷刻间就会被我大汉军队的铁蹄踏成肉酱！"

章邯回过头来，缓缓地扫视着自己身后的将士，无论这些将士历经了多少战火的洗礼，当他们面对大汉军队如此的赫赫威势，他们的脸上多少都透露出一丝悸意。

在这个世上，有多少人能够看破生死？能够超越生死的，也无非只有寥寥数人，章邯不敢强求自己手下的每一个将士都无畏于死，因为，就连他自己也未必能做到。

他不敢再犹豫下去，也不敢等待，他心里十分清楚，随着时间一点一点过去，他手下的每一个将士的神经将会一点一点地绷紧，紧到极限时，就会崩溃。

"既然如此，何不一战？"章邯一声大喝。

纪空手突然长叹一声，道："若要一战，还不容易，本王只是为你手下这十万将士的生命感到不值，如此实力悬殊的一战，你们注定将会以惨败告终！明知是败，明知是死，却还要徒然挣扎，不是可悲又是什么？"

章邯冷冷地道："你莫非又想让我受降于你？"

纪空手淡然道："难道你还有别的选择吗？"

章邯近乎神经质地狂笑起来，良久方歇："我章邯这一生中只受降过一人，那一次也是我毕生的耻辱，每每忆起，总是让人无地自容，每当夜深人静的时候，我都在想，假如生命还可以重来，让我重新再选择一次，我必将战死沙场，绝不屈服，去做一个顶天立地的男人！"

他喃喃而道："二十万人？足足有二十万人啊？他们都是与我共过生死的兄弟，却为了我一人之故，被人在一夜之间杀死于新安城南！"

他的思绪仿佛又回到了当年的新安城，正是在那个地方，他率二十万大军处在一种内外交困的绝境之中，因此而受降于项羽，也正是在那个地方，他眼睁睁地看着自己的二十万大军遭受项羽的屠杀而无能为力，这一切就像是一个深刻在他记忆中的噩梦，让他的良心永远不得安宁。

纪空手漠然地看着他，他们相距虽然百步，但章邯脸上的每一丝表情都毫无遗漏地在他的目光捕捉之中，等到章邯的情绪稍微趋于平缓之时，纪空手这才冷然道："当年，因为你一人的受降，而害死了二十万大秦将士；时至今日，因为你一人的不降，却又要害死这十万将士，降与不降，你都已是一个罪孽深重之人！"

章邯却仰起头道："今日已非昔日，就算你要杀死我这十万将士，你恐怕也要付出惨痛的代价！"

纪空手一脸肃然，道："正因如此，不如你我之间一战，就让本王领教领教你这位入世阁高手的手段，你或败或死，这十万大军都受降于我；你若胜了，本王任由你和你的军队全身而退。"

这无疑是一场豪赌，也是一场不公平的赌博，谁也想不到纪空手会在占尽绝对优势的情况下提出与章邯一战，当他此话一出时，就连章邯也不敢相信他所说的是一个事实。

此时的陈仓城外，一片肃然，每一个人的目光都盯注在纪空手的身上，在他们的心中，不可否认的是，刘邦是一个顶尖级的高手，但也没有人怀疑，章邯的身手就会差到哪里去，这一战倘若发生，绝对是一场不可预知结局的一战。

然而，只有站在纪空手身后的张良、陈平等人知道，纪空手之所以如此做，是不想眼睁睁地看着这十万将士送死，更不想让自己的双手无谓地沾染上血腥，就算他所置身的是一个乱世，他也坚信——仁者无敌！

风萧萧，夜沉沉，没有马嘶，没有人声，天地间唯有一片死寂，在这死寂之中，充盈着一股慑人心魂的肃杀之气。

这肃杀不是因为此时已是深冬时节，更不是因为那萧索的寒风，而是因为一个人，一个如剑般挺立的人。

此时的纪空手给人的感觉就像是一把剑，一把未出鞘锋刃宝剑，剑虽未出鞘，却已透出那无尽的杀意。

那暗黑洞开的城门中，走来了纪空手那冷傲的身影，他的人一踏入这城外的荒原，整个荒原变得沉重而冷厉，似乎没有一点生机。

纪空手步入其中，给人一种格格不入的感觉，这种感觉非常清晰，非常真实，浑如超然于这自然之外。

他的步伐之重有如战鼓擂击，“咚咚”直响，在这死寂的虚空中回荡，他的目光是那么的深邃，透过这暗黑的夜色，从大汉将士的脸上一一扫过，然后直面那十万敌军。

敌军中不乏有桀骜不驯之士，这些人都是追随章邯多年的死士，他们可以为了章邯而不惜生死，然而，他们却不敢用自己的目光去直视纪空手，因为纪空手的眸子中绽射出的不仅仅是一种高亢的战意，更如一团燃烧的烈焰，似乎能将一切摧毁！

纪空手的步伐很慢，每一步都十分的悠然，宛如闲庭信步，他所到之处，敌军如潮水般两分，情不自禁地让出一条通道，任由他踏前而行。

夜风几乎从这一刻开始就已然凝固，变得那么沉重，那是一种爆发前的静默，空气如弓弦一般绷紧，让在场的数十万人同时产生出一种几近窒息的感觉，有一种山雨欲来风满楼的气势。

当纪空手深入敌军腹地，站到离章邯只有五丈之距的地方时，他的脚步终于停了下来，在他的身后，除了陈平之外，还有龙赓，三个人的身躯挺立，静若山川，有一种超然的镇定，似乎根本没有将敌人这十万大军放在眼中。

单只这一份豪气，已足以笑傲天下，这种胆识更震憾人心。

与这份豪气相对的，是章邯的眼神，那眼神中有一种难以置信的神情，似乎根本不相信这一切竟然就发生在自己的眼前，在他的脸上，还闪现出一丝诡异，他的心中猛然一跳，仿佛看到了一线生机。

的确，他的确看到了生机！

当他看见纪空手一步步深入到他大军腹地之时，他就好像看见一只待捕的猎物，虽然此时，他与他的部队深陷于敌军的重重包围之中，但如果他能控制敌军的统帅，将他制服，无疑是全身而退最好的良机。

在他的身边，有着他最精锐的亲兵卫队，这支卫队虽然人不过千，但他们却保持着最强盛的战斗力，每逢大战，这支卫队就像一把锋锐无比的尖刀，在关键的时刻，切入敌人的要害，奠定整个战局。

他们之所以能有如此惊人的战斗力，这只因为，在他们的中间，十有八九都是江湖子弟，更不乏真正的高手。

章邯的脸上微现出一丝笑意，在不经意间，他的手缓缓地从头盔上轻轻地滑过，在许多人看来，这不过是一个微不足道的动作，但在这支卫队数百人的眼中，它却是一个信号。

信号一出，数百人在刹那之间只稍微移动了一下，一场精妙的杀局就在瞬息间完成了它的布置。

但纪空手却仿若视若无睹，只是将他的眼芒牢牢地锁定在章邯的脸上。

章邯的脸色微微变了一变，虽然纪空手没有任何的动作，但他却从这道眼神之中感觉到了那种气息的存在。

这是一种让人心惊的气息，当你感觉到它的时候，甚至连呼吸也急促起来，将自己人为地带入到一种极为紧张的氛围之中。

只是僵持了一瞬的时间，章邯犹豫了片刻，终于淡然笑道：“你的确很有勇气，就连本王也不得不感到佩服，而且，本王也心存感激，感激你将本王当作一个可以信任的君子！”

“你不必感激于我，本王如此做，并不是信任于你，而是信任你手下的十万将士！”纪空手悠然一笑，他的笑容中带出一丝淡淡的冷漠，在嘴角处泛起一道诡异的涟漪，乍然看去，竟有着一种让人怦然心动的魅力。

“这其实都不重要，重要的是，你所表现出来的勇气在本王的眼中就像是愚人所为！”章邯的声音里有若掠过一阵淡淡的寒风，透出一股深入骨髓的杀气。

“这看上去真的很愚蠢吗？”纪空手微微一笑，他的笑却像是一道春风，暖人心扉，根本让人无法看出一丝的敌意。

“本王也不知道这是不是愚蠢！”章邯为纪空手的冷静和镇定感到一种

惊骇，虽然他不知道何以纪空手会有如此表现，但他感到自己依然被纪空手散发出来的气势所压，有一种迫人的窒息。

他顿了一顿，道：“我只知道当我第一天带兵打仗之时，我的领头上司就再三叮嘱我，打仗不同儿戏，而是一个杀与被杀的游戏，当你进入了这个游戏的程序之中，你已身不由已，任何情感都是一种多余，你只有做到无情，才能最终把握胜利。经过了这么多年，我一直牢记着他的这一番话，我虽然不能明白这番话的对与错，但我却知道，这无疑是赢得一切战斗的最基本的要素。”

纪空手静静地品味着他所说出的每一个字，沉吟半晌，方才摇了摇头，道：“你错了！战争虽然无情，但人却有情，虽然战争的确如你所说，是一个杀与被杀的游戏，但推动这种游戏进程的永远是人，是人就不可能做到真正的无情!”

章邯冷哼一声：“但本王却可以做到无情，至少在这一刻!”

他的大手已经按在了剑柄之上，他心里十分清楚，当他的剑身跳出剑鞘三分之时，他身边的数百精锐就将会如一道狂飙迅速将纪空手三人吞噬，就如饥饿的魔兽般有效!

纪空手笑了一笑，丝毫不显惊悸，反而踏前一步。

就在这时，从章邯的身后闪出三条人影，三条人影从三个不同的方位同时靠向纪空手的周边，那动作之快犹如眩目的电芒。

龙赓的眼角微微闪出一丝惊讶，沉声道：“伤心阵法！人未入阵，已然伤心；人一入阵，却已伤情！小心了!”

第九十一章　大破三秦

纪空手闻声一惊，不敢有半点怠慢，说到江湖阅历，武林逸闻，他所知也许并不丰富，对这伤心阵法，他更是闻所未闻，然而，他有他自己的一套方式，这种方式就是用他对武道的深刻理解，去诠释一切他所未知的现象。

所以，他没有犹豫，在这三条人影一逼进他的七尺范围时，他已踏出见空步，迎身向自己正前方的那条人影扑去，似乎完全无视对方的手中还有一把可以洞穿一切肉身的利刃，这种无畏，这份勇气，简直出乎在场所有人的意料之外。

纪空手深知，不管对方摆下的是什么阵法，不管这阵势有多么的可怕，但发动这种阵势的根本还在于人，而人就必须要有气势，只有在气势上压倒对方，他就可以达到自己先声夺人的目的。

出乎意料的不仅仅是这发动阵势的三个人，还有章邯，章邯之所以没有出手，是因为他想利用这个机会，来看清纪空手的武功套路。

但是纪空手的出手不仅快，而且有一种不可测度的内涵，根本无法让人看出其深浅，唯有身在局中，才能感受到他武功中所表现出来的那份意境。

锐气如风般从纪空手的衣裳边掠过，一颤之间，袭入了纪空手那鼓动的衣内，那出手之人脸上一喜，然而这种欢喜在一瞬之间变了，变得十分的狰狞，那是因为一声轻响，一声金属般的脆响。

那锋刃所刺中的并不是肉体，而是点击在了一件金属之上，剑出自纪空手，那把系在纪空手腰间的剑在锐气袭入的刹那，突然出现在了胸前。

那凛凛的剑锋划出一道异样的色彩，犹如磁铁般吸住了对方的锋刃，而与此同时，他的另一只手陡然没入虚空，以快得不可思议的速度向对方当胸击去。

所有的动作都十分的简单，平平无奇，但是当纪空手将这些动作一气呵成、连贯在一起的时候，它体现出了一种肉眼无法觉察出速度，更体现出了一种肉眼无法揣摩的变化。

纪空手的拳并没有击中对方的胸口，不是不想，而是不能，就在他的拳头仅距对方胸膛不过半尺时，他感觉到了腰间有一股慑人的杀气迫来。

对方显然是用剑的高手，不仅精，而且准，用一种妙到毫巅的步伐弥补了同伴的破绽，非常及时的出现在纪空手铁拳的去路之上，就像是一条山梁，不容纪空手的拳头再有半寸进入。

纪空手唯有收拳，犹如烈马狂奔，突然收缰止足。

而他手中的剑已然跳出，从一个非常刁钻的角度划出一道幻灭不定的剑弧，以刀劈之势横击在对方的剑上。

"当……"的一声爆响，双剑撞击，如一团火花绽放，对方直觉到一股如电流般的劲气直蹿入自己的手臂，一麻之下，长剑竟然脱手而出。

"噔噔"两响，那人连退数步，在暗影涌动的虚空之中，他陡然看到了一抹黑点在不断地扩大，毫无阻挡地进入他的视线中，他虽然看不清这黑点的存在，却已经感受到了那渗入人心的惊天杀气。

"哧……"

是锋刃破入血肉发出的声音，还带着一种骨骼脆裂的"咔咔"之响，那名剑手狂呼一声，如雨花般的鲜血自他的口中狂喷而出，他的眼神有一种疑惑，更有一种无助，临死之前，他也没有明白，为什么敌人明明还在数尺之外，却能将他的生命结束？

如果他明白他眼前之人不是刘邦，而是纪空手的话，他也许就不会死得这么不明不白。

因为在很多人的眼中，纪空手的飞刀不出则已，一旦出现，就代表着死神的降临。

伤心阵法为之而破，这的确是一件伤心的事情，可惜的是，伤心的人不是纪空手，而是章邯，只有章邯明白，要练成这伤心阵法，没有十年的配合，绝对无法练到身随心动的默契和意境！

同伴的死，显然激起了另外两人更加汹涌的战意，当他们的兵器夹击而出时，刺中的却是纪空手的幻影。

纪空手竟然不见！

他的人已如风，真正能够捕捉到这阵风的人，也只能是另一道风，而这一道风的源头就是章邯。

虚空在刹那之间变得狂野起来，充盈着一种毁灭一切的气势，乱而无序，没有任何的规律，甚至无迹可寻。

远远望去，就好像是一道旋风从这荒原之上凭空升起，在千万人的注目之下，有一种凄艳的美丽。

在陈仓的城楼之上，张良目睹着眼前的这一切，脸上并没有流露出任何的担心与惊惧，显得胸有成竹，在他身边的樊哙却看得心惊肉跳，呼吸也显得急促起来。

“何以先生看上去如此镇定？汉王此举无疑是一种冒险，你身为辅臣，当竭力劝阻才是！”樊哙看到张良的眼上竟然露出一丝淡淡的笑意，不由有几分不满。

张良望了他一眼，淡淡而道：“我之所以一点都不紧张，是因为我了解汉王，他之所以甘冒其险，深入战军腹地，当然有他自己的道理！”

“哦？”樊哙诧异地看了张良一眼，“这倒要请先生为我指点迷津！”

张良关注着百步之外的战局，缓缓而道：“你应该知道，我军东征，先入关中，是想将关中这富庶之地作为我军东征的根本，然而关中又分三秦，三秦之中，陈兵达数十万之多，若是不出奇计，以最乐观的估算，攻下关中也需一年的时间，这显然不是我军能够等待的时间，而且，就算攻下关中，经过常年战事的干扰，关中这富庶之地也必将变得贫困苦寒，一旦我军与西楚交战，又从哪里得到大军每日的军需用度？”

樊哙的脸上闪现出一股疑惑：“这和汉王此时深入敌人腹地有何关系？”

张良沉声道："不仅有，而且大有关系，因为这才是汉王深入敌人腹地的大背景，在汉王的计划中，他期待以一种兵不血刃的方式来攻占三秦，这不仅可以保证我大汉军队的实力，也可以不伤关中元气，而要做到这一点，他此行无疑是势在必行之举，没有任何选择的余地！"

樊哙若有所思："难道汉王甘冒如此大险，只是为了劝降章邯？此时我军已经占据了绝对的优势，只要一声令下，三军可以在顷刻之间将章邯的十万人马化为灰烬，又何必多此一举呢？"

张良微微一笑，道："杀这十万人当然容易，然而这只是一个下策，如果这十万人马能尽归已用，既能为我军壮大了实力，也为我军赢得了仁义之师的美誉，一旦拿下章邯，这三秦便不攻自破，可以为我军东征赢得最宝贵的时间！"

"可是，如果章邯失信于汉王，先发治人，汉王身边只有陈平和龙赓两人，又怎能从这十万大军中全身而退？"樊哙的眉间隐隐现出一丝忧虑。

"以章邯的为人，他一定会失信于汉王！而且这已在汉王的意料之中，然而汉王既然敢亲身前往，就必然有制敌之道，也有这样的自信，所以，你我根本无须担心，只管拭目以待！"张良笑了笑。

就在这时，从城池的前方暴闪出一声惊喝，如雷鸣般轰震四野。

章邯终于忍不住出手，在他认为最恰当的时机出手，他似乎料到伤心阵法无法对纪空手造成威胁，所以，他一直就在等待，等待一个时机实施偷袭。

不可否认，章邯对枪法的领悟已然达至顶级高手所具备的能力，他的长枪大开大合，极具变化，充满着兵中王者之霸气，在他的军旅生涯中，曾经用此枪挑落下无数战将，而更让他自负的是，在这枪法之中有一记绝杀，绝杀之名曰大江东去。

大江东去是一种意境，枪出虚空，犹如大江之水滚滚向东，有一种一往无回的气势。

"轰……"的一声，地动山摇，一股汹涌的杀气如浪潮般从枪锋中冲激而出，迎头向纪空手所藏身的那道风头之上袭去。

将士纷纷而退，无不被这毁灭性的劲气所迫，有一种窒息之感，在瞬间与这股劲气拉开距离。

纪空手的身形轻若白云，犹如飘落在这虚空之中，而章邯的躯体却如山岳不动，唯有那双深冷的眸子绽射出无尽的寒芒，浑身上下透发出一股霸烈无匹的气势。

纪空手漠然以对，面对章邯所爆发出来的这道如惊涛骇浪般的杀气，他如风般飘浮，如云般悠然，脸上闪露出一丝莫名的笑意，仿若在风口浪尖中遁舟而去，有一种说不出的洒脱和优雅。

一击未成，章邯的整个人就像是一头蛰伏于荒原之上的魔兽，他并没有急于动手，而是在审视着对方的一举一动，却看见纪空手的大手轻拈剑柄，在空中徐徐划过的痕迹，犹如一道长虹般美丽，与傲立如松的身躯配合一起，构成了一个无懈可击、完美无匹的整体，不显一丝破绽。

这也许就是章邯没有立即动手的原因！

除了先前那一瞬间的时机之外，他完全找不到可以下手的机会，更无法揣摩出纪空手的意向和动态，虽然他的气势无所不在，但他却感受不到纪空手身体所存在的那股气机。

此刻的纪空手就像是一个生活在虚幻空间的人，显得是那么的不真实，好像没有了实体。也许，他已在不知不觉之中，将自己融入了这自然中，这夜色里，与这天地难分彼此。

似乎在一刹那间，天不是这天，地不是这地，而我也已不再是我，仿佛天、地、人之间有一种契合，合为一个整体，而纪空手的思想就如这行云，流水，在自然中放飞，进入到一个玄之又玄的意境之中。

这的确是一个非常可怕的对手，可怕得超出了章邯原先的想象，如果不是亲眼所见，章邯绝不相信，以刘邦现在的年龄，其武功修为竟然可以达到如此惊人的深度。

章邯缓缓地踏前一步，一分不多，一分不少，足足一尺有八，只这么一步，天地间因此而风云涌动，荒原之上的无形气机就像是滚动的气流，追随着章邯的身体而来，使得章邯的气势就像是中了魔咒一般疯涨，旋风自他的脚下而动。

然而这并不可怕，可怕的是，章邯的这一步乍一踏出，纪空手那恬淡悠然的气机也随之而变，似乎打破了这自然的平衡，形成了一道微不足道的裂线。

章邯的眼睛陡然一亮，闪出一丝异样的神芒，他没有犹豫，挺身而出，他绝不能再错失任何可以取胜的良机。

他的经验之丰富，无愧于他身为名将的声誉，他出手果敢，更具杀伐之势。

枪锋一颤间，幻化成万道霞光，构建起一团赤红的暗云，紧紧将纪空手罩入其中。

“哧”的一声，暗云为之而裂，那切入虚空的是一把剑——纪空手的剑！

纪空手的剑出，十分的缓慢，非常的悠然，就像是一只翻飞在花中的蝴蝶，随着这暗云的裂现，一点一点地出现在众人的视线之中。

这一刹那，枪与剑仿佛都突破了空间与时间的限制，在快慢这种矛盾对立的形态之间，形成了一种和谐。

当剑完全从那暗云的裂线中闪耀而出时，那四周燃起的火光也为之一暗。

当枪影与剑芒相激互噬之际，这荒原之上的泥沙、枯草为之而旋，在飞转中集聚成团，越滚越大，大至将纪空手与章邯两人身影淹没其中。

金属与空气强行摩擦的怪异之声，就如一段哀乐般刺耳难听，眼见纪空手的身体就要被枪影吞噬之际，在他的手上，突然又多出了一道寒芒，就像是一道破开乌云的闪电，隐蔽而突然。

飞刀！又见飞刀！飞刀一出，杀气漫天，就像是雨后的天，绽现出道道虹光。

章邯一惊之下，飞身而退。

出乎纪空手意料之外的是，章邯竟然可以从容自他那密不透风的剑气中穿越，而且可以从他那霸烈无匹的刀芒中安然退出，这似乎说明，章邯的武功本就已是深不可测。

直到这时，纪空手才相信自己的直觉没有出错，在他的心里，似乎有一股侥幸的心理。

他瞬即将刀芒隐灭，手臂一振，将全身的劲气提聚于掌心，蓦然爆发。

万千剑影出没虚空，那如水银泻地般的攻击显现出一种残酷，一种无情，更有毁灭一切的变态之美。

章邯的脸色一变，已然退出了五步之远，他的眼神紧紧地锁定在那剑影的中心，似乎在追随着真正的剑锋所在。

他仿佛有一种窒息的感觉，就像是面对着一股大潮的浪峰，随时可以将自己席卷其中。

然而这一切只是一个过程，真正让他感到恐惧的却是他自己心生的一种感应，或者说是一种惊兆，他还没有来得及弄明白这是怎么一回事，蓦感背后有一股惊人的杀气迫入自己的体内，渗入之深令他的经脉运行在瞬息间瘫痪。

他感到不可思议，在他的前方，纪空手的长剑划出，已经抵上了他的眉心，而在纪空手的身后，陈平与龙赓犹在。

而在他身后所站列的全是他的心腹亲信，难道说在他们之中，既然有人会是大汉的奸细？

他的心陡然一沉，沉至无底，一股蓦大的恐惧漫卷其身，仿佛置身于千年冰窖之中。

在陈仓的城楼上，对话依然在继续着。

“这一战的确凶险，凶险得让我根本看不到你们所说的任何胜算！”

“真正的胜算本就不是拿给人来看的，他就像是晴空里的一道霹雳，在无声无息中悄然乍起，当你感觉到它的存在时，它却已悄然离去。”

杀气俱灭，章邯的整个人犹如一个木桩般一动不动，呼吸出粗重的气息，就像是一个久卧床榻的病人，当他看到纪空手那流露出一丝淡淡笑意的脸庞之时，他分明从中读出了一股得意。

这是一种自信的得意，仿佛这一切都在他的意料之中，但在章邯的心里，却涌动出一股难受，因为他从背后袭来的杀气中，似乎辨明了袭击者的身份。

他感到了一种不可思议，背后的剑只是刚刚刺入他体内的经脉处，未伤经脉，却能截断脉络的运行，这种方法十分绝妙，除非是深谙他武功底细之人，才能为之。

而像这样的人，普天之下，只有一个，那就是独孤残。

其实这并非一个天衣无缝的计划，只要章邯稍微留心，他的心思稍微再缜密一点，就有可能从中发现破绽，但此计之妙，妙就妙在这个奸细是章邯万万想不到的人，无论他的想像力有多么的丰富，他都绝对想不到，一个被自己视为兄弟和朋友的人，竟然会是大汉的一个卧底。

此时此刻，他的心中所涌现的不是绝望，而是一种孤独，一种被朋友所出卖的孤独。

他没有回头，也无法回头，而是深深地吸了一口气，轻叹一声："怎么会是你?"

"如果不是我，你也不会陷入大汉军队的重围之中，因为正是我谎报了军情，你一直以为陈仓未失，而且所面对的大汉军队不过五万之数，然而你却想不到，陈仓不仅早在三天前已经失守，而且汉王亲率数十万大军已经进抵陈仓，这一切无非是诱敌深入，实是要将你置之死地!"独孤残的声音很冷，犹如秋风般无情。

"我对你不薄，何以你会这样对我?"这是章邯心中的一个悬疑，如果解不开，他会死不瞑目。

"其实，你应该知道原因，你我同一天投身军营，又是在同一天受到赵高的赏识，进入入世阁，你的武功并不比我高多少，你的能力也未必能强我几分，你凭什么却能死死地压在我的头上，让我永远无法出头，就连我们同时喜欢上一个女人，最终得到的也是你，而不是我，这一切究竟是为什么呢?"独孤残似是自问自答地道，"我寻思良久，发现只有一个可能，那就是你命中是我的克星，唯有将你除去，我才能出人头地!"

章邯的眼中暴闪出一团怒火，几欲迸射而出，那赤红的眼球仿若滴血般狰狞，显得那般可怕，嘶声道："这就是你出卖我的理由?"

独孤残冷冷而道："难道这还不够吗？就这点滋味，已足以让我铭刻一生，所以，当汉王派人与我接洽时，我没有一丝的犹豫，就已然下定了决心。"

他的话音刚落，他的眼中突然出现了惊人的一幕。

如果有人告诉你，一个明明经脉已经受制的人突然动了，这对于任何一个稍有武学常识的人来说，都会把它当成是一个笑话，更以为是一个不可思议的神话。

所以，当这个神话真的出现时，你才会感到它的可怕。

"呼……"的一声，章邯的整个人如旋风般回转，手中的剑已超越时空的速度直迫向独孤残的胸口。

独孤残蓦感惊悸，几乎是出于本能的将自己的长剑向前一挺，就在剑刺入章邯胸口的同时，他直觉到自己的心中一寒，仿佛闻到了一股沉沉的死亡气息。

当章邯倒下之时，独孤残最后所看到的是纪空手那非常平静的脸，那脸上露出一丝诡异的笑意，就仿佛这一切竟在他的掌握之中。

独孤残的灵觉一开，就在他也倒下的刹那，他已明白了一切。

生为王者，绝不会允许身边有野心的人存在，这其实是一个非常简单的道理，等到独孤残明白之时，这大错已然铸下。

如果章邯泉下有知，他应该明白，刚才那股倒流入他经脉中的强大真气正是纪空手所为。

就在这时，这荒原之上蓦起一阵海啸般的欢呼，随着欢呼声起，章邯所统领的那十万将士纷纷跪伏于地。

红粉帐中，灯火轻柔。

欣赏着卓小圆那一如处子般的女儿私处，近乎于痴醉的项羽陷入了一种迷宫般的遐想中。的确，这是一个谜一样的女人，她就像是元宵节上家家户户门前悬挂的那盏灯谜，不仅漂亮、精致，而且充满着神秘与未知，让每一个见到她的人都会对她产生强烈的占有欲，更有一种出自于本能的勃动。

想及此处，项羽刚毅的脸上不期然间露出了一丝淡淡的微笑，这只因为他发现自己的身体某处确实又出现了勃动的迹象，正是有些女人渴望得到的硬度。

“嗯……”卓小圆的粉脸如三月初绽的桃花般红了，俏眉之上分明抹上了一丝娇羞，就仿佛她还是未知人事的少女，却已经懂得了男女间的一些妙趣。

正是这一点羞意让项羽品味出这个女人与其他女人的不同，也正是这一点不同，才加重了卓小圆在项羽心中的分量。

作为统帅百万之师的王者，且不论项羽本身具有少女们所倾慕的英雄气概，单论他手中所操纵的生杀权柄，就足以保证他的身边不缺乏优秀的女人。

然而，他却对卓小圆有着一种少年人才应有的迷恋。只有在这个女人身上，他才能感受到夜夜新郎的欢娱，体会到血腥与刺激交错的快感，由此在心中种下难以割舍的情怀。

卓小圆偷偷地笑了，在心里笑了。

她之所以想笑，是因为她已经了解了项羽，明白项羽已经离不开自己娇媚的胴体。幻狐门得以崛起江湖数百年而不倒，这并非说明它在武功上有独到之处，而是在驾驭男人方面有其不传之秘，所谓英雄难过美人关，开创幻狐门的智者深谙此道，所以她明白，男女相斗，女人再厉害，终究比不上男人的勇力，要想取胜，大可以凭借女人固有的本钱让男人为己所用。

是以有智者常道，色是刮骨钢刀。卓小圆每每想到这一句话，心中总是对智者有一种发自内心的叹服。因为她懂得，躺在自己身边的这位男人，无论是驰骋沙场，还是横行江湖，都是一个不屈的斗志，没有人可以轻言与之一战，更遑论将之击倒。如果说在这个世上还有人可以伤害到他，那就只有自己——他所深爱着的女人！

当项羽的大手又握住了卓小圆胸前的新剥鸡头时，卓小圆的身体本能地发出了一股战栗，小嘴微张，轻吐出一丝丝摄人心魄的呻吟……

项羽顿时感受到了一种挤涨欲爆的冲动，正要翻身上“马”，大帐外传来一丝些微的动静，让他的整个神经发出了一种本能般的警觉。

“谁?”项羽的声音十分低沉有力，但卓小圆却听出了这音调里有一种说不出的败兴。

“我……”帐外的声音嘶哑而急促，带着吁吁的气喘，项羽心中陡然一惊。

他吃惊自有道理，因为他还没有见到范增有过这般惊慌失措的时候。在他的记忆里，身为故楚名士的范增不仅温文尔雅，而且总是能够处惊不乱。当年项羽随叔父项梁前往范府拜访时，项梁亲口评断：“此人才堪大用，智深若海，单是那一份气度，已非我等可比。”项羽道：“叔父也许高看此人了。”项梁一脸肃然道：“你我若想成就大事，如无此人相助，定是空谈。”

项羽一生，最敬重的人就是项梁，是以遵项梁之命，拜范增为亚父，成为自己身边最重要的谋臣。事实证明，正是有了范增出谋划策，才使项羽能在乱世之中迅速站稳脚跟，继而成为诸侯之首，奠定西楚霸业。是以项羽常道：“本王内有虞妃，外有亚父，能得此二人，乃本王之幸也。”

范增既然失态，必定有大事发生。

项羽翻身坐起，随手披了件衣服，刚欲下床，却听帐门一响，范增竟然闯将进来。

卓小圆娇呼一声，娇躯一缩，整个人半藏于锦被之中，只露出一张俏脸，脸上已是花容失色。

项羽脸色一沉，满脸不悦，他虽然对范增十分器重，却不能容忍范增这等唐突之举。

范增却浑似不见一般，大步上前，道：“大王，不好了，关中失守!”

“什么?!”项羽震惊之下，顿时将范增的失礼之过抛之脑后。

范增深吸了一口气，然后一字一句地缓缓而道：“刘邦率数十万大军在十五日内尽破三秦，关中悉数落在他的手中了。”

项羽抬起头来，紧紧地盯着范增严峻的脸上，兀自不信地道：“亚父莫非与本王说笑？想我关中有地势之利，又有重兵镇守，刘邦就算攻下关中，在十五日之内又怎能办到?”

范增冷笑道："刘邦此人不可小觑，当日鸿门之时，老夫就曾断言，与大王争天下者，非此人莫属！大王不听老夫之言，才致使有放虎归山之举。如果大王今日仍然将刘邦不放在眼里，只怕我西楚霸业就将因大王的一念之差而毁于一旦了。"

看着范增脸上不断抖动的肌肉，项羽似乎感受到了范增心中的不满。虽然范增是就事论事，纯粹是为了他项羽着想，但项羽的心里还是有一种不舒服的感觉，仿佛喉咙中卡着一只苍蝇一般。

项羽的脸变了变色，好半天才将心中的不舒服压制下来，勉强一笑，道："亚父所言极是，本王这就下令三军，火速回师，夺回关中。"

范增摇了摇头，道："若是这般行事，只怕这天下真的要姓刘了。"

项羽道："倒要请教。"

他深知范增言下无虚，既然敢说这种话，必定有其道理，他很想听听范增的高见，然后再作定夺。

范增目光不经意间瞟了一下斜卧帐中的卓小圆，然后与项羽的眼睛相对而视。

"刘邦攻下关中已是数日之前的事了，假如我军此时回师，再到关中便是半月后，以刘邦之能，足可借关中的财势与地利与我军作决战的准备，而我军远道而去，必是疲惫之师，又加之齐国战事未平，一旦相峙日久，很容易陷入两线作战的困境。到时候，纵算我军是天下无敌之师，只怕也难以避免失败一途。"范增侃侃而谈，显然在他得知关中失守的消息之时，就已经对西楚军未来的走势作了深远的计划。

项羽不露声色，以他的头脑与阅历，自然对范增的见识十分佩服。然而，他并不想马上表示赞同之意。在他看来，范增所言即使很有道理，毕竟是自己手下的一位臣子，不可助长了范增的锐气。

范增是何等聪明之人，情绪稍定，便已意识到了自己的失态，当即有所收敛，恭了恭身，道："不过，这只是老夫个人的一点浅见，对错与否，还请大王斟酌。"

项羽的心里舒服了些，微笑而道："亚父所言极是，本王刚才下令回师，只是出于一时情急。原想刘邦才入关中，根基未稳，可以一举击破，此刻听亚父一番分析，倒显得太唐突了。”

范增瞅见项羽的脸色平缓下来，当下沉声道：“大王能这样想，老夫十分欣慰。当日大王与项公邀老夫出山相助，老夫就已抱定决心，希望助大王成就大事，从而留名青史，也就不枉此生了。”

项羽闻言，心生一股傲然之气，道：“就算这天下不属于我项羽，凭这些年来本王的所作所为，也足可在青史之上留下我项羽的大名。”

此言一出，整个大帐顿生一股无形霸气，令范增与卓小圆猛打一个激灵，目光同时射向项羽那张刚毅的脸。

这是一张男人的脸，这种男人，可以顶天立地，将之放在千万人的市井之中，你可以一眼从庸碌人群中将他认出，纵是将之放入乞丐堆里，他也是最醒目的一位。

“这就是王者之相。”范增心里叹道。

若非如此，他绝不会在老迈之年放弃平静安逸的生活，而随项羽投身军旅。不过，每当他看到项羽显露出这种本相之时，心里又自然而然地生出一丝惴惴不安的感觉。

他不明白，所以心里有一种对未来的迷茫，这种心态也许就是未知产生恐惧吧。

“照亚父的意思，本王该如何行动?”项羽的话打断了范增的神思。

“既然攻占关中并不现实，我们就只有先行清除腹后之敌，然后再寻机与刘邦决战。如果老夫所料不差，不出半年，刘邦必然从关中出兵，进而问鼎天下。一旦他出了关中，我们的机会就真的来了。”范增沉思片刻，在他深深的眼眸里，闪烁出一丝兴奋的色彩。

“你的意思是……”项羽以征询的语气问道。

“先破田横!”范增说出这句话时，从牙缝中迸出一股歼杀之气，就连项羽也感到了这话中的寒意。

卓小圆的脸上却淡出一丝笑意，谁也读不懂她脸上的表情，更无法揣摩她心中的真意。

连纪空手自己都没有预想到攻占关中会是如此的顺利。

在他原来的计划中，他准备用半年的时间了断关中战事，却没有料到只花了区区十三天就大破三秦。

这使他平添了一股问鼎天下的自信。

当他再度踏马咸阳街头时，面对万人空巷、万众瞩目的场景，又勾起了他初入咸阳时的记忆。

他想到了韩信，从而想到了韩信的背信弃义。此次出兵，原本约定了与韩信的江淮军同时动作，没想到韩信却按兵不动，企图坐山观虎斗，坐收渔翁之利。

思及此处，纪空手的脸上生出一丝冷笑。在他的心里，早已有了一个计划，就算韩信安了心想袖手旁观，他也要将韩信拖下水来滚一身泥。

“韩兄，实在对不住了，允许你不仁，就休怪小弟不义了。”纪空手心里嘀咕了一句。

在他认为，这原本就是天经地义的事，无论是这个乱世，还是这个江湖，以牙还牙，以暴制暴，才是人可以生存下来的真理。

子婴墓前，香火缭绕。

面对这大秦的亡国之君的坟墓，纪空手心中有一股淡淡的忧伤，虽然他与子婴只有一面之缘，却为子婴所表现出来的大仁大义感到由衷的佩服。

侠之大者，为国为民。

纪空手心生一股豪气，他从一个市井的混混步入今日的地位，其中又有多少是为了自己？或许以别人的视角来审视自己，他纪空手多少也算是一个侠者吧。

“如果是这样，我纪空手总算没有白活一回。”纪空手的身影在月色之下拉得很长很长，有一种高处不胜寒的寂寞。

风很轻，在柔美的月色之下，透出一股淡淡的诗情。

当风儿轻抚在纪空手的脸上时，他的鼻息却陡然一动。

这是一种本能，一种高手的本能，有点近似于野兽对危机所表现出来的感应。

纪空手绝对算得上当世的大高手，正因为如此，他才感到了一丝吃惊，因为，他已经感应到危机就在自己周身十步之内。

三股淡得如风的气息，淡得不闻一丝杀气。

也只有这样的杀气，才足以让人魂散、心惊。

纪空手不由有些后悔自己的大意，他原本可以多带几人前来，只是他觉得，哀悼一个人，需要诚心，否则便是对死者的不敬。

“哀悼死者的人，最终却成了死者，这岂非是一个笑话？”纪空手能在这个时候笑出来，已足以让任何一个对手感到他的可怕。

他在笑的时候，三条淡如月色的疏影已成犄角之势顺着清风飘移而来，如幽灵般不定……

“我知道你们不是鬼魂，也知道你们比鬼魂更加可怕，面对一个将死的人，你们能否显得大度一点，让我死得明白一些？”纪空手还是在笑，就好像遇上老朋友一般拉扯家常，正是这种如空谷幽兰般的宁静，才使得这三条疏影陡然停止了动静。

“你如果是想拖延时间，那就错了！因为我们十分清楚，今夜此地，只有你一人出现，我们等了多少时日，也绝对不会再错过如此大好良机。”其中一道影子说话了，声音极冷，冷得如地狱中的孤魂。

“哦？”纪空手吃惊道，自入江湖以来，他结下的对头实在不少，凭他的聪明，却无法猜出对方的来历。

“这么说来，今日我们相逢绝非偶遇，而是你们早已处心积虑安排好的一个陷阱？可是我实在想不明白，你们何以知道在此时此地一定可以遇到我？”纪空手脸上露出一丝迷茫。

那道影子冷傲地道：“这些日子来，为了接近你，我们三人不惜身份，打杂挑水，成为你王府中的三名杂役，单凭这一点，你纵然死去也应无憾了。”

“这话我可又不明白了。”纪空手望着对方一副自傲的神情，淡淡笑道，“莫非你们原本都是江湖上赫赫有名的人物？”

那道影子淡淡一笑，似乎不置可否，沉默半晌方道：“我就是圣！”

纪空手呆了一呆，道：“阁下原来姓圣，失敬得很，在我的记忆之中，江湖上有你这般身手之人似乎并没有姓圣者。”

那道影子摇了摇头，道：“世人都认为我们是圣，可是，我们三人之中并无一人真的姓圣。”

纪空手只觉得脑中灵光一闪，失声叫道：“你们莫非才是真正的西楚三圣？”

“西楚三圣”的确是当今江湖中响当当的名号，无论是拳圣、棍圣，还是腿圣，能够被人称作圣者之人，就完全可以在他所擅长的领域中独占鳌头，更是任何一个对手不能小视的人物。

当日长街之中，项羽率“西楚三圣”刺杀刘邦，纪空手就隐然觉得这其中另有蹊跷。这并非是因为纪空手有什么先见之明，而是因为“西楚三圣”的出手并不如他想象中的霸烈，更没有他想象中的王者之气。

以项羽的为人，既然视刘邦为大敌，就绝对不会轻言放弃，然而他却在数月之间没有表露一点动静，这只说明，他的刺杀行动是在暗中进行。

这个刺杀计划之所以十分成功，就在于项羽带着三名“西楚三圣”的替身行刺刘邦，这件事情本身只是一个幌子，它的用意是在掩护真正的“西楚三圣”，以利他们接近目标，最终达到行刺的目的。

如此周密的计划，也唯有项羽可以想得出来，也由此可见，项羽得以称霸江湖，争夺天下，绝非侥幸。

纪空手思及此处，鼻头上已然渗出一丝冷汗。

他并没有惊慌，只是深深地吸了一口气，同时他的心里十分清楚，“西楚三圣”既然等到此时出手，自然已有了取胜之道，只要自己稍有一丝应对不当，今日的子婴墓边，就会多出他纪空手的阴宅。

他不想死，却闻到了一股浓浓的死亡气息，这种死亡的气息十分抽象，无形无质，但纪空手却真实地感受到了有一副沉重的枷锁直罩周身，紧紧地收缩着，如同窒息一般难受。

他的双腿微分，脚尖虚点地面，就在他将补天石异力运行了一个周天之时，那道影子又重新开口说话了。

“没有人会心甘情愿地受死，所以你想垂手挣扎也是人之常情，我们也很想知道，一个能被阀主视作心腹大患之人，其武功究竟高到了何种可怕的地步!”

纪空手勉强一笑：“无论我的武功有多么高深，要想在‘西楚三圣’手下全身而退，只能是一时妄想。不过，我对拳、腿、棍这三种套路一向有所研究，今日能与大行家过招比试，倒也有趣得紧。”

他的话引起了“西楚三圣”的一阵冷笑，如果纪空手是用别的兵器与他们一战，或许还有一线生机；若是他真想在拳、腿、棍上与自己三人较量，只怕是太不自量力了。

纪空手似乎浑然不觉自己的选择过于冒昧，当下退了一步，双手抱拳道：“我这就领教拳圣的高招，请!”

此言一出，拳圣犹豫了一下，与棍圣、腿圣相视一眼，这才缓缓踱步出来。

他的人一动，纪空手的心顿时放了下来。

因为纪空手心里明白，“西楚三圣”联手，自己没有任何的机会，唯有以言语相激，使得他们自重身份，才是自己今夜唯一的机会。

能够被人称作“圣”者，当然是绝顶聪明之人，岂能不明白纪空手的用心？然而，他们实在是太自负了，绝对不相信在这个世上还有人敢在拳、腿、棍上与自己一较高下。

正是因为有了这样的一个悬念，就连“西楚三圣”也挡不住诱惑，很想看看纪空手的出手究竟有如何的高明。

淮阴侯府的子夜，总是静得吓人。

那几声更鼓响起，回荡在檐角瓦面，显得空旷而悠远，愈发让人感到森冷。

一缕灯火自一座假山中透出，假山中另有机关建筑，正是淮阴侯韩信的密室。

此时的韩信，正一个人静悄悄地斜坐在一张躺椅之上，闭目养神。在他的手中，有一张略皱的锦笺，显然早已被他读过。

消息来自于咸阳。在咸阳城里，韩信所安插的耳目不下百人，分布于三教九流之中。可以说，咸阳城里只要有一丝风吹草动，不用五日的时间，就可以传到淮阴，传到韩信的耳朵里。

关中在如此之短的时间内失守，这是韩信始料未及的。在他原先的预想中，只要刘邦的汉军在短时间内不能攻克关中，一旦项羽回师增援，形成对峙，自己挟数十万江淮军就可坐山观虎斗。无论刘项争霸孰胜孰负，最终得利的都是自己。

这也是韩信之所以甘冒失约之罪按兵不动的目的，虽然他十分担心凤影的生死，不过，他心里却极为清楚，刘邦绝不会轻易杀掉凤影，毕竟他的手上握有重兵，无论他偏向刘邦还是项羽，都将对天下大势起到决定性的作用。

然而，关中失守，让韩信不得不对刘邦的实力重新作出评估。他原想，以刘邦的实力，一旦与项羽交战，失败必是迟早的事，却没有料到刘邦率军东征，竟然首战告捷。以关中的地势之利与财富之丰，使得刘邦已在刘项争霸战中占得先机。

形势如此变幻莫测，就连韩信也感到了几分头痛，他不由得又想起了当日在刑狱地牢里发生的那场蚁战。

他始终认为，自己才是这乱世最终的得主。若非如此，上苍就不会借蚁战一事向自己演变天下未来的走势，唯一让他感到有所遗憾的是，他没有看到那场蚁战最终的结局，所以，他依然对自己的命运无法预知。

他只是淮阴城里的一个小混混，能够走到今日的这种地位，并非全靠运气。他自问自己，今日的自己能够出人头地，关键就在擅于把握机会，如果当日大王庄一役自己不对纪空手下手，就无法取得卫三公子的信任；不能取得卫三公子的信任，自己就不可能在鸿门得到刘邦的推荐；没有刘邦的推荐，自己也不会有今日封侯拥兵的局面……

所以，一旦韩信一个人静下来回首往事时，总是在心里佩服自己。如果说在这个世上还有他对不起的人，那就只有纪空手与凤影。

他是一个孤儿，从小与纪空手结为玩伴，的确是生死兄弟，每当他想起当初淮阴的那段日子，心里总会涌动着一股温情。然而，在他的内心深处，却从来没有真正地把纪空手视作朋友——这只因为，他嫉妒纪空手，嫉妒纪空手总是比他高出一头。

这是他心里最大的痛，从来没有向任何人提起过。他之所以会在大王庄刺出那弃义的一剑，正是因为他不能容忍纪空手比他更优秀！

“纪少，此时此刻，你在哪里?”韩信自言自语地念了一句，脸上露出了一丝得意的笑容。

“笃，笃，笃……”密室的暗门响起了几声轻微的敲击声，韩信甩了甩头，将这些思绪尽抛脑后。

他需要保持清醒的头脑，因为，还有更重要的事情等着他作出正确的决断。